AS AVENTURAS DO CAÇA - FEITIÇO
O SANGUE

Série

AS AVENTURAS DO CAÇA-FEITIÇO

O Aprendiz 🦇 Livro 1

A Maldição 🦇 Livro 2

O Segredo 🦇 Livro 3

A Batalha 🦇 Livro 4

O Erro 🦇 Livro 5

O Sacrifício 🦇 Livro 6

O Pesadelo 🦇 Livro 7

O Destino 🦇 Livro 8

Eu Sou Grimalkin 🦇 Livro 9

O Sangue 🦇 Livro 10

E VEM MAIS AVENTURA POR AÍ... AGUARDEM!

AS AVENTURAS DO CAÇA-FEITIÇO
O SANGUE

JOSEPH DELANEY

Tradução
Rita Süssekind

2ª edição

BERTRAND BRASIL
Rio de Janeiro | 2022

Copyright © Joseph Delaney, 2012

Publicado originalmente pela Random House Children's Publishers UK, uma divisão da The Random House Group Ltd.

Título original: The Spook's Blood

Ilustrações de capa e miolo: David Wyatt

Texto revisado segundo o novo
Acordo Ortográfico da Língua Portuguesa

2022
Impresso no Brasil
Printed in Brazil

CIP-BRASIL. CATALOGAÇÃO NA PUBLICAÇÃO
SINDICATO NACIONAL DOS EDITORES DE LIVROS, RJ

D378s
2ª ed.
Delaney, Joseph, 1945-
O sangue / Joseph Delaney; tradução de Rita Sussekind. – 2ª ed. – Rio de Janeiro: Bertrand Brasil, 2022.
il.; 21 cm.

Tradução de: The Spook's Blood
Sequência de: Eu sou Grimalkin
ISBN 978-85-286-2067-2

1. Ficção infantojuvenil inglesa. I. Sussekind, Rita. II. Título.

16-33403
CDD: 028.5
CDU: 087.5

Todos os direitos reservados pela:
EDITORA BERTRAND BRASIL LTDA.
Rua Argentina, 171 – 2º andar – São Cristóvão
20921-380 – Rio de Janeiro – RJ
Tel.: (21) 2585-2000

Não é permitida a reprodução total ou parcial desta obra, por quaisquer meios, sem a prévia autorização por escrito da Editora.

Atendimento e venda direta ao leitor:
sac@record.com.br

Perfil dos Personagens

Tom

Thomas Ward é ao mesmo tempo o sétimo filho de um sétimo filho e filho de uma poderosa feiticeira lâmia. Ele possui habilidades além das de um caça-feitiço comum: não só é capaz de enxergar e ouvir os mortos, como também consegue desacelerar o tempo a seu favor nas batalhas. Por mais de três anos ele treinou como aprendiz do Caça-feitiço local e agora, como guardião da Espada do Destino, ele pode ser a única esperança do mundo de derrotar o Maligno.

O Caça-feitiço

O Caça-feitiço é uma figura inconfundível. Ele é alto, aparentemente feroz e veste uma longa capa preta e um capuz, além de sempre carregar um bastão e uma corrente. Por mais de sessenta anos ele protegeu o Condado de coisas assustadoras, mas suas longas batalhas o esgotaram. Tom teme que os dias em que pode continuar contando com seu mentor estejam no fim.

Alice

Tom não consegue chegar a uma conclusão se Alice é boa ou má. Ela tem parentesco com dois dos clãs de feiticeiras mais malignos que existem (Malkin e Deane) e foi treinada para ser uma delas contra sua própria vontade. Embora se diga aliada da luz, ela tem se utilizado cada vez mais de magia negra para salvar seus amigos. Tom teme que, toda vez que Alice usa esse tipo de artifício, ela se sinta mais atraída pelas trevas.

Mamãe

A mãe de Tom sempre soube que ele se tornaria aprendiz do Caça-feitiço. Ela o chamava de seu "presente para o Condado". Sempre houvera algumas coisas misteriosas a respeito de mamãe, mas o próprio Tom nunca suspeitou da verdade: ela era uma feiticeira lâmia e já tinha planejado que Tom combatesse o Maligno antes mesmo de ele nascer. A mãe de Tom foi abatida na batalha contra Ordeen, mas ele tem esperanças de que ela, de alguma forma, continue olhando por ele...

Grimalkin

Grimalkin é a atual assassina do clã Malkin. Muito forte e veloz, ela tem um código de honra e jamais apela para trapaças. Apesar de sua honestidade, Grimalkin também tem um lado negro e é conhecida por utilizar tortura para atingir seus objetivos. Recentemente firmou uma aliança improvável com Tom Ward contra seu inimigo comum, o Maligno. Mas será que uma verdadeira serva das trevas pode ser confiável?

O Maligno

O Maligno é o mal encarnado, o mais poderoso de todos os seres das trevas e o mais velho dentre os deuses antigos. Ele tem muitos outros nomes, inclusive Diabo, Satã, Lúcifer e Pai das Mentiras. Juntos, Tom Ward e seus aliados conseguiram cortar a cabeça do Maligno em batalha, mas a luta para destruí-lo de uma vez por todas apenas começou...

PICO DO PARLICK

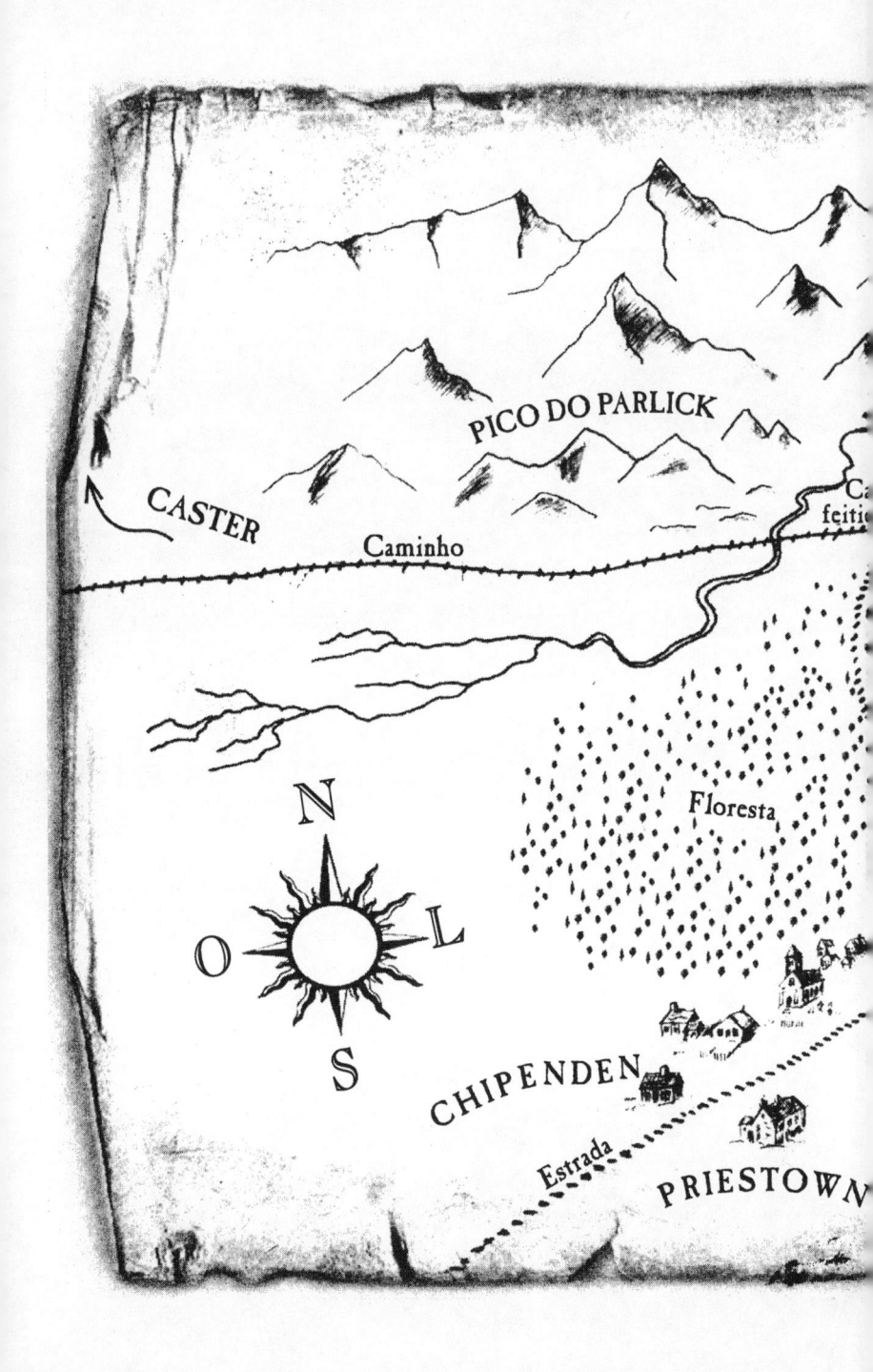

CASTER

Caminho

Floresta

N
O L
S

CHIPENDEN

Estrada

PRIESTOWN

SERRA DO LOBO

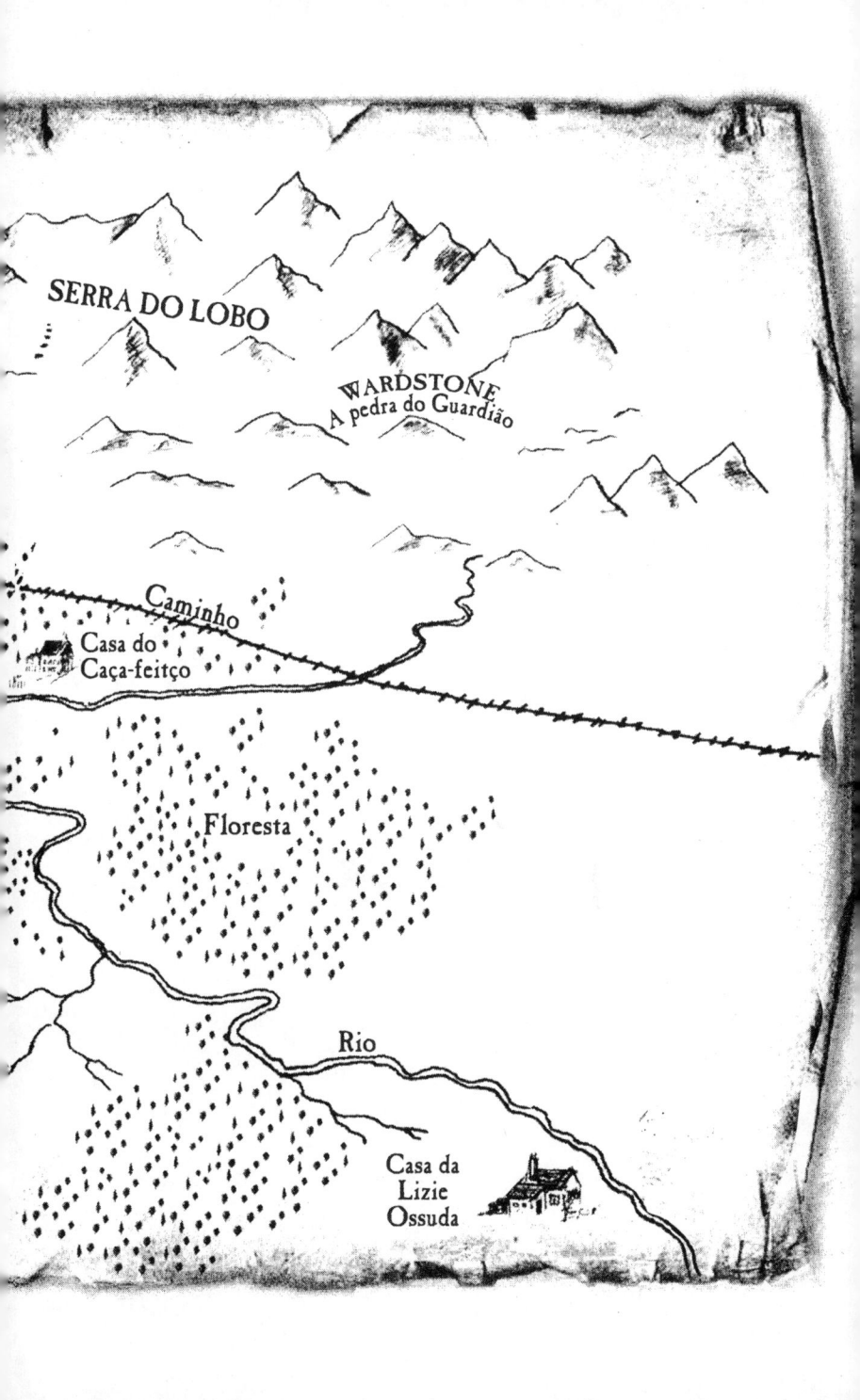

WARDSTONE
A pedra do Guardião

Caminho

Casa do Caça-feitço

Floresta

Rio

Casa da Lizie Ossuda

Para Marie

O ponto mais alto do Condado é marcado por um mistério. Contam que ali morreu um homem durante uma grande tempestade, quando dominava um mal que ameaçava o mundo. Depois, o gelo cobriu a terra e, quando recuou, até as formas dos morros e os nomes das cidades nos vales tinham mudado. Agora, no ponto mais alto das serras, não resta vestígio do que ocorreu no passado, mas o nome sobreviveu. Continuam a chamá-lo de

WARDSTONE,

a pedra do Guardião

CAPÍTULO 1
TEMPO DE RECONSTRUÇÃO

O Caça-feitiço estava empoleirado em um tronco em seu jardim, em Chipenden, o sol cantando por entre as árvores e o ar brilhante com o canto dos pássaros. Era uma manhã quente de primavera em fins de maio — o tempo mais agradável possível no Condado. As coisas pareciam estar mudando para melhor. Eu estava sentado na grama, devorando meu café da manhã, e ele ria para si mesmo, parecendo bem contente, para variar, enquanto olhava na direção da casa.

De lá vinha o barulho de serragem; dava para sentir o cheiro do pó. A casa do meu mestre estava em reforma, a começar pelo telhado. O local fora incendiado por soldados inimigos, mas agora a guerra no Condado tinha acabado, e era tempo de reconstruir e seguir com nossas vidas de Caça-feitiço e aprendiz, lidando com todo o tipo de coisas vindo das trevas — ogros, fantasmas, espíritos e feiticeiras.

— Não entendo por que Alice sairia assim, sem dizer nada — reclamei para o Caça-feitiço. — Não é nem um pouco do jeito dela. Principalmente sabendo que em breve estaremos partindo para o leste por pelo menos alguns dias.

Minha amiga Alice tinha desaparecido três noites antes. Eu estava falando com ela no jardim e me retirei brevemente para dizer alguma coisa para o Caça-feitiço, avisando que voltaria em alguns momentos. Quando retornei, ela já tinha partido. A princípio, não me preocupei muito, mas depois ela não apareceu para o jantar e não a vimos desde então.

O Caça-feitiço suspirou.

— Não se preocupe muito com isso, mas talvez ela tenha ido de vez. Afinal, vocês passaram muito tempo ligados pela necessidade de usar aquele cântaro de sangue. Agora Alice está livre para fazer o que quiser. E ela mudou depois de ter sido arrastada para o mal e mantida nele por tanto tempo.

As palavras do meu mestre eram duras. Apesar de ela estar nos ajudando já fazia anos, ele ainda não confiava em Alice. Ela nascera em Pendle e passara dois anos sendo treinada como feiticeira; John Gregory ficaria feliz em vê-la pelas costas. Quando estivéramos na Grécia, Alice criou um cântaro de sangue para manter o Maligno afastado; do contrário, nós dois teríamos sido arrastados para as sombras. Agora, porém, isso já não era mais necessário. Havíamos conseguido neutralizar o Maligno e cortar sua cabeça — no momento em posse de Grimalkin, a feiticeira assassina, que estava fugindo dos servos dele. Se as duas partes do corpo algum dia fossem reunidas, ele estaria livre novamente, e sua vingança certamente se mostraria terrível. As consequências seriam severas, não apenas para o Condado, mas para todo o mundo além dele;

uma nova era de escuridão teria início. Mas fomos capazes de prorrogar isso enquanto procuramos uma maneira de destruí-lo permanentemente.

As palavras finais do meu mestre me machucaram mais do que tudo. O Maligno tinha levado Alice de volta às trevas; ao retornar, estava drasticamente mudada. Seu cabelo havia ficado branco, por exemplo. Isso era meramente físico, mas eu temia que sua alma tivesse sofrido danos — que ela houvesse se aproximado das trevas. Alice expressara essa mesma preocupação. Esse ela nunca voltasse? E se não pudesse mais ser amiga de um aprendiz de caça-feitiço? Após quatro anos enfrentando perigos juntos, nós tínhamos nos tornado amigos próximos, e me entristecia ver que agora estávamos nos afastando. Lembrei-me de algo que meu pai me disse quando eu era mais novo. Apesar de ter sido apenas um fazendeiro comum, ele fora um homem sábio, e, enquanto eu crescia, ele me ensinara muitas lições sobre a vida.

— Ouça, Tom — disse ele certa vez. — Você precisa aceitar que neste mundo as coisas mudam constantemente. Nada se mantém para sempre. Temos que aprender a conviver com isso.

Ele tinha razão; eu fui feliz morando com a minha família. Agora tanto mamãe quanto papai estavam mortos e eu nunca mais poderia voltar para aquela vida. Eu só esperava que minha amizade com Alice também não estivesse chegando ao fim.

— Que tipo de lugar é Todmorden? — perguntei, mudando de assunto. Não adiantava nada discutir com meu mestre sobre Alice.

— Bem, rapaz, meu trabalho nunca me levou a essa cidade, mas eu sei um pouco a respeito dela. Todmorden fica na fronteira leste do Condado, que é marcada pelo rio Calder. Então metade da cidade é no Condado, e metade fica para além dele. Sem dúvida o povo do outro lado do rio tem costumes e atitudes diferentes. Viajamos um pouco nos últimos dois anos: primeiro para a Grécia, perto da ilha de Mona, e finalmente para a Irlanda. Cada uma dessas terras nos apresentou novos problemas e desafios a serem superados. Nosso destino ser perto de casa não muda o fato de que precisamos nos manter atentos.

A biblioteca do Caça-feitiço fora destruída no incêndio — o legado de gerações de caça-feitiços, repleto de conhecimentos sobre como combater o mal. Agora tínhamos ouvido falar de uma coleção de livros sobre as trevas em Todmorden. Após tocar o sino na encruzilhada das árvores envergadas tarde da noite, uma semana antes, uma visitante misteriosa nos deixara um bilhete. Era curto, porém direto:

Caro sr. Gregory,

Foi com grande tristeza que soube da perda da sua biblioteca em Chipenden. Ofereço minhas condolências. Contudo, espero poder ajudá-lo, pois tenho uma grande coleção de livros sobre as trevas. Talvez alguns possam lhe servir. Estou disposta a vendê-los por um preço razoável. Se tiver interesse, por favor me procure em breve em Todmorden. Moro na casa no topo de Bent Lane.

Sra. Fresque

Somente um livro da biblioteca original do meu mestre se salvara — o Bestiário, que ele próprio tinha escrito e ilustrado. Era mais do que simplesmente um livro; era um documento vivo e atuante, com anotações de seus outros aprendizes — eu inclusive. Era um registro do trabalho de toda uma vida, do que ele tinha descoberto com a ajuda de outros. Agora, ele queria refazer a biblioteca, mas se recusava a pegar qualquer livro da pequena coleção do moinho a norte de Caster, previamente ocupado por Bill Arkwright, um de seus antigos aprendizes. Ele tinha esperanças de que um dia o moinho se tornasse uma casa de caça-feitiço outra vez; se isso acontecesse, o novo encarregado precisaria daqueles livros. John Gregory imaginava que a visita a Todmorden pudesse ser o primeiro passo para refazer sua própria biblioteca.

Meu mestre a princípio pretendia partir imediatamente, mas, por mais interessado que estivesse em conseguir esses livros, a reconstrução da casa vinha em primeiro lugar. Portanto, ele passou horas revisando planos e agendas com o construtor. Tinha uma lista de prioridades, e erguer uma biblioteca para abrigar os livros era uma delas. Eu o encorajei a fazer isso porque queria adiar nossa partida, para dar a Alice tempo para retornar.

— De que adianta conseguir novos livros se não tivermos uma biblioteca para guardá-los? — argumentei.

Ele concordou, e com isso ganhei tempo. Porém, era chegada a hora, enfim, de partir para encontrar a sra. Fresque.

À tarde, mais ou menos uma hora antes de partirmos em viagem, escrevi meu próprio bilhete. Este era para a ausente Alice:

Querida Alice,

Por que partiu assim, sem dizer nada? Hoje de manhã, eu e meu mestre partiremos para Todmorden para vermos a biblioteca de que nos falaram. Devemos estar de volta em alguns dias.
Cuide-se. Saudades.

Tom

Mas assim que o preguei na nova porta dos fundos, senti um calafrio — o aviso que às vezes recebo, alertando que um ser das trevas está por perto. Em seguida, escutei alguém se aproximando por trás de mim. Meu bastão estava apoiado contra a parede, então o peguei e girei para encarar o perigo, segurando-o na diagonal, em posição defensiva.

Para minha surpresa, Alice estava à minha frente. Ela sorria, mas parecia cansada e desgrenhada, como se tivesse feito uma longa e exaustiva jornada. A sensação gélida rapidamente sumiu. Ela não era uma inimiga, mas aquele breve alerta me preocupou. Fiquei imaginando até que ponto ela teria sido contaminada pelas trevas.

— Alice! Eu estava muito preocupado com você. Por que sumiu assim, sem falar nada?

Ela deu um passo à frente e, sem responder, me abraçou. Após alguns instantes, afastei-me e a segurei a um braço de distância.

— Parece que passou por maus bocados, mas é muito bom ver você — comentei. — Seu cabelo está recuperando a cor natural. Logo voltará a como era antes.

Alice fez que sim com a cabeça, mas o sorriso deixou seu rosto e ela pareceu muito séria.

— Tenho uma coisa muito importante para contar, Tom — disse. — E é bom que o velho Gregory também ouça!

Eu gostaria de ter tido mais tempo para conversar a sós com Alice, mas ela insistiu em ver meu mestre imediatamente. Fui buscá-lo e, por ser uma tarde de sol, ele nos levou para o banco do jardim oeste.

Eu e o Caça-feitiço nos sentamos, mas Alice permaneceu de pé. Tive que me segurar para não rir, porque aquilo me lembrava das ocasiões em que ele ficava ali, dando-me aulas, enquanto eu fazia anotações. Agora eu e meu mestre éramos dois aprendizes!

Mas o que Alice tinha para dizer logo tirou o sorriso do meu rosto.

— Enquanto fugia com a cabeça do Maligno, Grimalkin se refugiou na Torre Malkin — contou ela. — É uma longa história, e sem dúvida ela eventualmente a contará a vocês em todos os detalhes...

— A cabeça do Maligno continua em segurança? — interrompeu o Caça-feitiço.

— Foi difícil, mas Grimalkin conseguiu protegê-la até agora. Mas as coisas estão ficando mais difíceis. Tenho más notícias. Agnes Sowerbutts foi morta pelos seguidores do Maligno.

— Pobre Agnes — lamentei, balançando minha cabeça com tristeza. — Sinto muito. — Ela era tia de Alice e já tinha ajudado a nós dois no passado.

— Uma das duas irmãs lâmias também foi morta, e agora só uma, Slake, está defendendo a torre. Ela está sob sítio e não tem como resistir eternamente. Pelo que Grimalkin contou, é importante que vocês sigam para lá o quanto antes, Tom. As lâmias estudaram os livros de sua mãe e descobriram que foi ela que peou o Maligno. Slake acha que, examinando mais cuidadosamente o processo pelo qual ela conseguiu isso, você pode descobrir como acabar com ele de vez.

O pear limitara o poder do Maligno de algumas formas. Se ele conseguisse me matar pessoalmente, reinaria em nosso mundo por cem anos antes de ser forçado a retornar às trevas. Claro, para um ser imortal, isso não era tempo o suficiente. Mas se ele conseguisse que um de seus filhos realizasse a façanha — o filho ou filha de uma feiticeira —, então o Maligno poderia governar o mundo eternamente. Havia também uma terceira forma de chegar a esse fim: ele poderia simplesmente me converter para o mal.

— Sempre achei provável que o pear tivesse sido obra de mamãe — falei. Afinal, eu era o sétimo filho que ela tivera com papai, outro sétimo filho, e portanto sua arma escolhida para combater o Maligno. Essa restrição de poder me envolvia, e que outro de seus inimigos poderia ser poderoso o suficiente para isso?

O Caça-feitiço acenou em concordância, mas não pareceu muito satisfeito. Qualquer utilização de magia o deixava muito desconfortável. No momento, uma aliança com as trevas era necessária, mas ele não gostava disso.

— Sempre achei o mesmo — disse Alice. — Mas tem mais uma coisa, Tom. O que quer que seja, o que quer que seja necessário, tem que ser feito no Dia das Bruxas. Existe um ciclo de dezessete anos para isso, e tem que ser no próximo Dia das Bruxas: o 34º aniversário do peado de sua mãe. Com isso, resta só pouco mais de cinco meses...

— Bem, rapaz — disse o Caça-feitiço —, então é melhor você ir para a Torre Malkin o quanto antes. Existem coisas mais importantes do que livros para a minha nova biblioteca. Nossa visita a Todmorden pode esperar até você voltar.

— Você não vem? — perguntei.

Meu mestre balançou a cabeça.

— Não, rapaz, dessa vez não. Na minha idade, o frio úmido do Condado começa a corroer os ligamentos, e meus velhos joelhos estão piores do que nunca. Eu só o atrasaria. Com a menina para guiá-lo, você consegue chegar à torre sem ser visto. Além disso, você já tem muitos anos de treinamento; é hora de começar a pensar e se comportar como o caça-feitiço que em breve será. Confio em você, rapaz. Não o mandaria partir assim se não acreditasse que você é capaz de cuidar de si mesmo.

CAPÍTULO 2
OBJETOS SAGRADOS

Depois disso, passei uma hora com os cachorros. Patas e seus filhotes crescidos, Sangue e Ossos, eram cães treinados para caçar feiticeiras da água. Haviam pertencido a Bill Arkwright, um caça-feitiço que morrera combatendo o mal conosco na Grécia. Agora eu os considerava meus — apesar de meu mestre ainda não ter concordado em dar-lhes um lar permanente. Prometeu cuidar deles enquanto estivéssemos longe, mas eu sabia que ele estava ocupado planejando a reconstrução da casa; além disso, seus joelhos lhe causavam incômodo, então os cachorros com certeza passariam a maior parte do tempo acorrentados. Eu os levei para uma longa caminhada, permitindo que corressem em liberdade.

Uma hora após meu retorno, já estávamos seguindo nossa jornada. Caminhamos rapidamente. Levando meu bastão e minha mochila, segui Alice em direção a Pendle. Nosso objetivo era chegar antes do sol se pôr, entrar sob a proteção da noite e seguir diretamente para a Torre Malkin.

Sob minhas vestes, na capa feita para mim por Grimalkin, eu trazia a Espada do Destino, uma arma dada a mim por um dos grandes heróis irlandeses, Cuchulain. A feiticeira assassina me treinara em seu uso, e eu sabia que ela se provaria uma arma adicional valiosa.

Atravessamos o rio Ribble com horas de sobra e, seguindo para o norte, permanecemos a oeste daquela colina enorme e imponente, sentindo o frio de sua presença sombria. Pendle era um lugar particularmente estimulante ao uso de magia negra. Era por isso tantas feiticeiras moravam ali.

Contudo, estávamos no lado mais seguro da região; as vilas dos três clãs principais ficavam a sudeste, além da colina. Sabíamos que os clãs tinham facções; havia aqueles que apoiavam o Maligno e os que se opunham a ele. A situação era complicada, mas uma coisa era certa: um aprendiz de caça-feitiço não seria bem-vindo em lugar nenhum do distrito.

Circulamos Downham, depois rondamos o limite norte da colina antes de voltarmos mais uma vez para o sul. Agora nos aproximávamos do perigo com cada passo, então repousamos em um pequeno bosque para esperar o anoitecer.

Alice virou para me encarar, seu rosto pálido na sombra.

— Tenho mais o que contar, Tom — disse ela. — Acho que esse momento é tão bom quanto qualquer outro para isso.

— Você está muito misteriosa. É algo de ruim? — perguntei a ela.

— A primeira parte não, mas a segunda pode chateá-lo, então vou começar pelo mais fácil. Quando sua mãe deixou o Maligno peado, ela utilizou dois objetos sagrados. Um deles está no baú na Torre Malkin. O outro pode estar em qualquer lugar, então teremos que procurar.

— Então temos um, já é um começo. O que é?

— Grimalkin não sabe. Slake não a deixou ver.

— Por que não? Por que a lâmia deveria decidir isso? Ela é a guardiã do baú, não a dona dele.

— Não foi ideia da Slake, foi ideia da sua mãe. Ela disse que ninguém além de você poderia ver ou saber o que era.

— Isso estava nas anotações da mamãe que Slake encontrou no baú?

— Não, Tom — negou Alice, balançando a cabeça tristemente. — Sua mãe apareceu para Slake e contou diretamente.

Olhei espantado para Alice. Desde a morte de mamãe, eu tinha entrado em contato com ela uma vez, no navio de volta da Grécia, mas não a visto — fora apenas uma sensação de calor. Na época eu tivera certeza de que ela viria para se despedir do filho. À medida que o tempo passou, no entanto, fui ficando cada vez menos certo de que aquilo tinha realmente acontecido. Agora parecia mais um sonho do que realidade. Mas será que ela realmente havia falado com Slake?

— Por que ela diria isso para Slake? Por que não me contar diretamente? Eu preciso saber. Sou filho dela! — De repente me vi tomado por irritação. Tentei suprimir o sentimento, mas senti lágrimas ardendo em meus olhos. Eu sentia muita saudade de mamãe. Por que ela não tinha entrado em contato *comigo*?

— Eu sabia que você ficaria chateado, Tom, mas, por favor, não deixe que isso o afete. Pode ser mais fácil para ela falar com Slake. Afinal, ambas são lâmias. Mas tem mais uma coisa que preciso contar: Grimalkin disse que as irmãs lâmias falavam sobre ela como se ainda estivesse viva. Elas a idolatram e a chamavam de *Zenobia*.

Respirei fundo para me acalmar. Fazia sentido. Mamãe fora a primeira lâmia, uma poderosa e pérfida servidora do mal. Mas ela mudara: depois de se casar com papai, ela finalmente dera as costas para sua antiga vida e se tornara inimiga do Maligno.

— Talvez ela fale comigo quando eu chegar à torre — sugeri.

— Melhor não criar expectativas, Tom. Mas sim, isso é possível. Agora, bem, tem mais uma coisa que eu gostaria de perguntar. É importante para mim, mas, se você disser não, vou entender.

— Se é importante para você, Alice, não vou dizer não. Você me conhece.

— É só que, no caminho para a torre, vamos passar pelo Vale das Feiticeiras. Grimalkin disse que parte dele foi queimada por servos do Maligno enquanto a perseguiam, mas Agnes Sowerbutts pode ter sobrevivido. Ela era minha amiga, além de minha tia, Tom. Me ajudou muito. Se ainda estiver lá, eu gostaria de falar com ela uma última vez.

— Pensei que fosse melhor ficar longe de feiticeiras mortas: quanto mais elas ficam no vale, mais mudam, esquecem a vida anterior, a família e os amigos.

— É quase tudo verdade, Tom; as personalidades mudam para pior, o que significa que as feiticeiras vivas não se misturam muito com as mortas. Mas Agnes não tem muito tempo de morta, e tenho certeza de que continuará se lembrando de mim.

— Se ela sobreviveu, como vai encontrá-la? Não podemos simplesmente vagar pelo vale com todas aquelas feiticeiras mortas por lá. Algumas delas são muito fortes e perigosas.

— Grimalkin me disse que provavelmente só tem uma forte por lá no momento. Mas tem um chamado que às vezes eu usava para contatar Agnes. Ela mesma me ensinou. É o grito do pássaro-cadáver. Isso vai atraí-la.

O sol se pôs e o bosque escureceu. Era uma noite clara e sem luar — a lua não subiria por muitas horas —, mas o céu estava salpicado de estrelas. Mantendo-nos sob os abrigos das cercas vivas, começamos uma jornada em curva para o sul, rumo à torre, finalmente chegando ao limite leste do Vale das Feiticeiras. Deu para ver a devastação provocada pelo fogo — uma linha larga de árvores queimadas cortava o vale ao meio. Devia ter destruído muitas feiticeiras mortas, diversas delas aliadas do Maligno. Percebi que os partidários dele fariam qualquer coisa para recuperar a cabeça.

Paramos a cerca de cinquenta metros da extremidade sul do vale. Ainda havia sinais da terrível batalha entre Grimalkin e suas adversárias. Ela era excelente, mas fiquei pensando sobre o tamanho das forças que a perseguiam — e sobre a participação de Alice naquilo tudo.

Alice curvou as mãos em volta da boca e fez um chamado misterioso para a escuridão. O pássaro-cadáver — ou noturno — voou pela noite, e seu grito me causou arrepios na espinha. A poderosa feiticeira da água, Morwena, utilizava um pássaro-cadáver como fâmulo, e eu tinha algumas lembranças de ser caçado por ela. Lembrei-me de quando ela surgira do pântano, prendera-me com uma garra e tentara me arrastar para longe e drenar meu sangue.

Não notei diferença entre o grito de Alice e o da coisa de fato, mas ela me disse que o modulou singelamente para que Agnes soubesse que era ela e não apenas um pássaro.

A cada cinco minutos, repetia o grito. Cada vez que aquele chamado sobrenatural ecoava por entre as árvores do vale, eu estremecia. Cada vez que invadia a escuridão, meu coração acelerava: as más lembranças voltavam em uma enxurrada. Patas arrancara o dedo da feiticeira com uma mordida, assim me salvando. Não fosse isso, eu teria sido arrastado para o pântano, e meu sangue teria sido inteiramente drenado antes mesmo de eu ter tempo de me afogar. Afastei esses pensamentos para o fundo da mente e tentei permanecer calmo, desacelerando a respiração do jeito que o meu mestre me ensinou.

Alice estava prestes a desistir quando, após a oitava tentativa, senti um frio repentino. Era o alerta de que algum ser das trevas se aproximava. Tudo se tornou anormalmente quieto e silencioso. Então ouvi um ruído de movimento na grama, seguido do som de algo sendo esmagado. Algo se aproximava pelo chão molhado. Logo pude ouvir os rosnados e grunhidos.

Não demorou para que víssemos uma feiticeira morta se arrastando em nossa direção. Poderia ser qualquer uma em busca de sangue, mirando possíveis presas, então segurei meu bastão com firmeza.

Alice farejou duas vezes, investigando a presença de perigo.

— É Agnes — sussurrou ela.

Pude ouvir a feiticeira farejando o solo, encontrando o caminho até nós. Então a vi: ela era de fato uma criatura lamentável, e a visão deu um nó na minha garganta. Agnes sempre foi uma dona de casa muito atenciosa com a limpeza, mas agora usava um vestido em farrapos coberto de terra e estava com os cabelos imundos, cheios de larvas. O cheiro que exalava era de mofo. Eu não precisava ter me preocupado com a possibilidade de ela ter nos esquecido: assim que chegou perto, ela começou a chorar, as lágrimas correndo pelas bochechas e pingando na grama. Agnes então se sentou e apoiou a cabeça nas mãos.

— Desculpe-me por estar tão sentimental, Alice — choramingou ela, limpando as lágrimas com as costas da mão. — Achei que tivesse passado pelo pior quando meu marido morreu, e senti uma saudade terrível dele por um longo ano, mas isso é horrível demais. Não consigo me acostumar a ser assim. Queria que o fogo tivesse me levado. Nunca mais posso voltar para a minha casa e viver minha velha e confortável vida. Nunca mais serei feliz. Se ao menos eu fosse uma poderosa feiticeira morta, poderia viajar pela noite e caçar longe desse vale miserável. Mas não sou forte o bastante para conseguir nada grande. O melhor pelo que posso esperar são besouros, ratazanas e camundongos!

Alice não falou por um bom tempo. Também não consegui pensar em nada para dizer. Que conforto eu poderia oferecer à pobre Agnes? Não era à toa que a maioria das feiticeiras vivas se mantivesse longe dos parentes mortos. Doía ver alguém de que você gosta tanto em um estado tão deplorável. Não havia nada a ser dito que pudesse motivá-la.

— Ouça, Tom, eu gostaria de falar a sós com Agnes. Tudo bem? — pediu Alice em determinado momento.

— Claro — respondi, levantando. — Vou esperar ali.

Fui para bem longe do alcance auditivo para permitir que Alice tivesse um pouco de privacidade com a tia. Na verdade, aliviou-me sair dali. Ficar próximo de Agnes me deixava triste e desconfortável.

Após cerca de cinco minutos, Alice veio em minha direção, com os olhos brilhando à luz das estrelas.

— E se Agnes fosse uma feiticeira muito forte, Tom... Pense no que isso significaria. Ela não só teria uma existência muito melhor, coisa que ela merece, mas também seria uma aliada fundamental.

— O que você está dizendo, Alice? — perguntei, nervoso, sabendo que ela não era propensa a especulações fúteis.

— E se eu pudesse fortalecê-la...?

— Usando magia negra?

— Sim. Eu consigo... mas se eu *devo* é outra questão. O que você acha?

CAPÍTULO 3
MUITO SANGUE!!

— Achei que toda a magia escoasse de uma feiticeira morta, deixando lugar apenas para a sede de sangue. Como a sua magia pode ajudar? — perguntei a Alice.

— É verdade que uma feiticeira morta não tem mais a própria magia nos ossos. Mas posso usar a minha e deixá-la mais forte por um período — explicou ela. — A nova força diminuiria com o tempo, mas a existência de Agnes no vale seria melhor por muitos anos. Quando começar a enfraquecer, a mente dela já estará se desintegrando mesmo, de forma que não vai mais sofrer pela vida que tinha. Não há nada de errado nisso.

— Mas e as vítimas dela? E os que ela vai matar por precisar de sangue? Pelo menos agora ela se alimenta de insetos e pequenos animais e não de pessoas!

— Ela só vai tomar o sangue dos servos do Maligno; tem bastante para mantê-la satisfeita por um bom tempo! E cada vítima que ela fizer será um risco a menos para nós, o que aumenta nossa possibilidade de destruí-lo para sempre.

— Você tem certeza de que ela só se alimentaria deles?

— Eu conheço Agnes. Ela cumpre tudo o que promete. Vou fazer com que ela se comprometa antes de qualquer coisa.

— Mas e você, Alice? E *você*? — protestei, levantando um pouco a voz. — Cada vez que você usa seu poder mágico, você se aproxima mais das trevas.

Meu argumento foi exatamente o mesmo que meu mestre teria usado. Eu sou amigo de Alice e me preocupo com ela, mas precisava dizer aquilo.

— Eu o uso para sobrevivermos, para vencermos. Eu o salvei da feiticeira, Scarab, e dos magos bodes na Irlanda, não foi? Usei para impedir que as feiticeiras escapassem com a cabeça do Maligno e dei um pouco do meu poder a Grimalkin para ela conseguir matar nossos inimigos. Se eu não tivesse feito isso, ela estaria morta, eu estaria morta, e a cabeça do Maligno teria sido devolvida ao corpo. Tinha que ser feito, Tom. Fiz o que foi preciso. Isso pode ser tão importante quanto.

— Tão importante quanto? Tem certeza de que não está ajudando Agnes só por pena?

— E se *fosse* só por causa disso? — questionou Alice, agora com raiva, os olhos brilhando. — Por que eu não deveria ajudar meus amigos exatamente como o ajudei, Tom? Mas prometo que é mais do que isso, muito mais. Alguma coisa vai acontecer, tenho certeza. Estou sentindo alguma coisa vindo em nossa direção, do futuro, algo sombrio e terrível. Agnes pode nos ajudar. Precisaremos que ela esteja forte para sobrevivermos. Confie em mim, Tom; é pelo bem!

Fiquei quieto, bastante contrariado. Alice estava utilizando magia negra mais liberalmente do que nunca. Ela dera poder a Grimalkin e agora queria fortalecer uma feiticeira morta. Até onde isso iria? Eu sabia que, independente de qualquer coisa que eu dissesse, ela o faria do mesmo jeito. Nossa relação estava se desgastando. Ela não valorizava mais os meus conselhos.

Nós nos encaramos, mas, após alguns segundos, Alice se voltou para Agnes. Ela se agachou, colocou a mão esquerda na cabeça da feiticeira morta e falou suavemente com ela. Não deu para ouvir o que ela estava falando, mas a resposta de Agnes foi clara como um sino. Ela disse apenas três palavras:

— Sim, eu prometo.

Alice começou a falar com uma voz entoada. Era magia negra. Cada vez mais alto e mais depressa, ela começou a cantar — até eu olhar em volta, apreensivo, certo de que todas as feiticeiras mortas do vale a ouviriam e viriam atrás de nós. Estávamos agora imersos em território de feiticeira; as três vilas no Triângulo do Diabo estavam a poucos metros ao sul. Poderia haver espiões pela área, e o barulho os alertaria sobre nossa presença.

Agnes de repente soltou um grito estridente e cambaleou para trás, longe de Alice. Ela ficou deitada na grama, gemendo e choramingando, com os membros se debatendo e o corpo em espasmos. Preocupado, fui até Alice. Será que o feitiço saíra pela culatra?

— Ela vai ficar bem em alguns minutos — explicou Alice para me reconfortar. — Dói muito porque é magia muito poderosa, mas ela sabia disso antes de eu começar. E aceitou. Agnes é muito corajosa; sempre foi.

Após alguns instantes, Agnes parou de se contorcer e ficou de quatro. Ela tossiu e se engasgou por um momento, depois se levantou e sorriu para nós dois. Havia algo da velha Agnes em sua expressão. Apesar do rosto imundo e das roupas em farrapos e manchadas de sangue, ela agora parecia calma e confiante. Mas em seus olhos vi uma fome que jamais existiu enquanto ela estava viva.

— Estou com sede! — disse, olhando ao redor com uma intensidade muito assustadora. — Preciso de sangue! De muito sangue!

Fomos na direção sul, com Alice liderando e Agnes logo atrás; eu vinha no final da fila. Fiquei olhando em volta e virando a cabeça para ver se havia alguma coisa atrás de nós. Esperava ser atacado a qualquer momento. Nossas inimigas — as feiticeiras que serviam ao Maligno — poderiam muito bem estar nos seguindo ou esperando lá na frente. Apesar de sua atual condição, o Maligno ainda conseguia se comunicar com elas. Ele aproveitaria todas as oportunidades para nos caçar. E Pendle já era um lugar perigoso, mesmo na melhor das hipóteses.

Estávamos avançando bem, e Agnes, que antes só conseguia se arrastar com dificuldade, agora estava acompanhando o ritmo de Alice. A lua logo subiria; era fundamental que chegássemos ao túnel sob a torre antes que sua luz nos deixasse visíveis.

Fiquei pensando em Slake, a lâmia sobrevivente. O quanto teria progredido para a forma alada? Ela talvez já tivesse até perdido a capacidade de falar — o que significaria que não seria possível conversar direito com ela. Eu precisava saber o máximo possível sobre os objetos sagrados. E também torcia para conseguir me comunicar com mamãe de algum jeito.

Logo nós três estávamos caminhando por Crow Wood. O caminho para a torre, o bosque denso que havia crescido sobre um cemitério abandonado, agora estava próximo. A entrada para o túnel ficava mais ou menos no centro. Era possível acessá-la através de um sepulcro, construído para os mortos de uma família abastada. Apesar de a maioria dos ossos ter sido removida quando o cemitério foi secularizado, os deles continuavam no lugar.

Alice parou de repente e levantou a mão em alerta. Não vi nada além de lápides entre os espinheiros, mas a ouvi farejando rapidamente três vezes, avaliando o perigo.

— Há feiticeiras à frente, esperando. É uma emboscada. Devem ter previsto nossa aproximação.

— Quantas? — perguntei, preparando meu bastão.

— São três, Tom. Mas logo farejarão nossa presença e chamarão outras.

— Então é melhor que morram depressa! — disse Agnes. — Elas são minhas!

Antes que eu e Alice tivéssemos tempo de reagir, Agnes avançou, irrompendo pela vegetação na pequena clareira que cercava o sepulcro. Feiticeiras têm diferentes níveis de habilidade em farejar de longe o perigo; enquanto Alice era muito boa nisso, outras eram relativamente fracas. Um ataque improvisado, instantâneo e não premeditado, além disso, pode pegar o inimigo completamente de surpresa.

Os gritos que vieram da clareira foram agudos e ensurdecedores, cheios de terror e dor. Quando alcançamos Agnes, as duas feiticeiras já estavam mortas, e ela estava se alimentando da terceira. Os membros da mulher se debatiam enquanto a tia de Alice sugava o sangue de seu pescoço em goles ávidos.

Fiquei estarrecido com a velocidade da mudança de Agnes; ela não se parecia mais se a mulher gentil que nos ajudara tantas vezes no passado. Fiquei olhando para ela horrorizado, mas Alice simplesmente deu de ombros para o meu olhar enojado.

— Ela está com fome, Tom. Quem somos nós para julgar? Não agiríamos de forma diferente no lugar dela.

Após alguns instantes, Agnes olhou para nós e sorriu, com os lábios manchados de sangue.

— Vou ficar e terminar isso — avisou. — Vão vocês para a segurança do túnel.

— Mais inimigos chegarão em breve, Agnes — alertou Alice. — Não demore.

— Não tenha medo, criança; logo os alcançarei. E, se vierem mais depois, melhor ainda!

Não podíamos fazer mais nada para persuadir Agnes, então, muito relutantemente, a deixamos se alimentando e fomos para o sepulcro. A construção era quase exatamente como me lembrava da minha última visita — uns dois anos antes —, mas os sicômoros que cresciam pelo telhado estavam mais altos e largos, e o toldo folhoso que abrigava esse jazigo, ainda mais espesso, aumentando a melancolia do local.

Alice pegou um pedaço de vela do bolso e, enquanto atravessávamos a escuridão do sepulcro, a vela se acendeu, iluminando as lápides horizontais cobertas por teias de aranhas e o buraco escuro e terroso que dava acesso ao túnel. Alice assumiu a dianteira e entramos. Após um tempo, o caminho se alargou e conseguimos levantar para avançar melhor.

Paramos duas vezes para Alice farejar o perigo, mas logo passamos pelo pequeno lago outrora protegido por um ser assassino — o cadáver sem olhos de um marinheiro afogado, encantado por magia negra e posteriormente destruído por uma das lâmias. Dele não havia mais qualquer rastro visível; o corpo desmembrado havia muito se perdera na lama no fundo. Apenas um ligeiro odor desagradável atestava o fato de que o lugar um dia fora muito perigoso.

Em pouco tempo chegamos ao portão subterrâneo da antiga torre e passávamos pela masmorra escura e úmida, algumas celas ainda ocupadas por esqueletos dos torturados pelo clã Malkin. Não havia mais espíritos pairando por ali: em uma visita prévia ao local, meu mestre trabalhara duro para enviá-los de volta à luz.

Logo adentrávamos o grande salão subterrâneo em formato cilíndrico e vimos o pilar cheio de correntes, treze ao todo. A cada uma delas estava preso um animal morto: ratos, coelhos, um gato, um cachorro e dois texugos. Lembrei-me do sangue deles pingando em um balde enferrujado, mas este agora estava vazio, e as criaturas, dissecadas e encolhidas.

— Grimalkin disse que as lâmias criaram a forca como um ato de adoração — explicou Alice, a voz pouco mais do que um sussurro. — Uma oferenda para sua mãe.

Fiz que sim com a cabeça. Em nossa última visita, eu e o Caça-feitiço nos perguntáramos qual seria o propósito da forca. Agora eu sabia. Eu estava lidando com coisas que tinham muito pouco a ver com a pessoa calorosa e carinhosa que eu conhecia. Mamãe vivera muito mais do que a expectativa de um ser humano normal, e seu tempo como uma esposa amorosa e mãe de uma família de sete filhos fora relativamente curto. Ela havia sido a primeira lâmia, afinal; fizera coisas sobre as quais eu não queria pensar. Por conta disso, jamais revelei ao meu mestre a sua verdadeira identidade. Não suportava a ideia de ele saber o que ela havia feito e tampouco que pensasse mal dela.

CAPÍTULO 4
ELA É QUEM VOCÊ MAIS AMA

Não havia sinal da lâmia, então começamos a subir as escadas que se erguiam em espiral pelas paredes internas. No teto alto acima, as lâmias tinham alargado a entrada e feito um buraco irregular para permitir o acesso com maior facilidade. Fizemos essa travessia e continuamos por mais degraus de pedras, côncavos pelo excesso de sapatos pontudos de muitas gerações de feiticeiras Malkin que passaram por ali. Nossos passos ecoavam pelas paredes. Ainda no nível subterrâneo, a água pingava do alto de algum lugar na escuridão. O ar estava úmido, a luz da vela de Alice bruxuleando no ambiente gelado.

Começamos a passar pelas celas onde outrora as feiticeiras encarceraram seus inimigos. Em nossa última visita à torre, passamos certo tempo em uma delas, temendo por nossas vidas. Mas quando duas das Malkin vieram nos matar, Alice e Mab Mouldheel as empurraram escadaria abaixo e elas despencaram para a morte.

Fez-se um barulho do lado de dentro e vi Alice olhar para a porta da nossa antiga prisão. Ela levantou a vela e foi para a entrada. Fui atrás, com o bastão a postos, mas era só um rato, que passou correndo por nós e desceu pelos degraus, a cauda comprida seguindo logo atrás como uma serpente. Quando começamos a subir outra vez, Alice olhou para baixo, em direção ao lugar onde suas inimigas haviam morrido. Ela estremeceu com a lembrança.

De um jeito estranho, aquela reação natural alegrou meu coração. Ao usar seu poder, Alice podia ter se aproximado das trevas, mas ainda era capaz de sentir emoções; não tinha enrijecido a ponto de se perder, finalmente abdicando de sua bondade natural.

— Que época ruim, aquela! — comentou ela, balançando a cabeça. — Não gosto de me lembrar do que fiz aqui.

Meu irmão, Jack, sua esposa, Ellie, e a filha pequena deles, Mary, também tinham sido prisioneiros nessa cela. Quando abriram a porta, uma feiticeira proferira palavras que me congelaram os ossos:

Deixem a criança para mim, dissera. Ela é minha...

Naquele momento, Alice e Mab a atacaram.

— Você fez o que tinha que fazer, Alice — tranquilizei-a. — Eram elas ou nós. E não se esqueça de que vieram matar uma criança!

No alto das escadas chegamos ao depósito, com seu fedor de legumes podres. Depois dele ficavam as habitações, o antigo lar do clã Malkin e seus servos. O baú de mamãe que continha os cadernos e artefatos estava ali, escancarado, e ao lado dele estava a lâmia, Slake.

Os baús tinham sido roubados de nossa fazenda e trazidos aqui pelas feiticeiras Malkin. As duas irmãs lâmias de mamãe vieram escondidas em outros dois baús. Quando as soltei, elas expulsaram as feiticeiras da torre. Desde então passou a ser mais seguro deixar os baús aqui, guardados por elas.

O rosto de Slake agora tinha uma aparência bestial, e seu corpo parecia estar coberto por escamas verdes e amarelas. As asas estavam quase inteiramente formadas, dobrando-se sobre seus ombros. Será que ela ainda conseguia falar?

Quase como se tivesse lido meus pensamentos, ela proferiu, com uma voz áspera e gutural:

— Bem-vindo, Thomas Ward. É bom vê-lo de novo. Na última vez em que nos encontramos eu não podia falar; em breve perderei essa capacidade novamente. Há muito a dizer, e temos pouco tempo.

Fiz uma reverência antes de responder.

— Meus agradecimentos por ter protegido o baú e o conteúdo para mim. Lamentei muito quando soube da morte de Wynde, sua irmã. Você deve se sentir muito sozinha agora.

— Wynde morreu bravamente — respondeu a lâmia. — É verdade que tenho me sentido só, após tantos anos felizes na companhia da minha irmã. Estou pronta para deixar a torre e encontrar outras da minha espécie, mas sua mãe ordenou que eu permanecesse até você aprender tudo que tem para ser aprendido aqui. Só quando tiver destruído o Maligno eu poderei ser livre para voar.

— Soube que tem um artefato no baú, um objeto sagrado que pode ajudar na minha causa. Posso vê-lo? — perguntei.

— Posso mostrá-lo somente para você. A menina tem que se retirar.

Eu estava prestes a protestar quando Alice se pronunciou.

— Tudo bem, Tom. Vou voltar e encontrar Agnes — disse ela, com um sorriso.

— Tem mais alguém com vocês? — perguntou Slake, exibindo as garras.

— Você se lembra da feiticeira que foi dilacerada abaixo da torre? O nome dela é Agnes Sowerbutts e o corpo dela foi levado ao Vale das Feiticeiras pela sua irmã — explicou Alice. — Ela ainda é inimiga do Maligno. Como uma feiticeira morta poderosa, será uma aliada fundamental.

— Então vá e a traga até nós — ordenou a lâmia.

Alice se retirou, e escutei seus sapatos pontudos descendo pelos degraus de pedra. Sozinho com a lâmia, de repente me senti nervoso, com os sentidos totalmente em alerta. Ela era perigosa e formidável, e era difícil ficar relaxado na presença de uma criatura dessas.

— Em geral, existem três objetos que devem ser utilizados para matar o Maligno — sibilou a lâmia. — O primeiro já está com você: a Espada do Destino que lhe foi dada por Cuchulain. Foi muito fortuito que tenha caído em suas mãos. Do contrário, você precisaria voltar para a Irlanda para recuperá-la.

O jeito como Slake usara a palavra "fortuito" sugeria que a espada tivesse chegado a mim por acaso, mas o próprio nome dela já revelava a verdade. Fora o destino que tinha nos unido. Tínhamos que estar juntos; causaríamos a destruição final do Maligno. Assim seria, ou eu morreria tentando.

— Este é o segundo objeto — prosseguiu ela, estendendo o braço para o baú. Sua mão de garras compridas emergiu com uma adaga. Observando-a, percebi que sua lâmina fina era feita de liga de prata, um material particularmente eficiente contra habitantes das trevas.

A lâmia a entregou para mim. Assim que meus dedos tocaram o cabo, soube instintivamente que também tinha nascido para brandir essa arma. Apesar de ser muito menor, visualmente ela era gêmea da Espada do Destino, com o cabo no formato de cabeça de suga-sangue e a lâmina assumindo o lugar do tubo ósseo utilizado para retirar o sangue das vítimas. O suga-sangue era uma criatura mortal que espreitava em fendas estreitas perto de água. Quando alguém passava, eles saltavam e enfiavam aquele longo tubo no pescoço das vítimas. Quando fui trabalhar com o caça-feitiço Bill Arkwright, fui atacado por uma dessas criaturas e salvo quando ele esmagara a cabeça do bicho com uma pedra.

Assim que peguei o cabo da adaga, os dois olhos de rubi começaram a pingar sangue.

— Foi também fabricada por Hefesto? — perguntei. Ele era o deus antigo que fizera armas especiais para seus pares; o maior ferreiro que já existiu.

Slake assentiu com sua cabeça assustadora.

— Sim, ele fabricou os três objetos sagrados. São conhecidos como "espadas de herói", apesar de dois dos objetos serem apenas adagas. Alguns dizem que um dia foram usadas como espadas pelos Segantii, o povo pequeno que habitava o norte do Condado.

Eu me lembrava de ter visto pequenos túmulos talhados em pedra para guardar os corpos dos Segantii. De fato, nas mãos deles, as adagas pareceriam tão grandes quanto espadas.

— Preciso dos três? — perguntei.

— Os três têm que ser utilizados juntos. Sei onde fica o outro, apesar de estar em um lugar inacessível aos mortais. Está nas sombras, mas pode ser encontrado por alguém que seja corajoso, poderoso e sagaz.

— Não sou tão corajoso assim — falei — e duvido que eu tenha poder, mas se alguém tem que se aventurar pelas sombras, terei de ser eu.

O deus antigo Pã me contara aquilo. Cada poderosa entidade das trevas tinha seu próprio território privado nas sombras — um lugar imenso com muitos domínios, o mais poderoso e perigoso pertencente ao Maligno.

— Sua mãe, Zenobia, sabe exatamente onde o objeto pode ser encontrado. Ela mesma vai lhe dizer e explicar o que tem que ser feito.

— Quê? Mamãe vai falar comigo. Quando? — perguntei, animado. — Quando será?

— Ela vai aparecer hoje à noite nesta câmara, mas só para você. As palavras dela são apenas para os seus ouvidos.

Naquela noite esperei na câmara, sentado ao lado do baú de mamãe. Uma única chama de vela dançava sobre a mesa ali perto, projetando sombras grotescas que piscavam na parede oposta.

Eu falei com Alice e expliquei a situação, e ela não pareceu chateada.

— É normal, Tom, que depois de todo esse tempo sua mãe queira falar a sós com você — disse ela. — É assunto de família, afinal, não é mesmo? Ficarei aqui com Agnes. Você pode me contar tudo pela manhã.

Portanto, Alice, Agnes e Slake ficaram em algum lugar na parte inferior da torre, deixando-me solitário e nervoso, porém animado, em minha vigília. Fiquei imaginando que forma mamãe assumiria para me visitar. Será que viria como uma lâmia feroz com asas brancas como anjos mitológicos, ou como a mãe calorosa e compreensiva que cuidara de mim quando criança?

Tive também outra surpresa. Estava preparado para começar imediatamente a examinar os materiais no baú, torcendo para aprender mais sobre o ritual que eu teria que executar — como o peado do Maligno poderia se estender a uma destruição eterna. Mas Slake me disse que isso não seria mais necessário. Aparentemente, com as orientações de mamãe, ela já tinha feito as decodificações necessárias e anotado as instruções para me entregar após o contato que eu estava esperando.

A princípio fiquei muito animado, ansioso para ver mamãe de novo, e não consegui dormir. Mas aos poucos fui me cansando, e minha cabeça começou a despencar. Eu me mantinha acordando e abrindo os olhos, mas finalmente devo ter caído no sono.

Então, muito de repente, estava totalmente desperto outra vez, meu coração batendo acelerado no peito. A vela tinha apagado, mas havia outra luz — uma coluna clara e brilhante — no cômodo ao meu lado. Diante de mim estava minha mãe, na forma que ela assumira na Grécia, logo antes da batalha final com seu terrível inimigo, Ordeen. Suas maçãs do rosto eram altas e pronunciadas e seus olhos, cruéis, estavam como os de uma predadora. Eu me senti nervoso e agitado, e um pequeno som assustado escapou dos meus lábios quando meu coração começou a acelerar — não gostei de vê-la nesta forma. Ela não se parecia em nada com a mulher que fora mãe minha e dos meus irmãos. Seu corpo era coberto por escamas muito parecidas com as de Slake, e ela tinha garras afiadas nos dedos das mãos e dos pés, mas suas asas dobradas eram exatamente como eu me lembrava — cobertas por penas brancas. Então, bem em frente aos meus olhos, para meu alívio, ela começou a mudar.

As asas se encolheram rapidamente, sumindo nos ombros; as escamas derreteram, sendo substituídas por uma longa saia escura, uma blusa e um xale verde. A mudança mais significativa foi nos olhos: eles suavizaram, perderam a crueldade e se encheram de calor. E então ela sorriu, irradiando amor.

Era mamãe, como se estivesse de volta à fazenda; a mulher que amara meu pai, que criara sete filhos e que fora a curandeira e parteira local. Para mim, não parecia apenas uma aparição, mas uma presença sólida tanto quanto fora um dia na cozinha da fazenda.

Lágrimas corriam pelas minhas bochechas agora, e eu dei um passo à frente para abraçá-la. O sorriso desapareceu de seu rosto; ela deu um passo para trás e levantou uma mão como se estivesse me afastando. Eu a fitei, espantado, enquanto minhas lágrimas de alegria se transformaram em lágrimas de rejeição e dor.

Mamãe sorriu novamente.

— Seque os olhos, filho — disse ela suavemente. — Eu gostaria de abraçá-lo mais do que tudo nesse mundo, mas isso não será possível. Seu espírito continua vestido com carne humana, enquanto o meu tem agora uma cobertura totalmente diferente. Se nos tocássemos, sua vida acabaria. E você é necessário nesse mundo. Você ainda tem muito a fazer. Talvez até mais do que imagine.

Esfreguei os olhos com as costas das mãos e fiz o melhor que pude para retribuir o sorriso.

— Desculpe, mamãe. Eu entendo. É que é tão bom vê-la outra vez.

— E é bom vê-lo também. Mas precisamos ir direto ao assunto. Não posso passar mais do que alguns minutos aqui.

— Tudo bem, mãe. Diga o que tenho que fazer.

— Você agora tem a adaga e também, pelo seu próprio esforço, a espada em sua posse. O terceiro objeto está nas sombras. Escondido bem no coração da toca do Maligno, sob o trono da cidadela dele. Slake irá instruí-lo quanto ao ritual que deve ser executado, e com esses três objetos sagrados em suas mãos você poderá destruir o

Maligno para sempre. Eu só consegui dois, mas mesmo assim pude peá-lo. Você vai concluir o que comecei.

— Farei o possível — disse a ela. — Quero que sinta orgulho de mim.

— Aconteça o que acontecer, Tom, sempre o amarei e sentirei orgulho de você, mas agora chegamos a parte realmente difícil... Mesmo que eu tivesse os três objetos, ainda assim teria fracassado, porque a parte mais importante do ritual é o sacrifício da pessoa que você mais ama na terra. No seu caso, *ela* a quem você mais ama.

Fiquei assombrado e abri a boca, mas nenhuma palavra saiu. Finalmente consegui falar:

— Você, mamãe? Tenho de sacrificar *você*?

— Não, Tom. Tem de ser uma pessoa viva. Apesar de eu saber que você ainda me ama, existe alguém vivendo neste mundo agora a quem você ama ainda mais.

— Não, mãe! — gritei. — Isso não é verdade!

— Olhe para o seu coração, filho, e verá que é verdade. Toda mãe tem que encarar o momento em que seu filho passa a gostar mais de outra mulher.

Ela estava me falando uma coisa que, no fundo, eu já sabia. O verdadeiro significado das palavras dela me atingiu.

— Não! Não! Não pode estar falando sério! — protestei.

— Sim, filho, e me dói dizer isso, mas não tem outro jeito. Para destruir o Maligno, você terá de sacrificar Alice.

Capítulo 5
Outra utilidade para a garota

— Tenho de tirar a vida de Alice? — gritei. — Não há outro jeito?

— É o único jeito, Tom, o preço a ser pago. E ela tem que oferecer a própria vida por vontade própria. Então deixarei por sua conta dizer a Alice o que deve ser feito.

"Eu enfrentei algo muito parecido, mas não consegui ir até o fim — continuou mamãe. — Minhas irmãs tentaram me convencer a matar seu pai ou dá-lo a elas para o devorarem. Depois, imploraram para que eu o utilizasse como sacrifício para aumentar o poder da minha magia. Sem os três objetos sagrados, eu não teria conseguido destruir o Maligno, mas teria aumentado as limitações ao seu poder. Decidi não fazê-lo, porque já havia uma faísca de amor entre mim e seu pai, e eu vi o futuro: poderia dar vida a você, o sétimo filho de um sétimo filho, e fazer de você uma arma para destruir o Maligno".

As palavras de mamãe me perturbaram. Ela estava me descrevendo como se eu fosse uma posse, algo a ser utilizado contra nosso inimigo, e não como um filho amado.

— Mas acho que você se provará mais disciplinado do que eu: você tem grande senso de missão, uma semente plantada por seu pai e cultivada por John Gregory. E não só isso: meu sangue poderoso corre por suas veias, junto com meus dons. Utilize tudo que transmiti a você. Você *precisa* destruir o Maligno a qualquer custo, ou as consequências serão terríveis. Imagine um mundo completamente escravo das sombras! Haveria fome, doenças e anarquia. Famílias se dividiriam; irmãos matariam uns aos outros. Os servos do Maligno não seriam controlados; arrebatariam homens, mulheres e crianças, devorando suas carnes e bebendo seu sangue. E onde você estaria, filho? Você saberia que foi o seu fracasso que provocou esse horror. Pior: não se importaria mais com isso, porque estaria perdido; teria rendido sua alma ao Maligno. Tudo isso pode acontecer se você não agir com determinação. As pessoas do Condado e do resto do mundo precisam que você complete sua missão. Tenho certeza de que você não irá decepcioná-las, apesar do custo pessoal que isso terá para você. Sinto muito, filho, mas não posso mais ficar aqui. Destrua o Maligno, isso é que importa. É o seu destino! A razão pela qual nasceu.

Mamãe começou a desaparecer, e eu gritei desesperadamente.

— Por favor, mamãe, não se vá ainda. Precisamos conversar mais. Tem que haver outra maneira. Não pode ser assim! Não posso acreditar no que está me pedindo!

Ao perder sua forma, ela voltou a ser a lâmia feroz com as asas de penas. A última coisa que vi foram seus olhos cruéis. E então, mais nada.

O cômodo imediatamente caiu em escuridão. Com as mãos trêmulas, peguei a caixinha de luz do meu bolso e consegui acender a vela. Em seguida, sentei no chão ao lado do baú e examinei a caixa, virando-a de um lado para o outro nas minhas mãos. Fora a última coisa que papai me dera antes de eu sair de casa para me tornar aprendiz de John Gregory. Conseguia vê-lo agora com o olho da mente e me lembrei de suas exatas palavras:

Quero que fique com isto, filho. Pode vir a ser útil no seu novo emprego. E volte logo para nos ver. Só porque saiu de casa não significa que não possa nos visitar.

A caixa certamente se provara útil no meu trabalho, e eu já a utilizara muitas vezes no decorrer da minha carreira de aprendiz.

Pobre papai! Ele trabalhara duro na fazenda, mas não tinha chegado a viver para aproveitar a aposentadoria. Pensei na história de como conhecera mamãe na Grécia. Papai era marinheiro na época, e a encontrara amarrada em uma pedra com uma corrente de prata. Mamãe sempre fora vulnerável ao sol, e seus inimigos a tinham deixado para morrer na encosta de uma montanha. Mas papai a salvara, protegendo-a do dia ensolarado.

Antes de navegar de volta para o Condado com ela para iniciar sua nova vida de fazendeiro, papai ficara com ela na sua casa na Grécia. Algo que me contara sobre esse tempo fazia sentido agora. As duas irmãs de mamãe às vezes apareciam depois do pôr do sol, e as três dançavam em volta de uma fogueira no jardim cercado; ele as ouvira discutindo e pensara que as irmãs tinham se voltado contra ele: elas costumavam encará-lo pela janela, parecendo muito irritadas, e mamãe acenava para que ele se retirasse.

As duas irmãs eram as lâmias Wynde e Slake, transportadas para o Condado escondidas nos baús de mamãe. Elas continuaram discutindo e agora eu sabia o motivo. Tinham tentado convencê-la a sacrificar meu pai para fortalecer o peado do Maligno.

Fui despertado dos meus próprios pensamentos pelo som de alguém subindo os degraus para o depósito. Percebi que era Slake, que não mais andava ou se movia como um ser humano. A imagem dela à luz da chama trêmula da vela me fez congelar no lugar. As asas estavam dobradas e as garras, esticadas, como se ela estivesse pronta para dar o bote. Em vez disso ela sorriu, porém, e eu me levantei.

— Zenobia falou com você? — perguntou, com a voz mais rouca do que antes. Tive que me concentrar muito para entender o que dizia.

— Sim, mas não gostei do que ela me pediu.

— Ah! Está falando do sacrifício. Ela disse que seria difícil, mas que você é um filho obediente e tem força para fazer o que é preciso.

— Força e obediência, isso são só palavras! — respondi amargamente. — Mamãe não conseguiu fazer isso; por que eu deveria?

Encarei Slake, tentando controlar minha raiva. Se ela e a irmã lâmia tivessem conseguido o que queriam, papai teria morrido na Grécia, e eu e meus irmãos jamais teríamos nascido.

— Acalme-se. Você precisa de tempo para pensar, tempo para considerar o que deve ser feito. E não pode lidar com o Maligno a não ser que consiga o terceiro objeto sagrado. Encontrá-lo deve ser sua prioridade.

— O objeto está nas sombras e, mais do que isso, embaixo do trono do próprio Maligno — respondi, furioso. — Como posso conseguir uma coisa dessas?

— Não é você que deve conseguir. Temos outra utilidade para a garota. Alice já passou algum tempo nas sombras. Ela não só achará relativamente fácil voltar para lá, como tem familiaridade com os domínios do Maligno. E contanto que a cabeça permaneça separada do corpo, o perigo será muito menor.

— Não! — gritei. — Não posso pedir isso a ela. Ela quase enlouqueceu depois da primeira vez em que esteve lá.

— A segunda visita será mais fácil — insistiu Slake. — Ela se tornará gradualmente imune aos efeitos adversos.

— Mas a que custo? — respondi. — Aproximando-se cada vez mais das sombras até pertencer totalmente a elas?

A lâmia não respondeu. Em vez disso, alcançou o baú e me entregou um pedaço de papel.

— Leia isso antes — ordenou. — Está escrito com a minha letra e foi ditado por sua mãe.

Aceitei o papel e, com as mãos trêmulas, comecei a ler:

O Senhor das Trevas queria que eu voltasse a seu grupo e lhe obedecesse uma vez mais. Por um longo tempo, resisti enquanto recebia frequentemente conselhos dos meus amigos e apoiadores. Alguns me disseram para gerar seu filho, o meio utilizado pelas feiticeiras para se livrar dele para sempre. Mas somente pensar na ideia já era horrível demais para mim.

Naquele momento, vi-me torturada por uma decisão que em breve terei que tomar. Inimigos me pegaram, surpreendendo-me...

Mamãe repetia então o que eu já sabia — que ela tinha sido amarrada a uma pedra com uma corrente de prata e resgatada por um marinheiro. O marinheiro era meu pai, claro — ele me contara a história não muito antes de morrer. Eu também conhecia o resto, sobre como papai fora abrigado na casa dela. Mas as palavras seguintes me fizeram gelar.

... logo ficou claro que meu salvador nutria sentimentos por mim. Eu tinha gratidão pelo fez, mas ele era apenas humano e eu não sentia nenhuma grande atração física por ele.

Senti uma dor no coração ao ler essas palavras. Pensei que mamãe e papai tivessem se amado desde o começo. Era essa a impressão que papai passava, de qualquer forma. Era o que ele acreditava. Tive que me forçar a continuar lendo.

Contudo, quando descobri que era o sétimo filho de seu pai, um plano começou a se formar na minha mente. Se eu gerasse seus filhos, o sétimo teria poderes especiais para lidar com as trevas. Não só isso: a criança traria alguns atributos meus, dons que aumentariam seus outros poderes. Portanto, esta criança um dia poderia ter a capacidade de destruir o Maligno. Não foi fácil decidir o que fazer. Gerar seu sétimo filho poderia me oferecer o meio de finalmente destruir meu inimigo. No entanto, John Ward era apenas um pobre marinheiro. Ele vivia do que plantava e pescava. Mesmo que comprasse uma fazenda para ele, eu ainda teria que viver esta vida ao seu lado, o fedor de animais para sempre nas minhas narinas.

Pensando em meu pobre pai, contive um suspiro. Não havia qualquer menção a amor aqui. Tudo que mamãe parecia querer era destruir o Maligno. Papai era apenas um meio de conquistar esse objetivo. Talvez eu também não passasse disso.

O conselho das minhas irmãs foi que eu o matasse ou o entregasse a elas. Recusei, pois lhe devia minha vida. A escolha era entre deixá-lo sair da minha casa para que encontrasse um navio que o levasse dali ou voltar com ele.

Levantei os olhos da folha de papel e, com raiva, encarei Slake, que estendeu as garras, furiosa com a minha reação. Essa era uma das lâmias que defendera que meu pai devia ser morto! Continuei lendo.

Mas, para viabilizar a segunda opção, eu primeiro precisava diminuir meu inimigo, o Maligno. Isto eu fiz por subterfúgio. Providenciei um encontro no Banquete de Lammas — apenas eu e o Maligno. Após escolher cuidadosamente o meu local, fiz uma grande fogueira e, à meia-noite, realizei a invocação necessária para trazê-lo temporariamente ao nosso mundo.

Ele apareceu bem no meio das chamas, e fiz uma reverência para fingir obediência — mas eu já estava murmurando as palavras de um poderoso feitiço e tinha dois objetos sagrados na mão. Apesar de todas as suas tentativas de me impedir, completei a diminuição com êxito, abrindo caminho para a próxima fase do meu plano, que começou com minha viagem até o Condado e a compra de uma fazenda.

E então me tornei esposa de um fazendeiro e gerei seis filhos dele, até chegar, finalmente, ao sétimo, que chamamos de Thomas Jason Ward; o primeiro nome escolhido pelo pai, o segundo por mim, em homenagem a um herói da minha terra natal, de quem um dia gostei.

Nós, lâmias, somos acostumadas a mudar nossa forma, mas as mudanças provocadas pelo tempo nunca podem ser previstas. Com o passar dos anos, eu comecei a aceitar minha terra e amar meu marido. Fui me aproximando gradualmente da luz e, eventualmente, me tornei uma curandeira e parteira, ajudando meus vizinhos sempre que podia. Foi então que um humano, John Ward, o homem que me salvou, me conduziu por um caminho que eu não pude prever.

O fim da carta me deixou um pouco melhor. Pelo menos mamãe dizia que amou meu pai. Ela gradualmente mudou e se tornou mais humana. Estremeci de repente, percebendo que o contrário era verdade: ela estava deixando sua humanidade para trás e tinha evoluído para algo muito diferente da mãe de quem eu lembrava. O que ela estava me pedindo era impensável.

— Mamãe disse que estava com dois objetos sagrados em mãos — disse a Slake. — Por que o segundo agora está nas sombras?

— Acha que foi fácil pear o Maligno? — sibilou ela, mais uma vez exibindo as garras.

Slake abriu a boca largamente, mostrando os dentes, e a saliva começou a pingar da mandíbula. Por um instante pensei que pretendesse me atacar, mas então ela expirou lentamente e continuou a falar.

— Apesar da magia de Zenobia, houve muita luta. O Maligno agarrou um dos objetos enquanto era sugado de volta para as sombras. Estas são as instruções de Zenobia para o ritual... Leia agora! — ordenou, entregando-me um segundo pedaço de papel.

Eu peguei, dobrando-o e guardando-o no bolso.

— Amanhã eu leio — respondi. — Já descobri coisas demais de que não gostei.

Slake rosnou profundamente com a garganta, mas dei as costas para ela e subi pelos degraus para a ameia. Não queria ver Alice ainda. Eu precisava refletir sobre tudo primeiro.

CAPÍTULO 6
PARTE DA HISTÓRIA

Fiquei indo de um lado a outro na ameia da Torre Malkin, para a frente e para trás, para a frente e para trás, feito um demente. Enquanto caminhava, meus pensamentos vagaram de um lado para o outro, presos em um labirinto; independente do caminho que eu explorasse, sempre voltava às duas perguntas que me atormentavam.

Será que deveria contar a Alice que ela teria que voltar para as sombras? E depois disso, será que eu estava preparado para tamanho sacrifício? Será que realmente podia tirar a vida de Alice?

A noite transcorreu lentamente enquanto eu agonizava, pensando no que fazer. Finalmente me apoiei no parapeito, olhando fixamente para o oeste, sobre as árvores de Crow Wood. Aos poucos, o céu começou a clarear, até que um pedaço enorme da Colina Pendle se tornou visível. Lá, àquela luz pálida da manhã, comecei a ler a carta que explicava o ritual que finalmente destruiria o Maligno.

A destruição do Maligno pode ser alcançada da seguinte forma. Primeiro, os três objetos sagrados devem estar em mãos. São as espadas de herói fabricadas por Hefesto. A principal delas é a Espada do Destino; a segunda é a adaga chamada de Corta Ossos, que lhe será entregue por Slake. A terceira é a adaga chamada Dolorosa, às vezes chamada de Espada da Tristeza, que você deve recuperar das sombras.

O lugar também é importante: deve ser particularmente propenso ao uso de magia. Portanto, o ritual deve ser realizado em uma colina alta a leste de Caster, que é conhecida como Wardstone.

Era uma estranha coincidência. Eu tinha que tentar destruir o Maligno em uma colina que tinha o meu nome! Estremeci como se alguém tivesse passado por cima do meu túmulo. Em seguida, continuei a ler.

Primeiro, o sacrifício de sangue deve ser feito desta exata forma: uma fogueira capaz de gerar muito calor deve ser construída. Para isso, será necessário construir uma fornalha.

Durante o ritual, a vítima voluntária para o sacrifício deve demonstrar grande coragem. Se em algum momento ela gritar e trair sua dor, tudo será perdido e o ritual irá falhar.

Utilizando a adaga Corta Ossos, os ossos dos polegares devem ser extraídos da mão direita do sacrifício e jogados ao fogo. O corte para retirar os ossos da mão esquerda deverá ser feito apenas se ela não gritar. Esses também serão jogados na fogueira.

Em seguida, utilizando a adaga Dolorosa, o coração deve ser extraído e, enquanto ainda estiver batendo, deverá ser jogado no fogo.

A implicação total do que estava sendo pedido de repente se tornou clara na minha mente. Queriam que Alice recuperasse a lâmina Dolorosa — que em seguida seria utilizada em uma cerimônia asquerosa que arrancaria seu próprio coração. Queriam que ela se aventurasse nas trevas para recuperar a arma que a mataria!

Era absurdo. Estremeci ao pensar na tarefa.

Então ouvi alguém subindo os degraus na minha direção. Reconheci o estalo dos sapatos pontudos de Alice e rapidamente enfiei a carta nos bolsos da calça. Segundos mais tarde, ela emergiu nas ameias atrás de mim.

— Você viu sua mãe? — perguntou ela, colocando a mão no meu ombro. — Como foi? Você parece chateado. Parece estar tremendo.

— Estou chateado — admiti. — Ela mudou muito. Não parece em nada a mãe da qual me lembro.

— Ah, Tom! — exclamou Alice. — Todo mundo muda. Se você entrasse na cabeça do seu eu futuro daqui a anos, sem dúvida ficaria espantado com o quanto estará diferente, quanto seus pensamentos e sentimentos estarão mudados. Nós mudamos o tempo todo, mas é tão gradual que não notamos quando está acontecendo. Para as lâmias isso é mais rápido e claro. Sua mãe não pode evitar, Tom. Faz parte da natureza dela; mas ela ainda o ama.

— Ama? — questionei, virando para encará-la.

Ela me encarou de volta.

— O que foi, Tom? Tem algo errado, não tem? Algo que não me contou.

Olhei nos olhos de Alice e tomei uma decisão. Eu contaria *parte* do que sabia — que queriam que ela voltasse para as trevas novamente. Mas eu não poderia contar de jeito nenhum que ela teria que ser sacrificada para finalmente derrotar o Maligno. Isso era impossível. O ritual era terrível, e eu sabia que era incapaz de fazer essas coisas com meu pior inimigo, quanto mais com minha melhor amiga.

Então, ali nas ameias, à luz cinzenta do amanhecer, com os gritos roucos de corvos ao fundo, eu contei parte de um conto a ela.

— Tem algo que preciso lhe contar, Alice — comecei. — É terrível, mas você precisa saber. São necessários três objetos sagrados para acabar com o Maligno de uma vez por todas. Já tenho os dois primeiros: minha espada e uma adaga chamada Corta Ossos. Mas a terceira espada de herói é também uma adaga, uma que está logo sob o trono do Maligno. Querem que *você* vá para as trevas e a encontre, Alice; mas falei que não ia deixar.

Por um momento Alice ficou quieta, fitando fixamente os meus olhos.

— O que você sabe sobre o ritual em si, Tom? O que deve ser feito?

— Saberei depois. Uma vez que tivermos os três objetos — menti.

Depois que terminei, ficamos ambos em silêncio por um bom tempo. Olhei para o céu, observando as pequenas nuvens correndo para o leste, as bordas tingidas de vermelho e rosa por causa do sol nascente. Então, de repente, Alice correu para os meus braços, e nos abraçamos com força. Naquele momento, soube que jamais poderia sacrificá-la; *tinha* de haver outra maneira.

Quando finalmente nos afastamos, Alice olhou para mim e disse:

— Se for o único jeito, vou para as trevas buscar o que precisamos.

— Não, Alice! Nem pense nisso. Deve haver outra coisa que a gente possa fazer!

— Mas e se não tiver, Tom? Grimalkin não pode manter a cabeça do Maligno longe das mãos dos inimigos para sempre. Eles nunca vão desistir. Todo lugar que formos será perigoso porque estarão sempre atrás de nós. Eles nos esperaram aqui, não foi? E cedo ou tarde o Maligno vai retornar com todo o seu poder. Seremos sugados para a escuridão por uma eternidade de tormento. Pelo menos assim só um de nós precisa ir. E irei desbravar as trevas, custe o que custar. E vou voltar. Não vou ficar lá para sempre, vou?

— Não, você não pode ir para as trevas — insisti. — Não vou deixar.

— A decisão é minha, Tom, não sua. Ainda faltam mais de cinco meses para o Dia das Bruxas, mas quanto antes eu conseguir essa adaga, melhor.

— Você não pode voltar para lá, Alice! — gritei. — Lembre-se do que isso fez com você da última vez.

— Aquilo foi diferente, Tom. Eu fui sequestrada pelo Maligno. Bem, ele não está aqui agora, e as trevas estão enfraquecidas por causa disso. E eu sei que tenho muito poder. Sei me cuidar, não se preocupe!

Não respondi. Mesmo que Alice tivesse êxito, ela só se aproximaria do momento em que teria que morrer. A segunda carta de mamãe estava no meu bolso... e lá ficaria.

Ficamos na torre pelo resto do dia, com planos de sair depois que escurecesse, quando seria mais fácil escaparmos sem sermos vistos.

Enquanto Alice seguia o túnel para fazer mais uma visita a Agnes, eu tive uma breve conversa com Slake. Na presença dela, li o restante da carta de mamãe e pude perguntar para a lâmia coisas que não estavam claras. Quanto mais eu descobria, mais desesperado ficava.

Finalmente chegou a hora de partir. Enquanto Alice esperava por mim, virei-me para Slake.

— Pode ser que eu jamais volte para cá — falei para ela. — Você está livre para ir embora.

— Não cabe a você me dispensar — sibilou a lâmia. — Ficarei aqui até depois do Dia das Bruxas. Depois, quando já tiverem cuidado do Maligno, queimarei os baús e partirei, para encontrar outros como eu.

— E se não cuidarmos dele?

— Aí será ruim para todos nós. Se fracassarem, não posso nem pensar nas consequências. Você *precisa* fazer o que é necessário.

— Não cabe a você me dizer o que fazer! — retorqui. — Tomo minhas próprias decisões. Contudo, você tem minha gratidão. Se algum dia precisar da minha ajuda, me chame e ficarei ao seu lado.

Ao deixarmos a lâmia, Alice me encarou espantada. Eu sabia por quê: minhas últimas palavras haviam escapado da minha boca sem pensar, mas percebi que era exatamente aquela a minha opinião. Naquela noite na Colina Pendle, quando o Maligno fora invocado pelos clãs, Slake e sua irmã lutaram para nos salvar. Teríamos morrido sem a intervenção delas. Aqui, guardando a torre, Wynde morreu. E apesar de ter sido difícil aceitar, ela era uma parente distante — descendente de mamãe —, então eu devia a ela exatamente o que prometi.

— Sabe o que eu acho, Tom? — falou Alice quando começamos a descer os degraus. — Você falou sobre sua mãe ter mudado, mas você também mudou. Você fez aquela promessa a Slake sem sequer considerar o que o velho Gregory teria a dizer. Você é mais caça-feitiço do que ele agora.

Não respondi. Pensar no meu mestre em declínio me entristecia, mas eu sabia que Alice tinha razão. Como ele havia me dito no dia anterior, eu precisava agir e começar a pensar como o caça-feitiço que iria me tornar. Estávamos embarcando em um futuro incerto, mas as coisas estavam chegando ao clímax. Logo, para o bem ou para o mal, ia acabar.

Agnes estava nos esperando na saída do túnel. Havia moscas em volta de sua cabeça, e rastros secos de sangue em sua boca. Ela cheirava a barro e a coisas que deslizavam no subterrâneo.

— Vamos voltar para Chipenden — avisou Alice para a feiticeira morta. — Voltarei para visitá-la quando puder.

Agnes fez que sim com a cabeça, e uma larva branca caiu do seu cabelo e se contorceu aos seus pés.

— Venha me procurar no vale quando precisar. Você também, Thomas Ward. Você também tem uma amiga entre os mortos.

Alice afagou afetuosamente o ombro da tia, e então atravessamos o túnel com cautela, emergindo através do sepulcro para chegarmos ao mato que cobria o cemitério.

Alice fungou três vezes.

— Tem meia dúzia de feiticeiras aqui, mas estão todas mortas. Agnes tomou conta delas!

Apressamo-nos para o norte e depois para o oeste, contornando a borda de Pendle para irmos direto a Chipenden. Agnes era nossa aliada e amiga, mas notei que Alice não contara a ela sobre a jornada às trevas. Feiticeiras mortas mudavam, afastando-se de preocupações humanas, e Agnes não era mais alguém em quem Alice poderia confiar.

CAPÍTULO 7
ATRAVESSAR É PERIGOSO

Ao atravessarmos o jardim do Caça-feitiço, os cachorros correram em nossa direção, latindo agitadamente, e eu tive que passar alguns minutos brincando com eles e sendo lambido. Achei que a animação traria meu mestre para nos receber, mas não havia sinal dele. Será que havia acontecido alguma coisa? Será que ele havia partido em alguma missão de caça-feitiço?

Mas então percebi a fumaça da chaminé da cozinha e me acalmei. Quando entrei, vi um estranho perto do fogo conversando com John Gregory. Ambos se levantaram e se viraram para mim.

— Este é Tom Ward, meu aprendiz — disse o Caça-feitiço. — E a menina é Alice, de quem lhe falei. E esse é Judd Brinscall, rapaz, um de meus antigos aprendizes. Ele veio de Todmorden para nos acompanhar até lá.

— A sra. Fresque é minha amiga, Tom — disse Judd com um sorriso. — Ela é romena, mas agora vive em Todmorden, tendo me enviado para descobrir o que atrasou a visita do seu mestre à biblioteca. — Judd Brinscall era mais baixo do que o meu mestre e um pouco magro. Parecia ter 40 e poucos anos, mas seu rosto era enrugado e cansado, o que sugeria que ele tivesse passado a maior parte da vida ao ar livre. Seus cabelos louros estavam começando a ficar ralos, mas suas sobrancelhas eram pretas, formando um estranho contraste. Ele vestia o capuz e os trajes de um caça-feitiço, mas, ao contrário dos nossos, os dele eram verdes e listrados em marrom e amarelo.

Eu me lembrei do nome dele porque era um dos mais marcantes estavam gravados na parede do meu quarto aqui em Chipenden — o quarto usado por todos os meninos que meu mestre treinou.

— Você está olhando para a minha roupa — constatou ele com um leve sorriso. — Já vesti uma idêntica à sua, Tom. Mas existe um motivo para o uso dessas. Quando encerrei meu tempo aqui com o sr. Gregory, ele me ofereceu um trabalho com ele por mais alguns anos para desenvolver ainda mais as minhas habilidades de caça-feitiço. Teria sido a atitude mais sensata, mas havia enfrentado longos cinco anos aprendendo meu ofício no Condado e estava sedento por viagens. Precisava visitar novos lugares enquanto ainda era jovem; particularmente a Romênia, terra da minha mãe.

"Viajei muito, atravessei o mar e acabei indo parar lá. Passei dois anos estudando com um dos caça-feitiços da província da Transilvânia e adotei essa indumentária. Ela me oferece a camuflagem necessária quando viajo pela floresta."

— Bem, rapaz — interrompeu o Caça-feitiço, voltando-se para mim, com o rosto carregado de preocupação. — Como foram as coisas na Torre Malkin? Sente-se e nos conte.

Então, enquanto Alice permaneceu de pé, assumi o meu lugar

à mesa e comecei o meu relato. Inicialmente hesitei, sentindo-me pouco à vontade em revelar tantas coisas na frente de um estranho.

Meu mestre deve ter notado a minha inquietação.

— Desembucha, rapaz! Não precisa se calar na frente de Judd. Somos amigos há muito tempo.

Então contei ao mestre parte do que descobri — apesar de não revelar nada sobre o ritual em si, coisa que não teria sido possível. Contei a mesma mentira que contei a Alice, fingindo que o próximo passo só seria revelado quando estivéssemos de posse das três espadas. E, é claro, não revelei a pior das coisas — que teria que sacrificar Alice para conquistar nosso objetivo.

Mentir por omissão dessa maneira me deixava triste, mas talvez não tanto quanto teria deixado em outros tempos. Eu estava me tornando mais duro, e sabia que o que fiz fora para o bem. Um grande fardo de responsabilidade estava sendo colocado sobre meus ombros, e eu devia carregá-lo sozinho.

Quando terminei, ambos os caça-feitiços ficaram olhando para Alice.

— Então, menina? — quis saber meu mestre. — Sei que é pedir muito, mas você está preparada para tentar fazer o que é preciso? Vai voltar para as trevas?

— Tem que haver outra maneira! — falei, cheio de fúria. — Não podemos pedir que Alice faça isso.

Nenhum dos caça-feitiços disse uma palavra; ambos abaixaram os olhos e olharam para a mesa. O silêncio deles dizia tudo. Senti amargura. Alice não significava nada para eles. Judd Brinscall tinha acabado de conhecê-la, e meu mestre nunca aprendera a confiar nela, apesar de tudo que tinha passado conosco, apesar de todas as vezes que ela nos salvara.

— Farei o que é necessário — respondeu Alice, em voz baixa —, mas quero ter certeza de que é o único jeito. Preciso de tempo para pensar. E preciso falar com Grimalkin. Ela não está muito longe, então vou encontrá-la. Não devo demorar mais do que alguns dias.

Na manhã seguinte, Alice foi para o norte encontrar a Feiticeira Assassina. Dei um abraço nela às margens do jardim.

— O que quer que decida, Alice, não vá para as trevas sem antes me avisar. Promete?

— Prometo, Tom. Eu não iria sem me despedir, não é mesmo?

Eu a observei seguindo o caminho, minha garganta apertando com as emoções.

Em menos de uma hora, após deixar os três cachorros sob os cuidados do ferreiro da vila, meu mestre, Judd Brinscall, e eu partimos também. Apesar de ter recusado a viagem a Pendle, o Caça-feitiço parecia feliz em ir a Todmorden. Seus joelhos estavam melhores, e o ritmo em que caminhava parecia ter a energia de sempre. Enquanto andávamos, nós três conversamos.

— Sabe do que sinto falta na velha casa? — perguntou Judd.

— Para mim, o que faz falta são o teto e a biblioteca — brincou o Caça-feitiço. — Fico feliz em ver que ambos estão sendo providenciados!

— Bem, eu sinto falta do ogro! — exclamou Judd. — Podia queimar o bacon às vezes, mas sempre lavava a louça e mantinha o jardim seguro. No começo ele me assustava, mas com o tempo passei a me afeiçoar.

— Ele me assustava também — comentei. — Me deu uma pancada atrás da orelha quando desci cedo demais para o café da manhã no meu primeiro dia. Mas minhas lembranças são quase todas boas.

— É — concordou meu mestre. — Ele nos alertava sobre os perigos e salvou as nossas vidas mais de uma vez. Certamente fará falta.

Pausamos a jornada na vila de Oswaldtwistle, onde o Caça-feitiço nos levou direto à única taverna, a Homem Cinza.

— O dinheiro pode ser pouco no momento, mas meus velhos ossos pedem uma cama quente esta noite, rapaz — disse.

— Posso pagar por nossas acomodações — ofereceu Judd. — Sei que tem passado por dificuldades.

— Não, Judd, guarde o seu dinheiro; não quero nem ouvir sobre isso.

Nossas finanças eram limitadas porque meu mestre precisava de quase tudo que havia acumulado recentemente para pagar pelas obras da casa. Sempre que ele fazia um trabalho, frequentemente tinha que esperar para receber; às vezes até a próxima colheita. O fato de se dispor a pagar por quartos agora mostrava o quão cansado ele devia estar. Nossas lutas contra as trevas durante os anos anteriores o tinham esgotado muito. Mas ele também tinha seu orgulho; não permitiria que um antigo aprendiz pagasse por sua hospedagem.

Alguns populares estavam sentados, fofocando no canto perto de uma grande fogueira e tomando cerveja em grandes canecas, mas éramos os únicos a jantar. Pedimos grandes pratos de bife e batata assada mergulhada em um molho delicioso

Olhei para o Caça-feitiço.

— Você disse que seu trabalho nunca o levou a Todmorden, então fico me perguntando como a sra. Fresque sabia sobre sua biblioteca e sobre o que aconteceu com ela... *Você* contou, Judd? — perguntei.

— Sim, contei. Passei muitas semanas longe do Condado. Queria voltar há meses, mas continuava ocupado por tropas inimigas. Assim que cheguei, procurei Cosmina Fresque, uma velha amiga romena, que gentilmente me ofereceu um teto enquanto eu me ajeitava. Ela disse que tinha alguns livros para vender, então, é claro, contei sobre vocês. Ela foi pessoalmente a Chipenden e, no caminho, ficou sabendo sobre a lamentável perda de sua biblioteca.

— Ela deveria ter nos visitado, em vez de apenas ter deixado um bilhete — disse o Caça-feitiço.

— Ela não quis perturbá-lo quando estava ocupado com tantas reconstruções — explicou Judd.

— Ela teria sido muito bem-vinda — respondeu meu mestre. — Você também, Judd. Por que não a levou até a casa?

— Por mais que eu tivesse adorado visitar, não posso dispensar trabalho remunerado. Tinha um ogro à solta na fronteira do Condado, então o dever me chamou!

— É um nome incomum, Todmorden — comentei. — Fico imaginando de onde será que veio. Significa alguma coisa?

— Todos os nomes significam alguma coisa — observou o Caça-feitiço. — É só que alguns são tão antigos que suas origens há muito ficaram esquecidas. Alguns dizem que o nome é derivado de duas palavras da língua antiga: *tod*, que significa morte, e *mor*, que também significa morte!

— Mas tem gente que questiona isso — disse Judd. — Alegam que o nome significa Vale da Raposa Pantanosa.

O Caça-feitiço sorriu.

— A memória humana é falível, e a verdade às vezes se perde para sempre, rapaz.

— O seu pai era do Condado, Judd? — perguntei.

— Era sim, Tom, mas ele morreu no meu primeiro ano de aprendiz, e depois minha mãe voltou para a Romênia para ficar lá com sua família.

Meneei a cabeça, indicando minha compreensão. Meu próprio pai tinha morrido no meu primeiro ano de aprendiz, e minha mãe, voltado para a Grécia. Passamos por coisas parecidas, e eu sabia como ele se sentia.

Anteriormente conheci três dos antigos aprendizes do meu mestre. Todos eles estavam mortos agora. Primeiro foi Morgan, que serviu às trevas e foi morto por Golgoth, um dos deuses antigos. Depois teve o padre Stocks, que foi assassinado pela feiticeira Wurmalde. Mais recentemente, na Grécia, Bill Arkwright morreu em uma luta heroica na retaguarda enquanto fugíamos.

Eu detestava Morgan, que era um encrenqueiro, mas aprendi a gostar do padre Stocks — e até mesmo de Bill, com o passar do tempo, apesar de ele ter sido duro comigo no início. E agora eu sentia o mesmo por Judd. Ele parecia um sujeito amigável. A vida de um caça-feitiço podia ser muito solitária. Torci para que estivesse prestes a fazer um novo amigo.

No dia seguinte marchamos para o leste, pelo pântano, até o fim da tarde. Depois, após passarmos por mais uma pequena cidade, três vales inclinados se tornaram visíveis abaixo. No meio encontrava-se a pequena cidade de Todmorden. Vi que era cercada por bosques densos que subiam pelos aclives. O Caça-feitiço havia me dito que um rio passava por ela; a margem ficava além da fronteira do Condado. Mas havia algo de estranho na disposição da cidade. Não só era dividida pelo rio, como também existia ali uma grande fileira de árvores nas duas margens, como se ninguém tivesse querido construir uma casa muito perto da água.

— Bem, sinto muito, mas é aqui que nos separamos — avisou Judd.

— Depois de ter andado tanto, achei que fosse nos acompanhar até a porta da sra. Fresque e nos apresentar — disse o Caça-feitiço, claramente surpreso.

— Infelizmente, tenho que recusar. É que tenho assuntos em aberto depois dos pântanos do sul. É aquele ogro que mencionei. Eu o afastei de uma fazenda, e ele imediatamente encontrou outra. Mas vocês não terão dificuldades em encontrar a casa Fresque. É só perguntarem por Bent Lane. A senhora estará esperando por vocês.

— Como ela é, a sra. Fresque? — perguntou o Caça-feitiço. — Como você a conheceu?

— Ela é uma mulher generosa, com uma boa cabeça para negócios e assuntos práticos — respondeu Judd. — Tenho certeza de que vão se entender muito bem. Eu a conheci durante minhas viagens. Ela me ofereceu meu primeiro contato com a hospitalidade romena.

— Ah, bem, negócios de caça-feitiço vêm em primeiro lugar — disse meu mestre. — Mas esperamos vê-lo novamente, antes de partirmos. Imagino que ficaremos pelo menos uma noite.

— Claro, verei vocês amanhã. Ofereça meus cumprimentos à sra. Fresque!

Judd nos deu um aceno com a cabeça e partiu na direção sul. Sem perder mais tempo, o Caça-feitiço liderou o caminho pela trilha íngreme até a cidade.

As ruas estreitas de pedras estavam cheias de pessoas cuidando de seus assuntos. Havia bancas de mercado e comerciantes de rua vendendo comida, além de bugigangas em bandejas. Todmorden lembrava qualquer outra cidade pequena do Condado, mas havia uma diferença: todos os seus habitantes pareciam carrancudos e mal-humorados.

O primeiro sujeito a quem o mestre pediu direções o ignorou e passou direto por nós, com o colarinho do casaco levantado contra o vento. Na segunda tentativa, ele teve um pouquinho mais de sucesso. Abordou um cavalheiro mais velho que andava com o auxílio de uma bengala. Parecia um fazendeiro, com seu cinto largo de couro e as botas grandes e pesadas.

— Poderia, por favor, nos informar onde fica Bent Lane? — perguntou meu mestre.

— Poderia, mas não tenho certeza se deveria — respondeu o homem. — Veja bem, fica do outro lado da ponte, do outro lado do rio. As pessoas de lá são estrangeiras, e é melhor manter a distância! — Com isso, ele fez um aceno de cabeça e continuou andando.

O Caça-feitiço balançou a cabeça, incrédulo.

— É inacreditável, rapaz — ele disse. — Apenas alguns passos depois de um rio e você vira "estrangeiro"! São só pessoas como nós e que por acaso vieram de outro condado, só isso!

Fomos até a ponte estreita de madeira, que era o único ponto claro onde o rio poderia ser atravessado. Estava ruindo — algumas das tábuas faltavam enquanto outras estavam parcialmente apodrecidas — e era larga o suficiente para acomodar apenas um cavalo e uma carroça. Só um louco mesmo arriscaria atravessá-la dessa forma. Achei estranho que ninguém tivesse pensado em consertá-la.

Dali, a parte da cidade do outro lado do rio não parecia diferente da parte do Condado. Além das árvores, vi as mesmas pequenas casas de pedra e ruas de paralelepípedo, mas o Caça-feitiço apontou para uma taverna no Condado.

— Vamos nos poupar de alguns problemas, rapaz, e perguntar a alguém que possa nos oferecer direções precisas. Podemos matar dois coelhos com uma cajadada só e encontrar algum lugar para passar a noite.

Entramos em uma pequena estalagem cuja placa dizia: A RAPOSA VERMELHA. A sala estava vazia, mas havia fogo em uma lareira e um homem de aparência azeda com um avental de couro estava lavando canecas de peltre atrás do bar.

— Estamos procurando pela casa da sra. Fresque — disse o Caça-feitiço. — Acredito que ela more no alto de Bent Lane, em algum lugar do outro lado do rio. Poderia fazer a gentileza de nos dar as direções?

— É sim do outro lado do rio — repetiu o homem, sem responder a pergunta. — E atravessar o rio é perigoso. Poucos deste lado o fazem. Você será o primeiro do ano.

— Bem, certamente precisa de reparos urgentes — comentou o Caça-feitiço. — Mas acho que ainda não está prestes a cair no rio. Você é o estalajadeiro?

O homem guardou a caneca que estava secando e encarou o Caça-feitiço por alguns segundos. Meu mestre retribuiu o olhar, calmamente.

— Sim, sou o estalajadeiro. Gostaria de comer e beber, talvez uma cama para passar a noite?

— Acho que precisaremos dos três — disse o Caça-feitiço. — Depende do andamento do nosso trabalho.

— Atravessem a ponte — falou o homem afinal —, depois peguem a terceira rua à esquerda. Ela leva a Bent Lane. A casa da sra. Fresque é a grande à direita, no final da rua, no bosque. Fica escondida pelas árvores, então não vão conseguir vê-la até chegar muito perto. E fiquem na trilha. A área é cheia de ursos.

— Obrigado. — O Caça-feitiço virou para sair. — É bem provável que o vejamos mais tarde.

— Bem, se quiserem quartos, certifiquem-se de voltar antes do sol se pôr — avisou o estalajadeiro atrás de nós. — Depois disso as portas são trancadas e barradas, e eu estarei seguro na cama antes de anoitecer. E, se vocês tiverem algum juízo, farão o mesmo.

Capítulo 8
Um estudo sobre os moroii

— Que tipo de estalagem fecha as portas tão cedo? — perguntei ao meu mestre enquanto marchávamos para a ponte.

— Obviamente uma que não recebe bem pessoas estranhas, rapaz! Isso está bem claro.

— Achei que não houvesse mais ursos no Condado — comentei.

— Certamente são raros. A última vez em que vi um foi há mais de vinte anos. Parece que todos atravessaram a fronteira para morar aqui! — respondeu o Caça-feitiço com um sorriso.

— Então do que aquele sujeito tem medo? — perguntei. — Por que ele precisa ir para a cama antes do pôr do sol e faz tanta questão de trancar as portas?

— Sei tanto quanto você. Mas essa cidade não me parece um lugar muito amistoso. Talvez haja ladrões espreitando depois que escurece. Talvez não se deem bem com as pessoas do outro lado do rio. Às vezes existem guerras e rivalidades entre famílias. Não precisaria de muito para pessoas de outros condados guardarem todos os tipos de rancores.

Viramos para a Bent Lane, que logo começou a subir de forma íngreme. As poucas casas estavam, sem exceção, desocupadas, as janelas fechadas com tábuas contra os elementos. Logo as árvores dominaram o local e, quanto mais andávamos, mais voluptuosas ficavam, até formarem um toldo folhoso e claustrofóbico sobre nossas cabeças, que bloqueava o sol e tornava tudo muito sombrio.

— Por que será que chamam este lugar de Bent Lane, "*via dobrada*"? — falei. — Não é nem um pouco torta.

O Caça-feitiço fez que sim com a cabeça.

— Você parece muito interessado em palavras e seus significados hoje, rapaz.

— Eu acho nomes de lugares muito interessantes, sim — falei. — Principalmente do Condado. Também fico curioso com a forma como os significados desses nomes às vezes mudam com o tempo. É engraçado como a palavra Pendle já significou "colina", há muito tempo. Mas agora usamos essa palavra junto e chamamos de Colina Pendle.

Havia outro nome de lugar que estava na minha cabeça desde que o tinha lido nas instruções de mamãe — a Wardstone, uma colina que ficava a leste de Caster e que eu nem sabia que existia. Por que tinha o meu nome? Era apenas uma coincidência que o ritual para destruir o Maligno precisava ser executado lá? Meus pensamentos imediatamente se voltaram para Alice e para as coisas terríveis que teriam de ser feitas com ela. Estremecendo, empurrei o devaneio para o fundo da mente e me forcei a me concentrar no que o Caça-feitiço estava falando.

— É verdade. E você tem razão. Lugares às vezes têm nomes muito antigos, de um tempo em que a palavra em questão significava alguma coisa totalmente diferente. Suas origens se perdem com o tempo.

De repente percebi que tudo estava estranhamente quieto. Estava prestes a mencionar isso para o meu mestre, mas, antes que eu pudesse falar, ele parou e apontou para a frente, para o que certamente deveria ser a casa da sra. Fresque.

— Bem, rapaz, nunca vi nada assim antes. Não sou nenhum arquiteto, mas sei o que agrada a vista, e essa casa tem uma mistura muito peculiar de estilos.

A residência era grande, com a parte central construída na forma de uma letra E, como muitas mansões do Condado. Mas outras partes tinham sido acrescentadas de forma desordenada, como se cada novo dono tivesse se sentido compelido a continuar construindo, sem pensar no que já existia; vários diferentes tipos de pedra e tijolos haviam sido usados, e as torres não tinham qualquer simetria — nenhum senso de equilíbrio e harmonia. Havia algo mais, porém, que aumentava a minha inquietação.

Eram as árvores, que se aglomeravam em volta da casa como se exigissem entrada. A maioria das pessoas teria cortado os brotos assim que começassem a crescer ou pelos menos os apararriam. Mas nada fora feito ali. Árvores jogavam os galhos sobre o telhado ou se inclinavam contra as paredes como se estivessem tentando empurrá-las. Uma delas até brotara da pista do lado de fora da porta frontal. Qualquer pessoa entrando ou saindo da casa teria que dar a volta por ela. E era sombria, também; o sol não conseguia atravessar o toldo folhoso.

— Esse lugar foi muito negligenciado — constatou o Caça-feitiço. — Espero que a biblioteca esteja em melhores condições! Bem, logo saberemos.

Era surpreendente ver a casa neste estado. Judd disse que a sra. Fresque era uma mulher prática. Então por que ela permitiria que as árvores crescessem assim? Não fazia sentido.

Não havia parede ou muro; a trilha que estávamos seguindo continuava subindo até a porta da frente. Dando a volta pela árvore que atravessava o caminho, o Caça-feitiço foi até lá e bateu duas vezes.

Ninguém respondeu, então ele tentou outra vez. Novamente, notei como estava tudo muito quieto. Era um verdadeiro contraste com a casa do meu mestre em Chipenden, que, nessa época do ano, era cercada por pássaros cantando. Era como se algo enorme e ameaçador estivesse espreitando por perto, fazendo todas as criaturas da floresta se esconderem.

Eu estava a ponto de comentar sobre isso quando ouvi passos se aproximando da porta. Então uma chave foi girada na fechadura e a porta lentamente se abriu para dentro. Uma garota apareceu na nossa frente, segurando uma vela em uma mão e um molho de chaves na outra. Ela era magra, bonita, e não podia ter mais de 18 ou 19 anos. Estava com uma roupa simples: um vestido preto na altura do calcanhar que contrastava com seus longos cabelos ruivos, puxados da testa por um diadema, a atual moda das mulheres do Condado. Seu rosto era muito branco, mas os lábios eram pintados de vermelho e, ao nos ver, eles se alargaram em um sorriso. Todo o meu desconforto anterior evaporou.

— Boa tarde — cumprimentou ela. — Vocês devem ser John Gregory e seu aprendiz, Thomas Ward. Ouvi tanto sobre vocês. Sou a sra. Fresque, mas, por favor, usem meu primeiro nome. Podem me chamar de Cosmina.

Imediatamente percebi o sotaque. Ela falava bem nossa língua, mas sem dúvida era romena, como Judd havia explicado. E apesar da evidente juventude, seus olhos pareciam carregar a experiência e a segurança de uma mulher muito mais velha.

— Estamos felizes em estarmos aqui — disse o Caça-feitiço — e estamos ansiosos para dar uma olhada na sua coleção de livros. Judd Brinscall nos guiou até aqui, mas teve de partir a trabalho.

— Bem, ele é meu convidado, então o veremos mais tarde; e vocês são muito bem-vindos. Por favor, entrem... — Com essas palavras, ela chegou para o lado, e eu e o Caça-feitiço atravessamos a entrada para um interior sombrio.

— Venham comigo — convidou. — Vou mostrá-los a biblioteca.

Ela se virou de costas e nos levou por um corredor alinhado por um lambril pintando de marrom brilhante. Bem no fim, diretamente à nossa frente, havia uma porta oval. Ela selecionou uma chave do molho e a girou na fechadura. Nós a seguimos para dentro e, imediatamente, ouvi o Caça-feitiço engasgar de espanto.

Estávamos em uma vasta torre redonda cujas paredes eram preenchidas por prateleiras de madeira, cada centímetro das quais ocupado por livros. No centro havia uma mesa redonda de carvalho, de superfície muito polida, e três cadeiras. Havia outra porta diretamente oposta à que entramos.

Este era um átrio, um espaço circular que se estendia até o telhado cônico. Olhei para os outros andares — talvez seis ou sete —, cada qual igualmente abarrotado de livros. A biblioteca devia conter milhares de volumes; muito maior do que a do Caça-feitiço em Chipenden.

— Você é a dona desta vasta biblioteca? — perguntou ele, impressionado.

— Ninguém pode ser verdadeiramente *dono* de uma biblioteca como esta — respondeu a sra. Fresque. — É um legado do passado. Sou só a guardiã responsável por preservá-la.

O Caça-feitiço fez que sim com a cabeça. Ele entendia isso. Era exatamente a mesma posição que assumia em relação a sua própria biblioteca. Não era uma questão de propriedade; era uma questão de conservá-la em segurança para o uso de futuras gerações de Caça-feitiços. Agora ela havia se perdido, e ele sentia profundamente a sua perda. Fiquei muito feliz pelo meu mestre: agora ele poderia começar a refazê-la.

— Sou a bibliotecária, mas tenho o direito de emprestar livros ou vender qualquer um que considere excedente às minhas necessidades — prosseguiu a moça.

— Posso perguntar qual é a porcentagem desta larga coleção de livros que de fato se relaciona às trevas? — indagou o Caça-feitiço.

— Aproximadamente um sétimo — respondeu a sra. Fresque. — Aliás, todo este andar inferior. Por que não fica à vontade para examinar os livros? Vou trazer alguma coisa para vocês.

Com essas palavras, ela fez uma pequena reverência e se retirou pela segunda porta, fechando-a atrás de si.

— Bem, rapaz — disse o Caça-feitiço, animadamente. — Mãos à obra.

Então fomos para lados opostos da sala circular e começamos a examinar os títulos nas colunas. Muitos eram intrigantes: um grande tomo com capa de couro chamou a minha atenção: *Especulações sobre as trevas: seu calcanhar de Aquiles*.

Eu sabia que Aquiles era um herói da história grega. Ao nascer, sua mãe o mergulhou em um caldeirão para conceder a ele o dom da invulnerabilidade. Infelizmente ela o segurou pelo calcanhar, de forma que só essa parte do corpo não foi mergulhada no líquido. Mais tarde, quando um inimigo atirou uma flecha em seu calcanhar, ele morreu. Esse livro provavelmente ensinava aos leitores como encontrar fraquezas secretas nas criaturas das trevas, o que poderia provocar sua destruição. Achei que pudesse valer a pena analisá-lo.

Estava prestes a retirá-lo da prateleira quando o Caça-feitiço me chamou.

— Venha ver o que encontrei, rapaz!

Em sua mão havia um livro aberto. Era bem fino, mas obviamente o tamanho não tinha nada a ver com a importância. Meu mestre o fechou e apontou para a capa. Marcada no couro marrom, no alto da capa com letras prateadas, havia uma palavra:

Doomdryte.

Abaixo, também em prata, uma imagem que reconheci instantaneamente. A cabeça e os membros superiores de um suga-sangue.

— É um grimório, rapaz — explicou meu mestre. — Teoricamente, o mais perigoso que já existiu. Sem dúvida este é só um exemplar, mas, se for preciso, o texto ainda pode dar muito poder a um praticante das artes das trevas. Alguns dizem que foi ditado pelo Maligno para um mago que tentou usar sua magia, mas foi morto no processo. Se uma palavra do encanto estiver errada ou for pronunciada incorretamente, o enunciador é instantaneamente destruído. Contudo, se um mago conseguir lê-lo com precisão em voz alta de primeira, e isso demora muitas horas, consegue obter poderes de um deus. Ele se tornaria invulnerável, capaz de fazer coisas terríveis e sair impune.

— Por que usaram a cabeça de um suga-sangue na capa? — perguntei.

Os cabos da minha espada, a Espada do Destino, e a Corta Ossos, a adaga que me fora dada por Slake, tinham o formado da cabeça de um suga-sangue. A visão de uma imagem tão terrível na capa do mais perigoso dos livros de feitiço me deixou pouco à vontade em relação à espada. Às vezes, ela parecia quase consciente. Imediatamente antes do combate, sangue pingava dos olhos rubis. Apesar de ser, supostamente, uma "espada de herói", havia algum elemento das trevas nela, por ter sido fabricada por um dos deuses antigos.

— Bem, como você sabe, rapaz, o suga-sangue há muito tempo é associado a feiticeiras que usam magia de sangue, principalmente às feiticeiras da água. Elas o guardam em uma gaiola e o soltam para que drenem seus prisioneiros. Uma vez que a criatura esteja inchada de sangue, elas estraçalham o corpo ainda vivo com as próprias mãos, devorando-os em seguida. Isso triplica o poder da magia de sangue. Sempre considerei esse ritual particularmente sórdido; é uma criatura bastante apropriada, você não acha, para o pior dos livros de feitiços?

— É de se pensar que um livro tão perigoso estaria escondido, não casualmente guardado em uma prateleira aqui. Será que a sra. Fresque sabe o que é?

— Uma bibliotecária não necessariamente leu todos os livros de sua biblioteca, rapaz.

— Então, você vai querer este para a sua? — perguntei, mais apreensivo do que nunca.

— Não, rapaz, não para a minha. Quero este livro para poder destruí-lo e impedir que caia em mãos erradas.

Nesse momento, a porta se abriu e a sra. Fresque entrou com uma bandeja, que repousou sobre a mesa. Trazia uma faca, três canecas de água, e um grande prato com fatias espessas de pão e frango frio, além de dois queijos; um era do Condado, mas o outro não reconheci.

Eu a vi olhar para o livro que o Caça-feitiço estava segurando, e me pareceu que uma pontinha de irritação atravessou momentaneamente o belo rosto. Desapareceu tão depressa que me perguntei se teria sido só a minha imaginação. Meu mestre certamente não notou; ele tinha virado e já estava recolocando o *Doomdryte* na prateleira.

— Vocês devem estar com fome depois da viagem. Por favor, sirvam-se — disse a sra. Fresque, apontando para a bandeja.

Sentei-me ao lado do Caça-feitiço; nossa anfitriã se assentou um pouco mais longe, de frente para nós na mesa.

— Não vai comer também? — perguntou meu mestre.

Ela balançou a cabeça e sorriu.

— Eu já comi. Mais tarde vou preparar o jantar; vocês estão convidados a passar a noite aqui.

O Caça-feitiço não aceitou nem recusou o convite. Ele simplesmente sorriu e cortou um pedaço do queijo do Condado. Por minha vez, peguei um pouco de frango. Em geral, eu comia mais queijo do que devia: era a única coisa que eu podia beliscar quando estava me preparando para lidar com as trevas.

— O que acharam da minha biblioteca após uma primeira breve inspeção? — indagou.

— É uma coleção impressionante — falou meu mestre. — São muitos livros para escolher, o que me leva a duas perguntas. Primeira: quantos livros você está preparada para vender? E segunda: você aceitaria o pagamento em parcelas? Estou no meio de um negócio muito caro agora, reconstruindo a minha casa.

— O número de livros que podem levar é, por necessidade, limitado. Mas posso vender talvez trezentos, algo assim. O preço de cada um varia; alguns são muito raros, ao passo que outros serão repostos mais facilmente. Há apenas alguns que não posso permitir que deixem a biblioteca, mas façam a sua seleção e veremos. Pode não ser um problema. Quanto ao preço, vamos negociar, mas tenho certeza de que podemos chegar a um valor que satisfaça a nós dois. Não precisa se preocupar em pagar por todos eles imediatamente. Eles podem ser pagos ao longo de alguns anos, se desejar.

Tinha uma questão que estava me incomodando. Era uma biblioteca impressionante, então por que ela queria reduzir o estoque?

— Você se importa se eu perguntar por que está vendendo alguns dos seus livros? É só para ajudar o sr. Gregory? — perguntei.

A sra. Fresque sorriu e fez que sim com a cabeça.

— Em parte é para ajudar seu mestre a reconstruir a própria biblioteca. Ele fez um ótimo trabalho e merece ajuda para reconstruir o legado que deixará para seus herdeiros. Mas devo confessar que também estou motivada pela necessidade de fazer alguns reparos na minha própria casa. Eu a herdei há cinco anos, quando meu tio morreu. Ele era um senhor muito teimoso; adorava árvores e não suportava quebrar um único graveto, quanto mais cortar qualquer coisa que crescia na casa. Isso causou alguns danos nos alicerces, e preciso contratar os serviços de um silvicultor para cuidar das raízes. Também preciso de um pedreiro para fazer reparos na estrutura.

— Obrigado, sra. Fresque. Sua oferta de parcelar o pagamento é generosa, e por necessidade preciso aceitar — disse o

Caça-feitiço —, mas posso fazer um pagamento imediato, que vai permitir que a senhora cuide das próprias necessidades.

Notei que meu mestre não se referiu a ela pelo primeiro nome, Cosmina, apesar de ela nos ter convidado a fazê-lo. Seus modos superiores e seu ar seguro de si tornavam inapropriado tratá-la pelo primeiro nome.

Depois que terminamos nossa refeição, a sra. Fresque levou a bandeja e se preparou para sair, para podermos prosseguir com nossa pesquisa. Quando ela chegou à porta, apontou para uma corda pendurada ao lado de uma das prateleiras.

— Puxe isso e uma campainha irá soar nos meus aposentos. Não hesitem em me chamar se precisarem de alguma coisa — falou, oferecendo-nos um sorriso ao sair.

— Bem, rapaz, sugiro colocarmos quaisquer livros que gostarmos na mesa. Não importa se pegarmos demais. Podemos fazer uma seleção final mais tarde e devolver os que sobrarem às prateleiras. — Ele suspirou e balançou a cabeça.

— O que houve? — perguntei. — Não está feliz por poder escolher entre tantos livros?

— Sim, rapaz, isso é bom; é que sei que algumas coisas não podem ser substituídas. Pense em todos os cadernos escritos por antigos caça-feitiços que abriguei em Chipenden; a história de seus esforços, como resolveram problemas e descobriram novas coisas sobre as trevas... Isso se perdeu para sempre. Não encontraremos esses materiais aqui.

Mas o Caça-feitiço logo descobriu que tinha se enganado, pois encontrei um livro de um de seus antigos aprendizes — ninguém menos do que Judd Brinscall!

— Veja só isto! — chamei, entregando o livro a ele. Era um volume fino, intitulado Um estudo sobre os Moroii.

Meu mestre acenou com a cabeça em sinal de apreciação.

— Ele foi um bom aprendiz, rapaz, um dos poucos que completou o aprendizado ao meu agrado. E, durante suas viagens ao exterior, agregou grandes conhecimentos. Moroii são espíritos elementais romenos. E é visível que ele sabe do que está falando, tendo escrito Moroii com dois "i"s no final, que é a forma correta do plural. Ele deve ter dado isso a sra. Fresque. Certamente gostaria de tê-lo na minha nova biblioteca em Chipenden.

Após mais de três horas de debate e seleção, tínhamos empilhado cerca de 350 livros sobre a mesa.

— Está ficando tarde, rapaz. Acho que é hora de irmos. Voltaremos assim que amanhecer — disse o Caça-feitiço, colocando a mão no meu ombro.

— Não vamos aceitar a oferta da sra. Fresque para passarmos a noite?

— Acho que é melhor voltarmos para a estalagem. Preciso pensar em algumas coisas — respondeu o Caça-feitiço, puxando duas vezes a corda. Não ouvi nada, mas sabia que em algum lugar um sino estava tocando.

Em um minuto a sra. Fresque tinha se juntado a nós; ela sorriu ao ver os livros na mesa.

— Vejo que se ocuparam.

— De fato, mas agora estamos cansados — disse o Caça-feitiço. — Então voltaremos pela manhã, se não se importar.

— Não vão dormir aqui? — perguntou ela, parecendo bastante decepcionada. — São muito bem-vindos. Recebo tão poucas visitas; adoraria oferecer mais hospitalidade.

— Sua oferta é muito generosa, mas não queremos incomodar. Antes de irmos, gostaria de perguntar uma coisa...

O Caça-feitiço foi até a mesa e pegou o livro de Judd Brinscall.

— Esta obra de Judd... como se sentiria se eu a comprasse?

— Judd me deu sabendo que estaria segura aqui. Mas provavelmente é mais adequado que integre sua nova coleção — respondeu ela. — Já passei os olhos pelo livro; é um excelente estudo dos elementais da minha terra natal.

— Você viveu a maior parte da vida na Romênia? — perguntou meu mestre.

— Sim, fui criada lá. Mas meu tio deixou o país ainda menino e passou quase toda a vida nesta terra. Quando ele morreu, vim receber o que ele havia me deixado; esta casa, uma biblioteca e dividendos muito pequenos de seus investimentos. Não posso multiplicar o capital, daí a minha necessidade de vender livros.

Após sairmos, passamos de volta pelas árvores até o rio. Meu mestre parecia perdido em pensamentos.

— Algum problema? — perguntei.

O Caça-feitiço assentiu.

— Meus instintos... estão me alertando para não baixar a guarda. Diga-me, rapaz, quando falávamos com a sra. Fresque, você teve alguma sensação de alerta? Alguma coisa?

O Caça-feitiço estava me perguntando se eu tinha experimentado o calafrio que me avisava quando alguma coisa má estava por perto. Como sétimos filhos de sétimos filhos, tínhamos a capacidade de sentir a presença de feiticeiras, magos e outros servos das trevas.

Balancei a cabeça.

— Não senti nada. Nenhum indício.

— Nem eu, rapaz. Mas algumas espécies de feiticeiras têm a capacidade de bloquear nossa sensibilidade para essas coisas.

— Mais cedo, porém, logo antes de entrarmos na casa, senti algo errado. Uma sensação de estarmos sendo observados. Como se alguma coisa perigosa estivesse à espreita — contei ao meu mestre.

— Bem, isso é mais um motivo para nos mantermos alerta e prontos para qualquer coisa.

— Acha que ela *pode* ser uma feiticeira? — perguntei.

— Não quero tirar conclusões precipitadas, rapaz, mas algumas coisas me incomodam. Por que há tantos livros sobre as trevas naquela biblioteca? Qual seria o motivo para acumulá-los? Será que o tio dela tinha um interesse particular nesses assuntos? Se não fosse por Judd ser amigo dela, eu estaria mais do que desconfiado.

— Você confia em Judd?

O Caça-feitiço fez que sim com a cabeça.

— Ele foi um bom aprendiz, e já confiei a minha vida a ele. Mas as pessoas podem mudar...

— Tem mais uma coisa — alertei. — Ela viu que você estava segurando o *Doomdryte* e juro que, por um instante, pareceu furiosa.

— Então vamos ver como ela reage amanhã quando contarmos que foi um dos livros que selecionamos.

CAPÍTULO 9
SÉTIMOS FILHOS

Deixamos a Bent Lane, fomos até a margem do rio, atravessamos a ponte e continuamos até a estalagem. O sol era um círculo laranja se pondo no horizonte, mas a entrada já estava fechada e trancada. O Caça-feitiço bateu na porta com seu bastão diversas vezes. Demorou um tempo até o estalajadeiro abrir. Ele olhou para o sol poente.

— Mais cinco minutos e seria tarde demais para vocês — observou. — E certamente estão atrasados para o jantar.

— Nós já comemos — informou meu mestre. — Precisamos de dois quartos. E gostaríamos de tomar café assim que o dia amanhecer.

Murmurando para si mesmo, o estalajadeiro trancou e passou um cadeado na porta atrás de nós e depois nos levou aos nossos quartos. Quando estava prestes a nos deixar, o Caça-feitiço lhe fez uma pergunta.

— Esperamos concluir nossos negócios com a sra. Fresque amanhã; vamos precisar transportar uma grande quantidade de livros. Você sabe de alguém que possa alugar um cavalo e uma carroça?

O homem fez uma careta e balançou a cabeça.

— Ninguém deste lado do rio vai querer atravessar essa ponte. Nós ficamos do nosso lado.

Antes que pudéssemos fazer mais perguntas, ele se retirou, ainda murmurando para si mesmo.

— Bem, este é um trabalho para você amanhã, rapaz. Mas primeiro pode ir comigo até a casa e me ajudar a fazer uma seleção final.

Nós nos recolhemos aos nossos quartos, e não demorei muito para cair em um sono sem sonhos. Contudo, por algum motivo, eu não parava de acordar. A noite me pareceu muito longa.

Tivemos que esperar por mais de uma hora pelo nosso desjejum porque o estalajadeiro não se levantou até o sol estar no alto do horizonte.

O Caça-feitiço não ficou muito contente, mas também não reclamou. Deixamos nossas malas nos quartos e, levando nossos bastões, logo estávamos caminhando pela Bent Lane mais uma vez.

— O serviço daqui não é muito bom — comentei.

— Verdade, rapaz — respondeu meu mestre. — Mas temos que fazer concessões. O estalajadeiro é um homem assustado. Estou começando a achar que há alguma ameaça das trevas neste lado do rio. Ou talvez tenha havido no passado. Quero voltar a Chipenden com os livros o mais rápido possível, mas acho que devemos fazer mais uma visita a Todmorden no futuro próximo.

Quando a sra. Fresque nos levou até a biblioteca, havia algo mais frio e talvez um pouco mais hesitante em sua postura. Olhei ao meu redor e, por um momento, fiquei tonto. A sensação passou muito rápido, mas por um breve instante o formato do recinto pareceu mudar junto com o átrio. Ontem eu poderia ter jurado que era um círculo perfeito. Hoje parecia mais oval. Será que eu estava imaginando coisas? Provavelmente estava cansado, pensei — não tinha dormido bem.

Ela gesticulou para a mesa.

— Vai fazer a seleção final a partir destes? — perguntou.

— Basicamente — disse o Caça-feitiço —, mas vamos examinar as prateleiras mais uma vez, caso tenhamos deixado passar alguma coisa.

— Sinto muito, mas tem um livro que não posso permitir que deixe a biblioteca. — Ela apontou para o *Doomdryte*, que tinha separado dos outros.

— Sinto muito também — disse meu mestre com o cenho franzido. — Mas preciso do *Doomdryte* a qualquer custo. É um livro extremamente perigoso, que não deve cair em mãos erradas. Eu o compraria para destruí-lo. Se a questão for o preço, estou disposto a pagar caro para levá-lo daqui. Contudo, uma vez mais, teria que parcelar meus pagamentos.

A sra. Fresque sorriu.

— Com relação a esse livro, minhas mãos estão atadas. No testamento do meu tio há um parágrafo que lista os livros que devem permanecer para sempre nesta coleção. Esse livro consta na lista. Todo ano um advogado vem checar se ainda estão presentes na biblioteca. Se não estiverem, perco a casa. — Havia um caráter definitivo nessas palavras que não abria espaço para manobra por parte do meu mestre.

— Judd está por aqui? — perguntou. — Gostaria de falar com ele.

— Ele saiu cedo a trabalho — respondeu ela, devolvendo o livro proibido à prateleira antes de nos deixar, sem mais uma palavra.

Continuamos nosso trabalho em silêncio. Eu sabia que meu mestre estava imerso em pensamentos, mas, exceto por furtar o livro, não havia nada que pudesse fazer. John Gregory era um homem honrado; certamente não roubaria.

Finalmente, após nova busca nas prateleiras, reduzimos nossa lista para 305 livros.

— Muito bem, rapaz. Estamos quase acabando, então atravesse o rio e encontre alguém disposto a levar estes livros até Chipenden.

Fiz que sim com a cabeça e, levando meu bastão, fui em direção às árvores, para a ponte. Era fim de tarde e o ar continuava morno, carregado de insetos. Fiquei satisfeito ao sair daquela cobertura de árvores para o ar aberto. O céu estava sem nuvens, e uma brisa leve vinha do oeste.

Atravessando a ponte de volta para o Condado, percebi que, em contraste com a agitação do dia anterior, o lugar estava quase deserto. De repente entendi que o estalajadeiro estava certo — contratar um cavalo e uma carroça não seria tarefa fácil. Mas acabou sendo mais difícil do que imaginei. Os dois primeiros homens que abordei passaram por mim sem falar nada, com olhares de reprovação. Estranhos simplesmente não eram bem-vindos ali. Ou seria o fato de que eu estava usando um capuz e vestes de caça-feitiço e carregando um bastão? Caça-feitiços lidam com as trevas, e as pessoas sempre ficam nervosas perto da gente, às vezes até atravessando a rua para nos evitar. Mas, por mais acostumado que eu estivesse a essas reações, esse comportamento parecia extremo. Eu tinha certeza de que havia alguma coisa errada com este lugar.

Na oficina de um carpinteiro, tive meu primeiro momento de sorte. O homem repousou o serrote o bastante para ouvir minha pergunta. Em seguida, fez que sim com a cabeça.

— Ninguém aqui da cidade faz esse tipo de trabalho, mas o velho Billy Benson tem um cavalo e uma carroça e está sempre sem dinheiro. Talvez ele faça, se o preço for bom.

— Obrigado. Onde posso encontrá-lo? — perguntei.

— Na fazenda Benson, é claro — respondeu o homem em um tom que sugeria como aquilo era óbvio. — Siga ao norte, para fora da cidade; é no alto das charnecas. Vai ver a trilha. Ele pastoreia algumas ovelhas.

— É muito longe? — perguntei.

— Você é jovem e magro. Vá agora e poderá voltar antes do anoitecer.

Resmungando um agradecimento pela segunda vez, deixei o local e saí correndo. Que escolha teria? Sem dúvida o Caça-feitiço ficaria insatisfeito com a minha demora, mas realmente precisávamos do transporte.

Logo ficou evidente que eu provavelmente não conseguiria voltar para Todmorden antes do anoitecer. Levei bem mais do que duas horas para chegar ao fim da estrada sinuosa através das charnecas. Enquanto caminhava, meus pensamentos mais uma vez se voltaram para Alice e para as mentiras que eu havia contado. Meu coração estava pesado, e meus pensamentos sobre o futuro eram pavorosos. Parecia que estávamos nos distanciando. Com ela utilizando a magia das trevas com mais frequência, trilhávamos caminhos diferentes.

Quando finalmente cheguei, vi que a casa da fazenda era uma pequena construção com telhas faltando no telhado. Não obtive resposta ao bater à porta, mas fiquei feliz em ver alguns cavalos amarrados atrás da casa e uma carroça que, apesar de claramente já ter passado por dias melhores, ao menos possuía quatro rodas. O sr. Benson sem dúvida estava cuidando das ovelhas.

Esperei por quase uma hora e estava prestes a desistir e voltar a Todmorden quando um velho fazendeiro magro, com um cachorro ao seu lado, apareceu.

— Saia daqui! — gritou, brandindo a vara de pastoreio na minha direção. — Estranhos não são bem-vindos! Fique longe ou vou soltar o cachorro!

Fiquei parado e esperei até que ele me alcançasse. O cachorro não parecia particularmente feroz, mas mantive o bastão pronto, em todo caso.

— Vim com uma oferta de trabalho — disse a ele. — Será bem-remunerado. Precisamos transportar alguns livros para Chipenden. Soube que o senhor tem uma carroça.

— Ah, isso eu tenho. Certamente preciso de dinheiro. Mas livros? Livros, você disse? Já transportei algumas coisas, carvão, esterco, cordeiros, até mesmo pessoas, mas nunca livros. O que está acontecendo com o mundo! Onde estão esses livros? — perguntou ele, olhando em volta como se esperasse vê-los empilhados em algum lugar.

— Estão na casa grande no alto de Bent Lane — informei a ele.

— Bent Lane? Isso é do outro lado do rio. Não vai me fazer atravessar aquela ponte nem por todo o bronze do mundo!

— É a ponte que o preocupa? Se for preciso, podemos trazer os livros para o lado de cá.

— A ponte é mais resistente do que parece, mas são as coisas do outro lado que me incomodam. Eu jamais levaria meus cavalos para lá. Eles teriam medo de serem comidos.

— Pelos ursos? — perguntei.

— Sim, talvez pelos ursos, mas talvez por outras coisas que é melhor nem pensar; pelos estrangeiros!

Era uma perda de tempo discutir com um homem com crenças tão loucas, então rapidamente sugeri uma concessão:

— O senhor fará o serviço se atravessarmos a ponte com os livros?

— Sim, faço, desde que o sol esteja alto no céu — respondeu o sr. Benson. — Estarei lá amanhã ao meio-dia. Quanto vão me pagar?

— Isso cabe ao meu mestre, John Gregory, mas ele disse que será generoso, então não se preocupe.

Apertamos as mãos, e assim parti em direção a Todmorden. Precisaríamos de várias viagens para atravessarmos os livros para este lado do rio, mas foi o melhor acordo que consegui. Então uma palavra me veio à cabeça — estrangeiros — e um calafrio correu pela minha espinha.

No Condado, as pessoas às vezes usavam a palavra "estrangeiros" quando se referiam a quem vinha de fora, mesmo pessoas de um condado vizinho. Mas de repente pensei na sra. Fresque. Ela era da Romênia, estrangeira em nossa terra, assim como fora seu tio. Será que os instintos do Caça-feitiço estavam corretos? Será que ela apresentava algum tipo de ameaça? Será que era dela que as pessoas deste lado do rio tinham medo?

De repente percebi que o sol iria se pôr em menos de meia hora. Estaria escuro antes de eu chegar à casa! Será que o meu mestre podia estar em perigo?

Saí correndo. Certamente o Caça-feitiço não ficaria lá. Não, ele voltaria para a estalagem. Mas se eu chegasse depois que escurecesse ficaria trancado do lado de fora... Ou será que meu mestre me deixaria entrar, contrariando o estalajadeiro?

O sol se pôs antes de eu iniciar minha descida para Todmorden. Quando cheguei à estalagem, encontrei-a totalmente escura. Bati na porta. O som ecoou pelas ruas, e tive aquela estranha sensação novamente, a mesma que tive quando nos aproximamos da casa de Cosmina — a de que algo perigoso estivesse por perto, porém invisível; como se o mundo inteiro estivesse prendendo a respiração.

Agora eu estava muito assustado. Bati na porta de novo, desta vez com o bastão. Continuei batendo até obter resposta, mas não foi exatamente a que eu esperava. Pensei que meu mestre desceria e me deixaria entrar. Em vez disso, a janela exatamente acima da porta se abriu e de lá uma voz:

— Saia daqui! Vai atrair encrenca fazendo tanto barulho assim.

Era o estalajadeiro, mas não havia luz brilhando pela janela aberta, e o rosto dele estava no escuro.

— Deixe-me entrar! — gritei.

— Eu já disse: ninguém entra depois que escurece! — sibilou ele para mim. — Volte amanhã de manhã, se ainda estiver vivo.

— Por favor, então diga ao meu mestre que estou aqui — implorei, enervado com suas palavras. — Peça para ele descer e falar comigo.

— Está perdendo seu tempo. Seu mestre não está aqui. Ele não voltou. Se ainda estiver na casa da sra. Fresque, não voltará a vê-lo. A melhor coisa que pode fazer, garoto, é ficar deste lado do rio até o amanhecer!

Meu coração apertou com as palavras dele. Elas confirmaram meus piores temores: o Caça-feitiço estava em perigo.

O estalajadeiro fechou a janela, deixando-me sozinho. Meu corpo começou a tremer, e de repente senti uma forte vontade de aceitar o conselho dele e ficar deste lado do rio. Mas como poderia abandonar meu mestre? Eu podia já estar atrasado demais, mas tinha que tentar salvá-lo a qualquer custo. Que espécie de ameaça a sra. Fresque representaria? O fazendeiro Benson tinha falado sobre "estrangeiros" comendo seus cavalos. Pareceu-me uma coisa louca de se dizer no momento, mas agora considerei as implicações da palavra. Será que também comeriam *pessoas*? Será que seriam canibais?

Atravessei o rio e fui para Bent Lane, onde parei e escutei. Tudo que pude ouvir foi o vento soprando pelas árvores. Em seguida, em algum lugar ao longe, uma coruja piou duas vezes. Uma lua crescente se destacava no céu logo acima do horizonte, mas sua luz não conseguia penetrar o toldo de escuridão que cobria a rua. Era um túnel escuro, cheio de perigos desconhecidos. Agarrando meu bastão com firmeza, comecei a subir a ladeira em direção à casa.

Talvez o Caça-feitiço tivesse apenas aceitado um convite para passar a noite na casa da sra. Fresque. Se fosse o caso, será que ele seria meramente um convidado, ou estaria correndo algum perigo real? Será que eu estava me preocupando por nada — simplesmente deixando minha imaginação tomar conta? Judd também estava na casa, então haveria dois caça-feitiços para lidar com qualquer ameaça. Bem, disse a mim mesmo, isso eu logo descobriria.

Estava na metade do caminho da rua quando ouvi algo se mexendo à minha direita. Algo grande, passando pelas árvores. Parei, com o coração acelerado, alerta a qualquer perigo, e segurei meu bastão à minha frente em posição diagonal.

Os ruídos cessaram. Quando parti novamente, eles recomeçaram. Parecia um animal grande ao meu lado, quase como se eu estivesse sendo acompanhado. Seria um urso? Se fosse, ao menos não estava se aproximando.

De repente vi a casa por entre as árvores, e o que quer que estivesse me acompanhando de repente sumiu, como se tivesse desaparecido no ar.

As janelas estavam escuras, mas dava para ver a silhueta da casa. Contornei a árvore e fui até a porta da frente. Para minha surpresa, estava escancarada, segura por uma dobradiça. Além dela, não me era possível ver nada. A escuridão no interior reinava absoluta. Apoiei meu bastão na parede e peguei uma vela do bolso, utilizando minha pederneira para acendê-la. Segurando-a na mão direita, o bastão na esquerda, segui pelo corredor.

Imediatamente soube que algo estava muito errado. Havia um forte cheiro de podridão e ruína. Notei uma espessa cobertura de poeira sobre o lambril que certamente não estava ali mais cedo. Não só isso; encontrei também uma pintura descascando da moldura da porta. Anteriormente, tudo dentro da casa estivera limpo, polido e bem-conservado. Aquilo não fazia nenhum sentido.

Fui até a porta oval no final do corredor. Tentei a maçaneta, mas estava trancada. Isso não era um problema, pois no bolso eu tinha uma chave especial feita por Andrew, o irmão chaveiro do Caça-feitiço, que abria a maioria das portas. Inseri a chave e, em segundos, a tranca se abriu. Devolvendo a chave ao bolso, abri a porta e levantei a vela para iluminar o andar inferior da biblioteca.

Mas o que vi na minha frente foi incrível... impossível: as prateleiras estavam vazias de livros, e muitas das estantes tinham caído. Teias de aranha cobriam as que permaneciam intactas. Olhei para baixo e vi minhas pegadas em uma camada espessa de pó. Parecia que fazia muitos anos que ninguém entrava na sala. Não havia o menor sinal da mesa onde colocáramos os livros selecionados mais cedo.

Como aquilo poderia ser real, quando hoje de manhã eu estivera aqui com meu mestre?

Olhei para o alto, para os outros andares da biblioteca. A luz da minha vela só alcançava o andar logo acima de mim, aparentemente no mesmo estado de descuido e negligência.

De repente senti um calafrio na espinha — o alerta que o sétimo filho de um sétimo filho frequentemente recebe quando algo das trevas se aproxima — e, do nada, um vento forte soprou. A chama da vela tremeluziu e se apagou, jogando-me na escuridão.

CAPÍTULO 10
PÂNICO COVARDE

Por um instante, as trevas me pareceram absolutas. O luar não conseguia penetrar as árvores que cercavam a casa, e não entrava nenhuma luz pela porta ou pela janela.

Meu coração bateu e acelerou. Respirei fundo para me acalmar e percebi que estava enganado — *havia* uma fraca fonte de luz no recinto, vinda de uma das prateleiras dilapidadas ao lado da porta oval. Nela, um único livro brilhava em luz vermelha.

Dei um passo mais para perto. O livro estava encostado no fundo da prateleira, o título claramente visível. Era o *Doomdryte*, o perigoso grimório que meu mestre queria destruir.

Ouvi um rugido profundo à minha direita e me virei. O que vi me fez dar um passo involuntário para trás. Olhos aterrorizantes e pérfidos me encaravam de um rosto bestial. A cabeça da criatura era completamente careca, e suas orelhas eram grandes, pontudas e cobertas por longos cabelos finos. Presas longas e curvas se retorciam sobre o lábio inferior. Uma luz laranja irradiava de todo o corpo, que tinha forma humana, e mais ou menos um metro e oitenta de altura. Usava botas pesadas e roupas rasgadas, cobertas de lama. Suas mãos eram duas vezes maiores do que as minhas, cada dedo terminando em uma garra afiada.

A criatura rugiu novamente e deu um passo em minha direção. Recuei, segurando meu bastão em posição de defesa. Não conseguia me lembrar da existência de nada assim. Será que eu já tinha visto alguma imagem desta criatura no Bestiário? Um desenho feito a partir da descrição de alguém? Lembrava-me vagamente de alguma coisa. O que era...?

Com um clique, soltei a lâmina retrátil do meu bastão — feita de liga de prata e eficiente contra a maioria das criaturas das trevas. Eu estava pronto para repelir qualquer ataque, mas isso de nada adiantou. A criatura era incrivelmente veloz. Uma hora estava me fitando com seus olhos ameaçadores; no instante seguinte, já tinha passado por mim em um vulto, arrancando o bastão das minhas mãos. Perdi o equilíbrio, caí de joelhos e vi que a coisa do outro lado da sala, examinando meu artefato. Então o quebrou em dois e jogou os pedaços no chão.

— A arma era fraca e não representa qualquer ameaça a mim — rosnou. — Você é jovem. Terá um gosto melhor do que o seu mestre!

Estremeci com essas palavras. *Gosto?* Será que a criatura tinha matado e devorado o Caça-feitiço? Era isso que estava dizendo? Será que eu havia chegado tarde demais? Senti um momento de angústia, então deixei meus sentimentos de lado e forcei minha concentração, como meu mestre havia me ensinado.

De repente, pensei na sra. Fresque. A casa e a biblioteca pareciam muito diferentes agora. Seria esta a forma real da garota? Seria ela capaz de se transformar? Ou seria isso outra coisa?

A criatura lentamente deu um passo em minha direção; podia me atacar a qualquer instante.

Então fiz o primeiro movimento, alcançando o interior da minha capa com a mão esquerda.

Saquei a Espada do Destino.

Imediatamente surgiu uma terceira fonte de iluminação no cômodo, somando-se à luz do *Doomdryte* e à da criatura que me ameaçava. Vinha da espada.

Olhei para ela. Os olhos rubis do suga-sangue brilhavam, e deles as gotas de sangue pingavam no chão. A lâmina estava com fome.

Coloquei-me em guarda com a espada sob o escrutínio da criatura bestial, que me fitava com os olhos brilhando. De repente, um borrão de luz laranja veio para cima de mim. Eu o ataquei na horizontal, golpeando mais por instinto do que por habilidade. Talvez eu tivesse tido sorte — mas, o que quer que tivesse acontecido, senti um impacto que quase arrancou a espada da minha mão. De algum jeito, consegui segurá-la e apertá-la com ainda mais força. As gotas continuavam escorrendo dos olhos da cor de rubis, mas agora também havia sangue fresco na lâmina.

A criatura reapareceu à minha frente, de costas para as prateleiras dilapidadas. Estava agachada, com a cabeça inclinada, segurando o próprio ombro, de onde o sangue se espalhava em uma mancha grande. Eu tinha feito um corte, mas seria o machucado o suficiente para me dar alguma vantagem?

— Onde está o meu mestre? — indaguei.

A resposta foi um rugido baixo. O tempo de falar já tinha se encerrado. Um de nós morreria ali.

Dei um passo cauteloso em direção à criatura, então outro. Talvez ainda conseguisse se mover mais depressa do que eu era capaz de reagir; poderia abrir minha garganta antes que eu pudesse me defender.

Então usei um de meus dons — a habilidade especial que herdei da minha mãe. Eu podia desacelerar o tempo... fazê-lo parar. Era muito difícil, mas eu fora treinado para usar a lâmina por Grimalkin, a Feiticeira Assassina, e ela me fizera praticar essa habilidade em condições de combate.

Concentre-se! Comprima o tempo! Faça-o parar!

A criatura me atacou novamente, mas meu coração estava firme e meu foco na missão aumentava. O borrão de luz laranja vindo na minha direção revelou-se em uma forma. Seu objetivo era claro, com a boca aberta e os dentes à mostra. Os de cima eram longas presas, enquanto os de baixo, menores e finos, pareciam agulhas. Os braços da besta estavam abertos, prontos para me envolver num abraço letal.

Concentre-se! Comprima o tempo! Faça-o parar!

Estava funcionando. Eu começava a controlar o tempo. Cada passo que a criatura dava em minha direção era mais lento. Seu corpo inteiro vibrava com urgência, mas agora quase não se movia. Agora eu estava correndo para cima dele. Manejei a espada, colocando no golpe toda a força que pude reunir — junto com a fúria e a angústia que senti com a notícia sobre o meu mestre.

A lâmina cortou o pescoço da criatura, arrancando-lhe a cabeça, que bateu com força no chão e rolou para a poeira embaixo das prateleiras. O corpo cambaleou e deu mais um passo na minha direção, um esguicho preto saindo do pescoço cortado. A besta então caiu aos meus pés, o sangue formando uma piscina crescente ao redor.

Senti uma estranha satisfação ao acertar aquele golpe. Foi quase como se a espada tivesse se movido comigo; tínhamos nos combinado para dar um perfeito golpe mortal. Grimalkin havia me treinado em seu uso, mas minha habilidade evoluíra desde então. Aquela realmente era a Espada do Destino; nossos futuros agora estavam unidos.

Dei um passo para trás para evitar o sangue, mas não guardei a espada. Algumas criaturas das trevas tinham incríveis poderes de regeneração, de forma que eu precisava continuar em guarda. Mas essa besta fez outra coisa.

A luz laranja que iluminava o interior da criatura de repente flutuou para formar uma hélice, uma espiral giratória que pairou sobre o corpo e então partiu, passando pela parede à minha esquerda e desaparecendo de vista.

Imediatamente um fedor nauseante de podridão preencheu o recinto. Quase invisível pelo brilho dos olhos rubis no cabo da espada, o corpo aos meus pés começou a borbulhar, um vapor acre se erguendo dele. Dei um passo para trás, colocando uma mão na frente da boca. Estava se decompondo rapidamente. O que o teria deixado? Sua alma? Com que tipo de criatura eu estava lidando?

Com o coração pesado, lembrei-me do que havia dito sobre o Caça-feitiço. Será que ele *realmente* podia estar morto? Era difícil aceitar. Um nó se formou em minha garganta. Não podia simplesmente deixar a casa sem ter certeza. Precisava procurá-lo.

Acendi a vela novamente e fui para a outra porta do cômodo; a que a sra. Fresque havia utilizado. Presumi que levasse aos aposentos dela, mas, para minha surpresa, me vi em uma salinha muito pequena com degraus de pedra descendo pela escuridão.

O que havia abaixo — um porão? Será que fora para lá que ela havia se dirigido cada vez que nos deixara? Será que o sino tocava em algum lugar ali embaixo?

Comecei a descer os degraus, a espada na mão direita e a vela levantada pela esquerda. Tinha trocado porque a escada era em espiral e descia em sentido anti-horário; assim eu teria mais espaço para manejar a lâmina. Fui contando os degraus e me dei conta de que o porão devia ser muito profundo. Minha contagem já chegava aos quarenta quando a escadaria se esticou e, abaixo de mim, vi o que parecia o chão do porão. Mais dois degraus e parei. Na pequena piscina de luz amarela projetada pela vela, vi ossos espalhados no chão. Uma olhada rápida me informou de que se tratava de ossos humanos; alguns estavam cobertos de sangue. Deu para ver um crânio e parte de um antebraço entre outros fragmentos. Este era o covil de criaturas que se alimentavam de carne e sangue humanos. Fiquei imaginando se algum deles pertenceria ao meu mestre.

De repente me toquei de que poderia muito bem haver outra criatura como a que eu tinha matado. Talvez a sra. Fresque estivesse esperando aqui na escuridão, pronta para pular para cima de mim.

Então ouvi um barulho, e uma lufada fria de vento apagou a vela outra vez. Esperei, mal respirando, e guardei a vela no bolso. Então segurei a espada com as duas mãos e agachei, pronto para me defender. A lâmina começou a brilhar mais uma vez, e, enquanto meus olhos se ajustavam ao escuro, vi pontos vermelhos de luz se movendo na minha direção. Havia uma dúzia ou mais. Ouvi um rugido baixo à minha direita; outro diretamente à frente. Comecei a tremer, e a luz vermelha-rubi da espada logo desbotou. Havia olhos — muitos olhos! Quantas criaturas estavam aqui?

Em pânico, virei e corri pelas escadas, para longe da ameaça. Atravessei a biblioteca, batendo nas prateleiras, sentindo a madeira apodrecida partindo sob os meus pés. Meu pavor se intensificou quando não consegui encontrar a porta, mas a luz da espada brilhou brevemente, mostrando o caminho. Avancei pelo corredor e para fora da casa.

Uma vez na trilha, comecei a correr. Novamente ouvi ruídos, como se alguma criatura grande estivesse me acompanhando. Isso me fez correr ainda mais depressa, e logo deixei Bent Lane para trás em fuga desesperada pelas ruas desertas.

Não parei até atravessar a ponte. Mesmo assim não me senti seguro e, depois que recobrei o fôlego, continuei andando até deixar Todmorden para trás. No percurso, pensei em Judd. Qual era o envolvimento dele nisso tudo? Ele tinha ido a Chipenden para apressar nossa visita a Todmorden. Certamente devia saber para onde estava nos levando. Eu me senti amargurado e furioso. Será que ele era mais um dos aprendizes do Caça-feitiço que tinha se enveredado para o mal?

Então, na beira das charnecas, guardei a espada e engatinhei para baixo de um arbusto espinhoso. Completamente exausto, caí em um sono sem sonhos.

Quando acordei, vi que o sol já estava no alto. Minha boca estava seca e meus membros doíam, mas o pior de tudo era a vergonha. Eu tinha corrido da ameaça no porão. Não — não tinha apenas corrido: tinha fugido em pânico covarde. Eu era um aprendiz de caça-feitiço havia mais de três anos, mas não conseguia me lembrar de outra situação em que tivesse me comportado tão vergonhosamente. Enfrentei forças terríveis das trevas e, de algum jeito, encontrei a coragem para permanecer e lutar. Então o que houve de diferente desta vez? Só conseguia pensar que eram os anos de medo, combatendo as trevas e passando por perigos contínuos que tinham finalmente se tornado demais para mim. E se eu tivesse perdido a coragem? Como eu poderia ser um caça-feitiço dessa maneira?

Mas havia algo pior a encarar. E se meu mestre ainda estivesse vivo? Eu o tinha abandonado. Ele merecia coisa melhor — muito melhor. Levantei e comecei a caminhar lentamente de volta para Todmorden. Desta vez eu iria ficar e lutar.

CAPÍTULO 11
A MALDIÇÃO DAS FEITICEIRAS DE PENDLE

Era quase meio-dia, mas não havia mercadores nem bancas de comércio; poucas pessoas andavam pelo lado oeste da cidade. Enquanto passava pelas ruas estreitas, não vi mais de meia dúzia, e a última delas, o velho de bengala com quem faláramos antes, cambaleou para o outro lado da rua para me evitar. Ao me aproximar do rio, vi o sr. Benson sentado na carroça entre as árvores, a alguma distância da ponte.

— Onde estão esses seus livros? — demandou. — Não tenho o dia inteiro. Eles deviam estar empilhados aqui, prontos para serem colocados na carroça. Meus cavalos estão ficando nervosos.

Por um instante cogitei pedir que ele esperasse caso meu mestre estivesse machucado e precisasse da carona, mas vi que seria uma perda de tempo. Os dois cavalos estavam revirando os olhos e suando em excesso. Eu teria que fazer isso sozinho.

— Sinto muito — disse a ele —, mas não teremos livros hoje; tome isso pelo inconveniente.

Alcancei o bolso e entreguei algumas moedas para ele.

— Só isso? — perguntou, irritado, pegando-as da minha mão.

— Não vale a pena levantar da cama por isso! — Ele chicoteou os cavalos duas vezes, virou a carroça e seguiu sem sequer olhar para trás.

Fui para o rio, mas, quando cheguei à ponte dilapidada, um tremor de medo passou por mim. Do outro lado os seguidores das trevas estavam me esperando e, a julgar pelos olhos no porão, eram muitos — demais para que eu os enfrentasse sozinho. Mas tinha que ser feito. Eu precisava descobrir o que havia se passado com meu mestre ou não conseguiria viver em paz.

Dei um passo, depois mais um. Fui colocando um pé na frente do outro até estar na margem leste do rio. Era dia, falei a mim mesmo, e o sol brilhava. Meus inimigos teriam de buscar refúgio na escuridão, em algum lugar subterrâneo. Eu estaria seguro enquanto não deixasse a luz do sol. Mas não era exatamente isso que eu deveria fazer? Precisava encontrar o Caça-feitiço. Teria de vasculhar o local em algum momento.

Comecei a subir a Bent Lane em direção à casa da sra. Fresque. Enquanto caminhava, lembrei-me de outra coisa — outro fracasso, mais um abandono do dever. Ao fugir da casa, deveria ter levado o *Doomdryte* comigo e o destruído. Algo que meu mestre certamente teria feito. Podia imaginá-lo agora dando-me uma bronca por ter cometido esse erro. Será que eu voltaria a ouvir sua voz?

Estava sombrio sob as árvores, mas desta vez não ouvi nada me seguindo. Quando vi a casa, percebi que a porta não estava mais aberta. Contornei a árvore, saquei a Espada do Destino e bati na porta com o cabo.

Quase imediatamente ouvi passos se aproximando. A porta se abriu e a sra. Fresque estava ali, apontando para a minha espada com uma carranca no rosto.

— Guarde isso! — ordenou. — Não vai precisar disso enquanto eu estiver ao seu lado.

Quando hesitei, um sorriso se formou nos lábios dela, mas seus olhos estavam duros. Ela ainda era jovem e bonita, mas agora havia algo de imperioso em sua postura — algo anteriormente escondido.

— Confie em mim — disse ela, com a voz suavizando um pouco. — Eu peço que entre. Desta vez, quando entrar livremente pela porta da minha casa, estará sob minha proteção.

O que eu deveria fazer? Apesar de ela ser uma jovem atraente, eu sabia que devia estar aliada a forças do mal. Parte de mim queria empurrá-la para o lado e entrar forçosamente na casa; a outra parte achou que seria mais prudente aceitar sua oferta de entrar em segurança. Assim sendo, poderia encontrar respostas às perguntas que perturbavam a minha mente.

Quando guardei a espada, o sorriso se espalhou para os olhos dela.

— Entre livremente e esteja seguro! — Ela chegou para o lado, permitindo que eu atravessasse a entrada. — Siga-me — acrescentou, levando-me pelo corredor até a biblioteca. O lambril agora estava limpo, brilhante, e a casa tinha um cheiro doce e acolhedor. A biblioteca estava mais uma vez como eu a vira pela primeira vez com o Caça-feitiço, as prateleiras organizadas e cheias de livros. E nossa seleção de volumes estava sobre a mesa mais uma vez. Algum tipo de magia negra extremamente poderosa estava atuando ali.

Uma mudança na sala, no entanto, me fez parar na entrada. No meio do chão havia um esqueleto. Os ossos eram amarelos-ocre e velhos, e a cabeça tinha sumido. Olhei para a direita e vi um crânio ao lado da estante de livros à minha direita. Meu bastão quebrado estava junto. Deviam ser os restos da criatura que tinha matado na noite anterior.

— Esse era meu parceiro — disse a sra. Fresque, gesticulando para o esqueleto. — Vivemos juntos e felizes por muitos anos, até você encontrá-lo ontem à noite!

— Sinto muito que o tenha perdido — falei, mantendo a voz firme. — Mas era ele ou eu. E acho que ele matou meu mestre, John Gregory.

— Ele de fato teria matado você, mas se engana em achar que ele se foi. Não o perdi; apenas o corpo que ele habitou por muitos anos. Ele logo encontrará outro hospedeiro; espero que esteja de acordo com meu gosto! — observou ela, com um sorriso. — Então, em vingança ao que você fez, ele virá procurá-lo, querendo a *sua* cabeça.

— Que espécie de criaturas vocês são? — perguntei.

— Sou uma strigoica — respondeu —, a fêmea da nossa espécie. Meu parceiro é um strigoi. Somos da província romena da Transilvânia, que significa "a terra além da floresta". Somos demônios.

— Onde está Judd Brinscall? — perguntei. — Qual foi a participação dele nisso tudo? Quando ele começou a servir às trevas?

— Não se preocupe. Ele está próximo da morte agora. A vida dele pode ser medida em noites, ou até mesmo em horas.

— Essa é a recompensa por ele ter nos traído?

A sra. Fresque franziu o rosto e enrijeceu os lábios. Estava claro que não ia responder. Então, apesar do meu nervosismo em relação ao Caça-feitiço, permaneci calmo e fiz outra pergunta, determinado a descobrir tudo que podia, reunindo conhecimentos, exatamente como meu mestre teria feito.

— Por que você veio para cá? — perguntei.

— Há muitos motivos para isso, mas ficamos quietos e vivemos discretamente aqui por um bom tempo, causando o mínimo possível de perturbação. Então ordenaram que eu atraísse você e seu mestre para este local.

— Ordenaram? Quem mandou que fizesse isso?

— Não posso dizer. Há muitos romenos que agora atuam aqui. A maioria chegou muito recentemente. Alguns são muito poderosos e não tenho escolha a não ser obedecê-los. Eles podem invocar uma criatura terrível que acabaria comigo em um instante.

— Por que fomos atraídos para cá? Para nos matarem? Você matou meu mestre, e agora é a minha vez! — gritei, alcançando a minha espada.

— Saque esta lâmina e não terá mais a minha proteção! — irritou-se a sra. Fresque. — Seu mestre não está morto, mas precisa desesperadamente de sua ajuda. Acalme-se, e o levarei até ele.

Soltei o cabo da espada e assenti com a cabeça. A strigoica apontou para a porta que levava aos degraus do porão.

— Ele está lá embaixo — informou, indo em direção à escada.

Cosmina abriu a porta e, muito cautelosamente, eu a segui para a pequena sala. Notei muitas mudanças ali desde a noite passada. Os degraus estavam limpos, e as paredes, pintadas de verde e livres de teias. Havia tochas em suportes dispostos em pequenos intervalos, de modo que nossa descida foi bem iluminada. Será que o Caça-feitiço estivera ali na noite passada, preso na escuridão e cercado pelas criaturas das trevas? Eu poderia ter ficado e ajudado, mas em vez disso entrei em pânico e fugi. Senti vergonha do meu comportamento e achei difícil explicá-lo. Um nó me veio na garganta quando me lembrei da maldição das feiticeiras de Pendle, que um dia fora usada contra o Caça-feitiço: *você morrerá em um local escuro e muito subterrâneo, sem nenhum amigo ao seu lado!*

Chegamos ao piso de pedra do porão. O único móvel que dava para ver era uma mesa de madeira, na qual havia uma grande caixa preta com uma tampa em dobradiça. Havia uma imagem feita em prata naquela tampa que imediatamente reconheci. Senti um calafrio.

Era um suga-sangue. Mas por que sua cabeça estaria representada na caixa? Aquilo me fez pensar na capa do *Doomdryte* e no cabo da minha espada.

Havia algo de ameaçador nela. Estremeci enquanto meu coração começava a bater forte no peito. A sra. Fresque foi direto até a mesa e levantou a tampa.

— Aqui está o seu mestre — disse.

Dentro da caixa estava a cabeça do Caça-feitiço.

CAPÍTULO 12
PIOR DO QUE A MORTE

Meu peito se apertou e uma enchente de pesar passou sobre mim. Estava chocado demais para responder. Eu me senti entorpecido, incapaz de aceitar o que meus olhos estavam vendo. A strigoica tinha mentido. Eles haviam matado meu mestre.

— Ele ainda consegue falar — explicou —, mas está em agonia e sem dúvida reza constantemente para ser libertado. Por que não pergunta a ele?

Assim que ela falou isso, os olhos do Caça-feitiço se abriram e ele me encarou. Sua boca abriu e ele tentou falar, mas só conseguia crocitar, e uma baba de sangue escorreu pelo seu queixo. Uma expressão de dor passou pelo seu rosto e ele fechou os olhos outra vez.

— Isso foi feito em vingança pelo que você e seus aliados fizeram com o Maligno — disse a sra. Fresque. — Seu mestre não terá paz até que você faça o que exigimos. Para libertar sua alma, a cabeça deve ser queimada. Estou disposta a entregá-la a você, mas primeiro terá de me trazer a cabeça do Maligno.

O Caça-feitiço rosnou e abriu os olhos outra vez. Ele murmurou alguma coisa ininteligível, então abaixei para a frente para que meu ouvido direito ficasse perto de sua boca.

Ele pareceu engasgar, depois limpou a garganta e lutou para falar novamente.

— Ajude-me, rapaz! — balbuciou. — Liberte-me disto. É insuportável, pior do que a morte. Estou com dor. Muita dor. Por favor, me liberte!

O mundo girou ao meu redor. Assolado pelo luto, quase caí.

— Consegue suportar ver o seu mestre neste estado deplorável e deixá-lo assim por um momento além do necessário? — questionou a sra. Fresque. — Sabemos sobre a feiticeira que carrega a cabeça do Maligno. O nome dela é Grimalkin. Invoque-a. Atraia-a para cá e, em troca, poderá libertar seu mestre do tormento.

Fiquei enjoado pelo que estavam me pedindo. Para destruir o Maligno, eu precisava sacrificar Alice; agora seus apoiadores queriam que eu causasse a morte de Grimalkin, outra aliada. Mas trair Grimalkin seria apenas a primeira das consequências de devolver a cabeça do Maligno a seus servos. Eles a levariam de volta para a Irlanda, e a reuniriam com o corpo, libertando-o da cova em Kenmare. Ele viria atrás de mim e Alice e nos levaria para as trevas, vivos ou mortos. Essa hipótese me apavorava, mas meu dever era claro de qualquer maneira: eu devia às pessoas do Condado. Não poderia permitir que o Maligno voltasse para a terra — que em breve se tornaria um lugar mais sombrio e desesperado. Não, eu não podia fazer isso. Mas podia pegar a cabeça do meu mestre à força e dar-lhe alguma paz.

Saquei a espada.

Instantaneamente um vento frio soprou na adega e todas as tochas se apagaram. Na escuridão, vi olhos me encarando. Cada par brilhava em vermelho, como fizeram na noite anterior — mas desta vez havia mais ainda, e eu ouvi rosnados e ruídos ameaçadores que pareciam garras no piso. Girei, pronto para me defender, mas percebi que estava cercado. De onde será que tinham vindo?

Senti medo. Eram muitos deles. Que chance eu teria nessas circunstâncias?

— Ainda não é tarde demais! — sibilou a sra. Fresque para mim da escuridão. — Guarde essa espada imediatamente e voltará a ter minha proteção.

Com as mãos trêmulas, tentei guardar a Espada do Destino. Foram necessárias três tentativas para recolocá-la na bainha, mas, quando consegui, os olhos desapareceram, os arranhões pararam e as tochas brilharam, preenchendo a adega outra vez com a luz amarela.

— Um segundo mais e teria sido tarde demais — alertou a sra. Fresque, fechando a tampa da caixa e virando para se retirar. — Siga-me. Agora que sacou a espada, não é mais seguro você ficar muito tempo abaixo do solo. Minha proteção é limitada.

Ela subiu na minha frente e me conduziu de volta à biblioteca.

— Não atrase a invocação da feiticeira assassina — alertou-me. — Oferecemos a liberação da cabeça do seu mestre em troca da cabeça do Maligno, mas isso tem que ser feito logo. A cada dia de atraso, o tormento dele será maior. Podemos causar-lhe dores inimagináveis.

— Onde está o restante do corpo dele? — perguntei, sentindo frio por dentro ao pensar no que tinha sido feito com meu mestre. — Eu gostaria de enterrar o corpo.

Eu sabia que teria que queimar a cabeça para libertar o espírito da magia negra utilizada, mas enterrar os restos dele faria com que eu me sentisse melhor. A igreja não permitiria que um caça-feitiço fosse enterrado em solo sagrado, mas eu poderia encontrar um padre solidário que dissesse algumas palavras e autorizasse o enterro perto de um cemitério. Mas até mesmo essa esperança foi rapidamente destruída.

— Isso não será possível — falou friamente a sra. Fresque. — O resto do corpo não era necessário aos nossos propósitos, então alimentamos um moroi com ele. São espíritos elementais extremamente famintos que precisam ser saciados.

Enojado e furioso, virei as costas e deixei a casa sem mais uma palavra. Fui para a margem do rio, atravessei a ponte e sentei sob as árvores para pensar na situação e avaliar minhas opções.

Era insuportável imaginar o sofrimento do meu mestre — ele estava sofrendo uma agonia terrível. Contudo, meu dever era claro: eu tinha de deixá-lo por enquanto. Como poderia enganar Grimalkin e trazê-la para cá, permitindo que a cabeça do Maligno caísse nas mãos da strigoica e de seus aliados? Tinha que ser mantida longe deles; eu precisava usar o tempo para encontrar uma maneira de destruí-lo para sempre.

Não sei por quanto tempo fiquei ali sentado, avaliando minhas poucas opções, mas em algum momento chorei pelo Caça-feitiço, que havia servido o Condado tão bem e sofrido muito para protegê-lo. Ele também fora mais do que um mestre para mim; tornara-se meu amigo. Merecia um fim melhor para sua vida. Quando completasse meus estudos, minha intenção era de que ele começasse a reduzir a carga de trabalho enquanto eu assumia gradualmente seus encargos até que ele pudesse finalmente se aposentar. Agora nosso futuro juntos nos fora roubado. Eu estava sozinho, e aquela era ao mesmo tempo uma sensação triste e assustadora.

Por fim, acabei tomando a decisão de voltar para a estalagem. Subi para o meu quarto e peguei na bolsa do Caça-feitiço um pequeno pedaço de queijo e também dinheiro o suficiente para pagar o estalajadeiro. Deixei as duas bolsas no meu quarto, tranquei e desci.

Ele fez uma careta quando me aproximei, mas logo se alegrou quando lhe entreguei uma moeda de prata.

— Isso é por mais duas noites — avisei a ele.

— Você encontrou seu mestre?

Não respondi, mas, enquanto eu me afastava, ele falou atrás de mim:

— Se ele ainda não voltou, deve estar morto, garoto. Você acabará do mesmo jeito se não retornar para casa!

Voltei para a ponte, comi o queijo e bebi alguns goles da água fria do rio. Pensei na casa da sra. Fresque. Como podia ser limpa e organizada durante o dia, com a biblioteca cheia de livros, mas à noite se tornava uma ruína? Algum tipo de magia negra poderosa estava sendo utilizada aqui — um feitiço de ilusão.

Então qual era a verdade sobre a casa: a condição diurna ou noturna? Caça-feitiços tinham que desenvolver seus próprios instintos e confiar neles, e os meus diziam que o verdadeiro estado era o noturno, o das ruínas.

Perguntei a mim mesmo o que meu mestre me aconselharia a fazer. Instantaneamente soube. Ele me aconselharia a ser corajoso e agir como um caça-feitiço! Eu deixaria meus medos para trás. Poderia pegar de volta a cabeça do meu mestre e dar-lhe a paz que ele merecia. Eu tinha a Espada do Destino e estava determinado a usá-la. Limparia aquele porão cruel e mataria todas as criaturas das trevas ali. E atacaria à noite, quando as coisas eram como aparentavam ser.

Era hora de deixar de ter medo. Agora eu me tornaria o caçador.

CAPÍTULO 13
NÃO VEREI O AMANHECER

Logo depois de escurecer, comecei a subir Bent Lane mais uma vez. Enquanto caminhava, pensei no que iria encarar. *O bestiário de John Gregory, o Caça-feitiço* estava em Chipenden — seria o primeiro livro a ser colocado na nova biblioteca —, então eu não poderia utilizá-lo como uma fonte de referência. Desesperadamente, busquei na lembrança a recordação do que tinha lido a respeito de criaturas romenas das trevas.

Strigoii e strigoica eram demônios, macho e fêmea, respectivamente. Eles trabalhavam e viviam em pares. O macho possuía o corpo de uma pessoa morta e tinha que passar as horas do dia se escondendo do sol, que podia destruí-lo. A outra, a fêmea, possuía o corpo de uma pessoa viva e ficava de guarda durante o dia. Sem dúvida a sra. Fresque anteriormente fora uma jovem moça gentil e comum, mas agora seu corpo fora possuído por uma criatura maléfica das trevas. Eu tinha decapitado seu parceiro, mas ela disse que aquele não fora o seu fim. Normalmente matar um demônio com liga de prata causava sua destruição, mas esses romenos pareciam muito poderosos. Eu vira o strigoi deixar seu hospedeiro morto; nesse momento estaria procurando por outro. Uma vez que encontrasse, viria atrás de mim. Fiquei imaginando como seria possível colocar um fim definitivo a tudo isso. Havia muitos fatores desconhecidos na situação.

Além disso, mais uma coisa me preocupava. A sra. Fresque dissera que fora ordenada a nos trazer até aqui — ordenada por outros que podiam invocar um ser muito poderoso capaz de destruí-la em um instante. O que poderia ser? Será que havia alguma coisa sobre esta entidade no Bestiário? Eu não conseguia me lembrar de nada. A Romênia parecia um lugar tão distante, e eu não conseguia acreditar que seus habitantes das trevas representassem grande ameaça. Consequentemente, li os verbetes com pressa — passando pelas informações em vez de absorvê-las com atenção para uso futuro. Balancei a cabeça, irritado comigo mesmo. De agora em diante eu teria que ser mais detalhista; passaria a pensar e agir como um caça-feitiço e não como um aprendiz.

Agora eu estava me aproximando do túnel escuro de árvores mais uma vez. Não tinha dado mais de doze passos pela trilha quando ouvi os barulhos perturbadores à minha direita.

Parei, e o que quer que fosse parou também, mas ainda dava para ouvir a respiração pesada. Eu tinha uma escolha: podia continuar pelo caminho até chegar à porta da frente da casa da strigoica, ou parar e lidar com essa criatura de uma vez por todas.

Sem demora, saquei minha arma. Instantaneamente os olhos rubis da Espada do Destino começaram a brilhar em vermelho, iluminando o que eu estava encarando. Um enorme urso vinha na minha direção, sobre as quatro patas. De imediato se levantou sobre as patas traseiras, erguendo-se sobre mim, e pela primeira vez vi suas garras com nitidez. Elas lembravam longas adagas curvas e pareciam muito afiadas, capazes de fazer carne humana em pedacinhos. O urso era imensamente poderoso e sem dúvida poderia acabar com a minha vida em segundos. Ele abriu a boca e rugiu, sua saliva pingando dos seus dedos, o fedor de seu hálito quente caindo sobre mim. Levantei a espada, pronto para reagir ao ataque.

Então, de repente, tive outra ideia.

Dei três passos para trás, até estar na trilha outra vez. Prontamente o urso desceu para as quatro patas. Ficou me encarando, mas não atacou. Lembrei do alerta que recebi — não sair da trilha por causa dos ursos. Será então que eu estaria seguro se continuasse na trilha?

Guardei a espada e comecei a andar em direção a casa outra vez. O urso foi atrás, mas não fez qualquer movimento de ataque em direção a mim. Devia ser alguma espécie de guardião, patrulhando a área da casa da sra. Fresque exatamente como o ogro do Caça-feitiço fazia com o jardim em Chipenden. E então uma palavra me ocorreu: *moroi*!

A sra. Fresque me disse que tinham dado o corpo do Caça-feitiço a um moroi. Eu me lembrava vagamente de ter lido sobre eles no Bestiário do meu mestre. Eram espíritos elementais vampirescos que às vezes viviam em árvores ocas. Mas podiam possuir animais, sobretudo ursos. Eles caçavam humanos e os matavam, esmagados, antes de arrastá-los de volta para a toca. A luz do sol direta podia destruí-los, então não eram vistos durante o dia. Lembrei-me também de outra coisa: um moroi era frequentemente controlado por um strigoi ou uma strigoica. Então meu palpite estava certo. A sra. Fresque estava utilizando o animal como guarda.

Mas por que ele não atacava aqueles que usavam a trilha? A resposta me veio em uma epifania: porque a trilha em si não precisava ser guardada. Qualquer um que utilizasse a trilha seria descoberto por aqueles dentro da casa. E a trilha oferecia um caminho seguro para qualquer um que fosse bem-vindo.

Percebi que não havia necessidade de combater o moroi. Eu tinha muitos outros inimigos me esperando dentro da residência e estaria seguro desde que continuasse na trilha, então seria melhor economizar minhas forças. Apressei meus passos e, ao me aproximar da entrada, ouvi o urso voltar para as árvores.

A porta estava aberta, de forma saquei a espada e entrei. Não perdi tempo com a pederneira e a vela — estava pronto para enfrentar meus inimigos. Minha coragem estava a toda, e isso bastou para que os olhos rubis da Lâmina do Destino se acendessem e projetassem um brilho vermelho que iluminava o corredor.

Passei pela segunda entrada, esperando ver a biblioteca dilapidada vazia de livros e cheia de teias de aranha. Em vez disso, dúzias de círculos vermelhos brilhavam no escuro.

Por um segundo achei que fossem pares de olhos — criaturas das trevas se preparando para atacar. Mas depois percebi que estava olhando para reflexos de mim mesmo — ou melhor, dos olhos do cabo da espada. A biblioteca tinha desaparecido; eu estava em um salão de espelhos, cada qual com uma moldura de ferro ornada e pelo menos três vezes maiores do que eu.

Com cuidado, dei passos cautelosos direção à câmara. Todos os espelhos estavam de frente para mim, enfileirados como um baralho espalhado contra as paredes do outro lado. A princípio, todos refletiram minha imagem do mesmo jeito. Eu estava olhando para um jovem com a veste de capuz de um aprendiz de caça-feitiço, agachado com uma espada empunhada nas duas mãos, pronto para atacar.

Então, enquanto eu olhava, as superfícies dos espelhos piscaram e as imagens começaram a mudar. Agora faces cruéis e hostis me olhavam como se estivessem prestes a saltar e me devorar ali mesmo. Algumas pareciam entoar cânticos; outras abriam as bocas como se soltassem terríveis rugidos bestiais. Mas eram apenas imagens, e o átrio estava em silêncio absoluto. Então eu ouvi um barulho e me virei, esperando dar de cara com alguma criatura perigosa, mas foi só um rato que balançou a cauda e correu pela escuridão.

Virei novamente para os espelhos, respirei fundo e examinei as imagens. Havia mulheres ferozes, com os cabelos emaranhados em espinhos; faces sombrias e cadavéricas; coisas que certamente tinham se arrastado do túmulo. Seriam strigoica? Se fossem, por que não tinham escolhido hospedeiros mais jovens, como a sra. Fresque? Todas tinham algo em comum — os lábios eram vermelhos de sangue. Perguntei-me se eram algum tipo de criatura das trevas. Pareciam feiticeiras.

De uma coisa eu tinha certeza: não estava mais com medo. Estava com raiva! Olhos amedrontadores já tinham me encarado de espelhos antes. Só queria que esses tivessem substância para que eu pudesse atacá-los com minha lâmina. Fiz a segunda melhor coisa — deu pouco resultado, mas serviu para descarregar a minha raiva e fez com que eu me sentisse melhor.

Avancei com a espada, dando um passo para a frente e girando para a esquerda, para a direita, e para a esquerda de novo, destruindo cada espelho ao passar. Ouvi o estilhaço e o tilintar de vidro quebrando, cacos explodindo para o alto e caindo como prata aos meus pés; cada imagem brilhante substituída por escuridão. Logo o último reflexo se quebrou, e os olhos de rubi da Espada do Destino continuavam brilhando em vermelho. Mas quando atravessei a forma vazia daquele último espelho, fiquei espantado.

Em vez da porta que abria para a escada do porão, havia apenas uma parede branca. Eu estava preparado para abrir caminho até lá embaixo para libertar meu mestre do tormento. Se preciso fosse, abriria mão da minha vida por isso.

Mas eu tinha me enganado quanto à casa. Tinha presumido que seu verdadeiro estado se revelava nas horas da escuridão. Agora eu sabia que a mágica aplicada era muito mais complexa do que isso. A casa podia mudar diversas vezes. Os restos do meu mestre estavam escondidos; eu não tinha como libertá-lo.

Espantado e irritado, virei-me e refiz meus passos. Saí da casa metamórfica e segui a trilha pelas árvores. Desta vez o urso possuído pelo moroi não se aproximou de mim. Vaguei pelas ruas, mas não atravessei o rio. Em vez disso, sentei entre as árvores perto da ponte.

Uma espada ou um bastão poderiam ser utilizados para combater inimigos que estavam diante de você, mas no momento tais armas eram inúteis para mim. Eu tinha que usar meu cérebro. Precisava pensar.

Contudo, isso tinha se tornara impossível. Emoções se agitavam dentro de mim quando pensava no terrível estado a que meu mestre tinha sido reduzido. Não conseguia afastar a imagem da cabeça decepada. Cada vez que eu fechava os olhos, aquilo voltava para me assombrar. Meu peito estava apertado, e lutei para controlar as lágrimas. John Gregory não merecia acabar a vida assim. Eu *tinha* que ajudá-lo. *Tinha* que fazer alguma coisa para salvá-lo disto.

Inquieto, levantei-me. Eu estivera nas charnecas a oeste de Todmorden, mas não deste lado. Podia ser útil arranjar um ponto de observação desta parte da cidade. Será que havia outra forma de chegar até a casa — talvez outra entrada? Ou talvez outra construção que eu não tinha visto, onde meu mestre estava sendo mantido agora?

Voltei pelas ruas estreitas e encontrei uma trilha que levava direito para o alto da colina. Logo eu estava caminhando sob as árvores; finalmente cheguei a um portão com cinco barras. Pulei e continuei por um pasto, seguindo para o norte, até me encontrar em um ponto alto na beira das charnecas.

Eu havia escolhido um excelente ponto. O céu estava claro e as estrelas brilhavam, então tinha luz suficiente para que eu enxergasse. Logo abaixo, dava para ver a rua que levava à casa da sra. Fresque, que estava escondida sob as árvores — daqui não aprenderia mais nada. Não havia outra entrada para a casa; só folhagem densa cercando-a por todos os lados.

Procurei mais embaixo. Nada se mexeu; as ruas estavam vazias, as casas agrupadas como se buscassem proteção — mas então notei outros casarões ao lado da colina, todos cercados por árvores.

Seriam essas as habitações de outros strigoii ou strigoica? Contei-as cuidadosamente — havia pelo menos trinta, com outras talvez escondidas sob as árvores. Esperei e observei. Em dado momento, o pio de uma coruja foi respondido pelo rugido de um urso em algum ponto da floresta. O vento estava aumentando, nuvens soprando do oeste e escurecendo as estrelas, uma a uma. Estava cada vez mais escuro; agora as casas eram quase invisíveis. De repente, no entanto, notei uma coluna de luz amarela se estendendo do chão até o céu. Enquanto eu assistia, a luz se tornou mais brilhante e mudou de cor, ficando primeiro roxa, depois vermelha-escura.

Qual era a fonte? Estava irradiando de uma densa aglomeração de árvores, a certa distância das construções. Foi então que vi o primeiro círculo de luz amarela voar para o alto de uma casa a leste dali. Logo em seguida por um segunda, e depois por uma terceira esfera brilhante. Cada qual fez sua primeira aparição sobre uma das casas grandes. Contei rapidamente. Eram nove no total, que se reuniam para formar um grupo de círculos dançantes circulando a coluna de luz vermelha-escura. Moviam-se como mosquitos de verão; pairando e logo depois rodando para mudar de lugar.

De repente senti como se alguma coisa tivesse alcançado minha mente e puxado com força. Aconteceu de novo, e com aquele estranho puxão senti uma compulsão incontrolável de ir em direção aos círculos brilhantes. Engasguei de medo e me abaixei, apavorado. Eu já tinha visto entidades similares antes — sabia o que eram e o terrível perigo que representavam.

Eram feiticeiras romenas, que viviam isoladas e em forma humana normalmente não se agrupavam em clãs como outros tipos de feiticeiras. Estas eram almas projetadas de seus corpos através de magia animista; era só assim que se reuniam. De acordo com o Bestiário do meu mestre, ao contrário das outras entidades romenas, elas não bebiam sangue humano; mas, caso encontrassem um humano quando estavam nesta forma de esfera, podiam sugar seu *animus* e sua força vital em segundos. Era uma morte rápida e certeira. Pude sentir o poder. Elas sabiam que eu tinha viajado a Todmorden com meu mestre e continuava nos arredores. Contudo, não sabiam qual era a minha localização exata e estavam tentando me invocar com magia negra.

A princípio foi como uma música estranha e poderosa na minha cabeça — lembrava as sereias da costa grega, que utilizaram seus gritos melodiosos para atrair nosso barco para as pedras. Eu tinha conseguido resistir: o sétimo filho de um sétimo filho possui alguma imunidade contra feiticeiras e outras entidades das trevas. Agora, eu estava fazendo o mesmo até a música na minha cabeça eventualmente diminuir e parar.

Talvez tivessem sentido a minha força crescente, porque na sequência o apelo se tornou visual. As esferas de luz passaram a se mover mais rapidamente, pulsando e mudando de cor em uma dança mais complexa, e eu senti minha força de vontade escoando, minha mente como uma mariposa atraída para as chamas de velas que iriam consumi-la.

Eu me agachei e me apoiei sobre os quatro membros, lutando, desesperado, contra o impulso; gostas de suor pingavam pela minha testa. Gradualmente a vontade de ir até elas minguou e desapareceu. Mas ainda havia perigo ali — se elas me notassem, eu estaria perdido.

Após cerca de dez minutos de dança no alto, entrando e saindo da luz vermelha, os nove círculos se combinaram para formar uma esfera grande e brilhante, que em seguida acelerou ao norte e desapareceu.

Para onde teriam ido? Estariam caçando alguma vítima escolhida? Concluí que elas evitariam matar muito perto de casa, o que atrairia atenção. Todmorden rapidamente seria despovoada, e o pavor se espalharia pelo Condado em direção ao oeste.

O vento, que vinha soprando com força, primeiro se reduziu a uma brisa e, em seguida, morreu de vez. Um silêncio profundo se assentou sobre o vale do rio. Os poucos ruídos que vinham eram imensamente amplificados. Ouvi o grito sombrio de um pássaro-cadáver e logo em seguida o chamado de uma coruja. Na distância além do rio um bebê chorou; e então alguém tossiu e praguejou. Após alguns instantes a criança se aquietou — sem dúvida a mãe a estava alimentando. Estes eram todos os sons naturais da noite, mas, nesse momento, ouvi outra coisa.

Primeiro um rosnado profundo, seguido por um grito agudo que arrepiou os cabelos da minha nuca. Os ruídos vieram de duas direções diferentes. Em seguida, de algum lugar diretamente abaixo de mim, alguém começou a implorar:

— Deixe-me hoje, por favor! De novo não, não tão cedo. Não verei o amanhecer se fizer isso outra vez! Por favor, por favor, deixe-me em paz!

Atraído por esse grito de socorro, levantei-me em um instante e comecei a descer a ladeira. Logo eu tinha pulado uma cerca de madeira e estava sob a copa das árvores. Os sons estavam mais próximos e mais altos agora.

— Ah, não, por favor, não. Basta. Não pegue muito. Por favor, pare. Meu coração não vai aguentar! Não faça meu coração parar, por favor! Não quero morrer...

Eu agora estava correndo, sacando minha espada. Instantaneamente os olhos de rubi iluminaram meu caminho com sua luz vermelha e pude ver o horror diante de mim. Era um strigoi que poderia ser gêmeo do que eu tinha combatido na casa de Cosmina; brilhava com uma luz laranja, e era careca, com as mesmas orelhas grandes e pontudas.

O strigoi estava agachado sobre um homem vestido com roupas de dormir esfarrapadas. Tinha sido semiarrastado de um buraco escuro no chão, ao lado do qual havia uma pedra grande. Seus dentes estavam enterrados no pescoço da vítima, sugando seu sangue.

CAPÍTULO 14
Vão expandir para o oeste

O strigoi virou, viu que eu estava me aproximando e jogou a vítima de lado na grama. Virou-se para mim e investiu com a boca aberta, presas prontas para me morder, garras esticadas para rasgar a minha pele. Mas mal interrompi meu ritmo. Estava furioso, todas as emoções acumuladas e suprimidas nas últimas 24 horas liberadas em uma fúria violenta.

Ataquei o demônio, mas ele rapidamente se recolheu e a ponta da minha lâmina errou por menos de um centímetro. Ataquei de novo, porém o strigoi se desviou outra vez. Rosnou para mim e deu um passo à frente, preparando-se para atacar. Lembrei-me da velocidade do strigoi que me atacara na biblioteca e imediatamente comecei a me concentrar em desacelerar o tempo.

De repente senti a espada se mover na minha mão, e o sangue começou a pingar dos olhos de rubi no cabo. Eu e a lâmina nos tornamos um. Agarrando-a com as duas mãos, dei um passo para a esquerda, dois para a direita e, com toda a minha força, baixei a espada verticalmente na cabeça do strigoi. Parti seu crânio, rasgando até a mandíbula, e a criatura caiu aos meus pés. Soltei a lâmina, sentindo uma grande satisfação.

Conforme eu esperava, uma luz laranja em hélice emergiu do demônio, girou ali por alguns segundos e, em seguida, se lançou aos céus, desaparecendo sobre as árvores. Havia conseguido matar o corpo, mas a alma continuava livre. Será que agora iria, assim como o companheiro da sra. Fresque, encontrar outro hospedeiro?

Ainda tremendo de raiva, guardei a Espada do Destino e me virei para olhar para o homem, que havia ajoelhado. Ele me encarou, os olhos arregalados de espanto. Mas não ficou mais surpreso do que eu: era Judd Brinscall.

— Você nos traiu! — gritei. — Você nos trouxe para esses demônios!

Ele tentou falar, abrindo a boca, mas não saiu palavra alguma. Inclinei-me para baixo, coloquei a mão no ombro dele e o pus de pé. Brinscall parecia um peso morto se apoiando em mim, o corpo todo trêmulo. Fedia a sangue e à terra de onde tinha sido enterrado. Pensei no que fizeram com meu mestre e tive vontade de colocá-lo de volta no subsolo e cobri-lo com pedra. Sem dúvida outro strigoi o encontraria e acabaria com ele. Seria merecido!

Comecei a empurrá-lo para a cova, mas de repente pensei no meu pai e em como ele me ensinou a diferença entre certo e errado. E independente do que Judd Brinscall tinha feito, era errado devolvê-lo aos strigoii. Avaliei a situação dele: será que a recompensa por ter nos traído seria ser drenado de sangue? Não fazia sentido. Além disso, eu mesmo tinha corrido como um covarde. Como poderia julgá-lo?

Mas era algo com que me preocupar mais tarde; tínhamos que escapar antes que outra coisa nos achasse.

— Precisamos sair daqui — alertei. — Precisamos atravessar o rio.

Muito lentamente, iniciamos nossa descida. Eu estava nervoso, esperando ser atacado a qualquer momento — talvez por uma strigoica, a parceira da criatura que eu havia acabado de matar. Ou talvez as feiticeiras retornassem — nove círculos que cairiam sobre nós e sugariam nossas vidas sem derramar uma gota de sangue. Eu não tinha defesas contra um ataque assim.

Judd grunhia de tempos em tempos, como se estivesse com dor, e eu precisava ficar parando para descansar, pois aquele era um trabalho cansativo — afinal, eu praticamente o estava carregando. Enfim chegamos ao rio, mas alguma coisa me disse que precisávamos atravessar. Era mais seguro do outro lado. Talvez as criaturas não pudessem atravessar água corrente — apesar de aquilo não ser barreira para feiticeiras em formatos circulares; elas poderiam voar sem se afetarem.

A essa altura eu estava exausto, mas finalmente consegui arrastar Judd pela ponte, e, juntos, caímos na margem oposta. De imediato, ele caiu em um sono profundo.

Comecei a reavaliar as coisas e tentei decidir qual seria meu próximo passo. Eu precisava entrar em contato com Alice e contar o que tinha acontecido. Também era vital alertar Grimalkin sobre a ameaça. Era crucial que mantivesse a cabeça do Maligno longe daquele lugar maldito. Mas eu precisava de um espelho para fazer isso. Teria que esperar até o amanhecer, quando pudesse voltar para o meu quarto.

Devo ter caído no sono, porque, quando abri os olhos, o sol estava logo acima das charnecas do leste. Levantei e bocejei, espreguiçando-me para aliviar a rigidez dos meus membros.

Olhei furioso para Judd, que estava aos meus pés; seus trajes rasgados e manchados de sangue onde o strigoi o mordera. Havia marcas roxas de punção no pescoço dele.

Ele de repente abriu os olhos e sentou. Resmungou em seguida e apoiou a cabeça nas mãos por um tempo, o corpo todo tremendo enquanto respirava fundo. Finalmente olhou para mim.

— Onde está o seu mestre? — gritou.

— Morto — respondi secamente, sentindo a garganta apertar de emoção. — Não, é pior do que isso. Cortaram a cabeça do corpo dele, mas ainda fala. Usaram magia negra poderosa, e a alma dele é prisioneira dentro daquela cabeça. Ele está sofrendo muito. Tenho que libertá-lo. Tenho que trazer paz a ele. E tudo isso é culpa sua. Por que não nos alertou? Por que nos atraiu para uma armadilha? Você alegou que conhecia a sra. Fresque. Não tinha reparado que ela era um demônio?

Ele simplesmente me encarou sem responder.

— Muito conveniente você ter que cuidar de um ogro e nos deixar visitar a casa sozinhos. Você sabia o que ia acontecer, não sabia?

— Sim, eu sabia. É uma longa história, mas não tive escolha. Acredite em mim, eu não queria fazer isso. Sinto muito pelo que aconteceu.

— Sente muito! — exclamei. — É fácil falar, mas não significa nada.

Ele olhou para mim por alguns momentos sem dizer nada antes de virar as costas. Em seguida, esticou a mão esquerda para mim.

— Ajude-me a levantar, Tom!

Uma vez de pé, ele cambaleou como se fosse cair. Não tentei ajeitá-lo. Naquele momento ele poderia ter caído de cara e quebrado os dentes que eu nem ia ligar.

— Preciso de comida. Estou fraco. Ele sugou muito sangue de mim — murmurou.

Será que podia confiar nele? Ele certamente não estava trabalhando junto com os demônios agora. Eu tinha que me arriscar.

— Tenho quartos na estalagem ali — falei, apontando. — Tenho dinheiro também. Posso comprar café da manhã para nós dois.

Judd assentiu.

— Ficaria muito agradecido. Mas vá devagar. Estou tão fraco quanto um filhote recém-nascido.

Havia menos gente na rua hoje, e segui em frente pelo caminho quase vazio em direção à estalagem. Tive que bater na porta por um longo tempo antes do estalajadeiro finalmente abrir. Ele se inclinou para a frente e fez uma careta como se estivesse tentando me intimidar.

— Estou surpreso em vê-lo novamente, garoto! Você deve ter mais vidas do que um gato.

— O sr. Brinscall aqui vai usar o quarto do meu mestre — avisei enquanto entrávamos. — Mas primeiro precisamos de um grande café da manhã...

— Sim, e por favor fatias grossas de presunto, ovos, linguiça e muito pão com manteiga. Ah, e um bule grande de chá e um açucareiro — interrompeu Judd.

— Vamos ver a cor do seu dinheiro antes! — exigiu o estalajadeiro, irritado, notando as vestes sujas e rasgadas dele.

— Eu pago a conta, em prata — garanti.

— Então pague antes de atravessar aquela ponte outra vez! — sibilou. Assim, sem mais uma palavra, partiu para fazer nosso café da manhã.

— Temos muito a falar um para o outro, Tom, muita coisa para explicar, mas estou exausto. O que você me diz de primeiro comermos e depois conversarmos?

Fiz que sim com a cabeça. Eu mal aguentava olhar para ele, e comemos em silêncio. Judd colocou três colheres grandes de açúcar no chá. Tomou lentamente e sorriu.

— Sempre gostei de açúcar, Tom, mas agora estou realmente precisando.

Não retribuí o sorriso; sequer gostava dele usando meu nome. O açúcar não pareceu ajudar: logo ele começou a cair de sono na mesa, então sugeri que subíssemos para ele dormir um pouco.

Enquanto Judd dormia, fiz bom uso do meu tempo. Primeiro tentei entrar em contato com Alice, utilizando o pequeno espelho no meu quarto. Após quase uma hora sem sucesso, desisti e decidi tentar novamente mais tarde. Peguei então meu caderno da bolsa, atravessei a ponte e voltei para os pântanos do leste.

Eu me sentia relativamente seguro com o sol brilhando, então depois que cheguei lá desenhei um mapa de Todmorden, concentrando-me nas posições das casas grandes entre as árvores deste lado do rio. Coloquei cruzes perto das que achei que tivessem sido as origens das esferas. Eu tinha quase certeza quanto a quatro delas, mas as outras cinco me deixavam em dúvida. Também tentei marcar o ponto onde vi aquela estranha coluna de luz vermelha. Era difícil apontar a localização exata, mas marquei a área geral. O que quer que fosse, certamente interessava a feiticeiras desencarnadas.

Depois voltei para o quarto e mais uma vez tentei entrar em contato com Alice, novamente sem sucesso. O que poderia estar errado? Ela normalmente respondia mais depressa do que isso. Deitei na cama, pensando em tudo que tinha acontecido. Já passava do meio-dia quando Judd bateu à minha porta. Saímos da estalagem e fomos para as árvores, perto da margem do rio. O que tínhamos a discutir não devia ser ouvido pelo estalajadeiro nem por ninguém.

Nós nos sentamos, olhando para a água, e eu esperei para que ele falasse.

— Tenho que começar agradecendo pela minha vida, Tom. Eu teria morrido ontem à noite. No início eles só pegavam um pouco do meu sangue uma vez por semana; meu corpo dava conta. Mas aquela foi a terceira vez que se alimentaram de mim desde a última vez em que o vi.

— Quer dizer que o mantinham na cova *antes* de o mandarem para Chipenden?

— Permitiram que eu saísse para trazê-los aqui — explicou Judd.

— Por quanto tempo ficou na cova? — perguntei a ele.

— Uns dois meses, mais ou menos. Estranho, não? Nós, caça-feitiços, colocamos feiticeiras na cova. Nunca achei que eu fosse acabar em uma!

— Como você sobreviveu? O que comia?

— Por sorte não foi no inverno pesado, ou eu teria congelado — prosseguiu Judd. — Mas eles me alimentavam. Precisavam me manter vivo para ter o sangue de que precisavam. Cada casal de strigoi e strigoica mantém um ou mais prisioneiros dos quais se alimentam. Eles prefeririam caçar e matar suas presas nas terras vizinhas, mas isso atrairia atenção, e os militares seriam chamados. Quanto à comida, eles jogam na cova. Tenho vivido de cordeiro cru e, às vezes, sobras.

Fiz uma careta ao pensar em carne crua.

— O que você faria, Tom? — perguntou, vendo minha expressão de nojo. — Não tive muita escolha; era comer ou morrer. Sem comida para repor o que perdi quando tiraram meu sangue, eu teria morrido em poucas semanas.

Fiz que sim com a cabeça.

— É verdade — concordei. — Fazemos o que é necessário para sobreviver. Eu teria feito a mesma coisa.

Eu sabia que eu mesmo não era totalmente inocente. Ao longo dos meus três anos como aprendiz de caça-feitiço, a moral e os padrões que aprendi com meus pais foram gradualmente comprometidos. Não fui totalmente honesto com meu mestre, utilizando magia negra para conter o Maligno.

— Sim, é uma longa estrada sinuosa que o leva a esse ponto — murmurou Judd amargamente. — Como eu disse, minhas viagens acabaram me levando até a Romênia, onde aprendi tudo sobre as criaturas das trevas da Transilvânia e como combatê-las. E muito me adiantou isso, no fim das contas! — acrescentou com sarcasmo na voz.

"Veja bem, elementais, demônios e feiticeiras trabalham juntos naquele país. Eles planejam e agem em conjunto para destruir caça-feitiços. Não demorou muito para que eu me tornasse o próximo alvo. Eles observam e esperam, planejando a melhor maneira de machucá-lo ou destruí-lo. Eu fui presa fácil. Estava apaixonado, veja bem. Caça-feitiços do Condado normalmente não se casam, mas na Romênia os costumes são diferentes. Eu pedi a mão de uma jovem em casamento, e ela aceitou. Estávamos apaixonados e ansiosos pelo casamento. Mas não aconteceria.

"Uma strigoica a dominou; elas preferem corpos vivos a mortos. Você conheceu a demônia; ela possuiu o corpo de Cosmina Fresque."

— A sra. Fresque é a mulher que você ama? E ela é a hospedeira da demônia? — perguntei, pensando no quanto Cosmina era bonita e entendendo por que Judd tinha se apaixonado por ela. — Não há nada que possamos fazer? Não podemos tirar a strigoica do corpo dela?

— Quem me dera. A possessão por um demônio romeno não funciona assim; não é como no Condado. É irreversível. A alma é afastada e impedida de retornar. — Judd balançou a cabeça pesarosamente. — Então considere-a morta, pois certamente é o que eu faço. Preciso aprender a conviver com minha dor. Ela foi para o limbo. Só espero que consiga encontrar o caminho para a luz. Eu a perdi, e tive muito tempo para pensar em como fui enganado.

— Então como veio parar aqui, de volta ao Condado?

— Inicialmente fiquei devastado pelo que aconteceu — explicou ele. — Por quase um ano vaguei como um homem insano, sem conseguir trabalhar. Poderiam ter me matado, e o teriam feito, se não fosse pelo caça-feitiço romeno que me treinou. Eu nem sabia que ele estava lá, mas, onde quer que eu fosse, ele me seguia de perto e me defendia contra os servos das trevas que queriam a minha vida. Por fim, acabei recobrando o juízo, mas nesse ponto minha mente estava concentrada em vingança. Eu queria matar aquela strigoica, pelo menos tirá-la do corpo da minha amada Cosmina. Procurei, procurei, mas não encontrei qualquer rastro até finalmente descobrir que ela tinha ido para o exterior com seu parceiro strigoi. Então, vim atrás.

"Eles foram alertados por feiticeiras. Como lhe falei, trabalham juntos, de forma que já estavam preparados para minha chegada. Como um tolo, caí na armadilha deles e acabei na cova; comida para os strigoi. Após mais ou menos uma semana, eles me passaram para seus vizinhos que viviam mais para dentro do vale. Eles trocam de vítimas, como uma espécie de escambo. Acho que o sabor do sangue varia; eles gostam de mudar de vez em quando."

— Então eles prometeram sua liberdade em troca de atrair o Caça-feitiço para cá? — perguntei.

— Isso, além de algo ainda mais precioso para mim — explicou Judd. — Veja bem, sou parte romeno e, como lhe disse ainda tenho família lá, minha mãe e os parentes dela. Ameaçaram drenar e matar todos os meus familiares se eu não fizesse o que estavam mandando. Claro que não tinham qualquer intenção de me libertar. Depois que os deixei, fui para o norte, tentando colocar a máxima distância possível entre mim e este local amaldiçoado. Não fazia mais de uma hora do pôr do sol quando me pegaram e me arrastaram de volta para a cova. Só espero que minha família esteja bem.

Entendi a pressão que ele estava sofrendo e me solidarizei, mas ainda me sentia muito infeliz. Já tinha sofrido ameaças semelhantes das trevas. Mas o Caça-feitiço me ensinara a ter um forte senso de dever e eu havia resistido. Como poderia me esquecer que a traição de Judd Brinscall resultara na morte do meu mestre?

Demorei um tempo para interromper o silêncio desconfortável que havia se estabelecido entre nós.

— Por que há tantos servos romenos das trevas aqui em Todmorden? — perguntei.

— Vieram para cá procurar espaço e novas vítimas — contou Judd. — São tantos na Romênia que lá há áreas inteiras, principalmente na província da Transilvânia, controladas por eles. Eles vêm aumentando a quantidade na fronteira do Condado há anos, mas discretamente, para não atraírem muita atenção para si. Quando houver o suficiente e estiverem fortes, não se contentarão mais em viver do sangue de vítimas em covas. Vão expandir para o oeste do Condado, matando desgovernadamente.

CAPÍTULO 15
O DEUS VAMPIRO

Nossa visita a Todmorden havia custado a vida do meu mestre, mas ele não morrera em vão. Agora que eu sabia do perigo crescente e da ameaça ao Condado, talvez pudesse fazer alguma coisa a respeito. Do contrário, essa ameaça poderia ter se desenvolvido e crescido sem que ninguém notasse por muitos anos. Mas primeiro eu teria que recuperar a cabeça do Caça-feitiço e queimá-la para libertar sua alma. Talvez o conhecimento de Judd Brinscall sobre as entidades romenas das trevas pudesse me ajudar a fazê-lo.

— Como se destrói uma strigoica? — perguntei a ele. — Digo permanentemente, para que não possa sair e possuir outro corpo. Como se faz isso? Eu já matei dois hospedeiros de strigoi, mas a longo prazo não conquistei objetivo algum. E a sra. Fresque disse que o primeiro que matei logo encontraria um novo corpo e voltaria para se vingar de mim.

— Dois? Você matou dois? Quem foi o primeiro?

— O parceiro da sua inimiga.

— Muito bem, Tom — disse Judd, com um sorriso sombrio. — Então metade da vingança por Cosmina já foi executada. Existem muitas maneiras de lidar com strigoii e strigoica, mas poucas são permanentes: até a decapitação ou uma estaca no olho esquerdo só conseguem tirá-los do hospedeiro. Alho ou rosas podem ser utilizados como defesas. Sal não chega a causar grandes danos a eles, mas um fosso cheio de água salgada os mantém longe.

— É o mesmo método que utilizamos contra feiticeiras da água... — observei.

— De fato, Tom. Sem dúvida você passou seis longos meses aprendendo com Bill Arkwright. Eu teria ficado de saco cheio e fugido de volta para Chipenden antes da metade do tempo.

Meneei a cabeça pesarosamente.

— Bill está morto. Morreu na Grécia combatendo as trevas.

— Bem, não posso dizer que gostava do sujeito — falou —, mas sinto muito. A área norte do Condado será um lugar mais perigoso agora. O que aconteceu com Caninos e Patas? Eram bons cães trabalhadores, mas o Caninos não gostava muito de mim: ele tinha um nome adequado. Mordeu um pedaço da minha perna uma vez e ainda tenho a cicatriz.

— O Caninos foi morto por feiticeiras da água. Mas Patas ainda está viva e tem dois filhotes, Sangue e Ossos. Nós os deixamos em Chipenden com o ferreiro local — expliquei.

— É uma pena. Eles seriam mais úteis aqui, nos ajudando com essas feiticeiras — respondeu Judd. — Mas voltando ao assunto: a forma de impor um fim permanente às strigoica que possuem corpos vivos é queimar o corpo enquanto ainda estão nele. Com os strigoii que possuem os mortos, o único jeito é expô-los ao sol. Sei muito sobre lidar com essas criaturas. Precisamos trabalhar juntos agora; quero compensá-lo pelo que fiz e tenho muito a lhe ensinar. Mas uma coisa que posso dizer é: não precisa temer que o strigoi volte para matá-lo. Ele até vai acabar encontrando outro corpo, mas quando é expulso de um, sua memória começa a se desintegrar. Com um novo hospedeiro, ele entra em um novo estágio de existência e se esquece de tudo sobre Todmorden e sobre sua antiga parceira strigoica. Ela só estava tentando assustá-lo, Tom, nada mais.

— Vi seu livro na biblioteca do demônio, o que fala sobre os moroii — falei.

— Escrevi aquilo em dias mais felizes. Os demônios o tiraram de mim para fazer a biblioteca parecer mais convincente. Veja, cada habitação de um strigoi ou strigoica é um lugar de mentiras, uma casa de ilusões. Eles usam um grimório como fonte das ilusões. Aquele e o meu livro provavelmente eram os únicos exemplares verdadeiros ali. Agora, explique por que queriam você e John Gregory aqui. Eles nunca se incomodaram em me contar.

Expliquei sobre a nossa luta contra o Maligno e sobre como o neutralizamos temporariamente. Depois contei como Grimalkin estava fugindo com a cabeça dele, tentando mantê-la longe das mãos de nossos inimigos.

— Como você estava nos guiando, deixamos nossas desconfianças de lado. Só depois que mataram meu mestre que a strigoica me explicou o que queriam — contei. — Ela foi pressionada para nos atrair para Todmorden. Você disse que todos trabalham em conjunto; bem, certamente é o que estão fazendo agora, com um propósito especial. Eles mataram meu mestre e prenderam sua alma na cabeça só para me pressionarem. Querem que eu convoque Grimalkin para que possam matá-la e levar a cabeça do Maligno em troca. Preciso encontrar a cabeça do meu mestre e queimá-la. Devem tê-la escondido em algum lugar. Precisamos procurar pela colina e checar as casas de todos aqueles demônios.

— Sinto muito, Tom, mas se tentarmos isso eles vão saber o que estamos fazendo antes de chegarmos à primeira casa. Dia ou noite, um membro de cada casal está sempre acordado e alerta a quaisquer ameaças. Sentiriam nossa presença quase imediatamente e invocariam as feiticeiras para os defenderem. Feiticeiras romenas usam *magia animista*. Ao contrário de feiticeiras de Pendle, que normalmente usam sangue, ossos ou magia familiar, elas extraem força vital de suas vítimas sem sequer tocá-las. Suas esferas estariam aqui em um piscar de olhos. Drenariam nossos *animus* e morreríamos em segundos. Mais tarde usariam o que tiraram de nós em rituais e encantos, reunindo mais poderes das trevas.

— Então o que *podemos* fazer? — perguntei, frustrado com a explicação de Judd. Eu já sabia quase tudo que me fora dito, mas não deixaria nada daquilo me impedir de fazer o que deveria. Eu *tinha* que libertar o espírito do meu mestre. Eu estava determinado a fazer *alguma coisa*.

— Teríamos que lidar com as feiticeiras antes — continuou Judd. — Acabar com elas, uma a uma. Pode ser que isso nos dê alguma chance. Ao contrário das demônias, as feiticeiras dormem durante o dia, então esse é o momento de atacar. Elas não têm um parceiro que fique de guarda.

— As feiticeiras são mais poderosas do que os demônios? — perguntei.

— Sim, sem dúvida; os moroii são os mais fracos da hierarquia. Então tentaremos matar as feiticeiras antes, pegá-las de surpresa enquanto dormem.

— Bem, eu sei onde quatro das casas ficam, pelo menos — contei a Judd. — Enquanto você dormia, fui até a charneca outra vez e marquei em um mapa. Aqui estão... — Alcancei o bolso, peguei meu desenho e entreguei a ele.

Ele examinou por alguns momentos e depois me olhou.

— O que é isso? — perguntou, apontando para uma marca que eu tinha feito.

— Havia um estranho raio de luz, colorido com um estranho tom de vermelho. Estava saindo do chão abaixo das árvores e brilhava alto no céu. Nunca vi nada parecido antes. As feiticeiras vinham em formas de esfera e a circulavam em uma espécie de dança, entrando e saindo da luz. Depois de um tempo voaram para longe. Não demorou muito até que o strigoi começasse a se alimentar de você e eu descesse a colina para ver se podia ajudar.

Judd balançou a cabeça e ficou olhando para o chão por um bom tempo, sem falar. O que eu tinha acabado de dizer claramente o afetou. Então notei as mãos dele — estavam tremendo.

— O que houve? — perguntei.

— Isso está indo de mal a pior. Pelo que acabou de me contar, as feiticeiras estão tentando invocar Siscoi, o maior e mais poderoso dos deuses antigos da Romênia. Os caça-feitiços têm muitos métodos bem-sucedidos para lidar com entidades vampirescas comuns, tais como feiticeiras, elementais, e demônios, mas o deus vampiro é realmente perigoso, e não temos a menor condição de combatê-lo.

O nome soava familiar. Mais uma vez me irritei comigo mesmo por não ter lido o Bestiário com mais cuidado. Tenho certeza de que tinha alguma referência a Siscoi.

— É fácil invocá-lo? — perguntei. — Alguns dos deuses antigos são difíceis de serem trazidos para o nosso mundo.

— De fato, Tom, e podem se voltar contra aqueles que o invocaram. Alguns gostam da chance de destruir aqueles que se metem com as trevas. Mas, infelizmente para nós, Siscoi é diferente. Ele ama ser idolatrado e é generoso com aqueles que o trazem para este mundo por um portal. Feiticeiras romenas conseguem invocá-lo à meia-noite, mas ele só pode permanecer aqui até o amanhecer. Essa é a boa notícia. A má é que, mesmo a partir de seus domínios nas trevas, ele pode enviar seu espírito temporariamente para reanimar os mortos ou possuir os vivos. Então você pode achar que está lidando com um strigoi e perceber tarde demais que a lâmina de prata na ponta do seu bastão não está fazendo efeito porque trata-se de Siscoi. E esse será o seu fim. Não há nada que se possa fazer.

— E quanto a isso? — perguntei, sacando a Espada do Destino.

Judd assobiou pelos dentes e seu rosto se iluminou em admiração.

— Posso examinar? — perguntou.

Fiz que sim com a cabeça e entreguei a arma a ele.

— Então esta é a arma que você usou para matar os dois hospedeiros — constatou, examinando o cabo de perto. — O suga-sangue foi cuidadosamente fundido, e esses rubis que formam os olhos não têm preço. Como uma arma dessa chegou às suas mãos?

— Ela me foi dada em Hollow Hills, por Cuchulain, um dos antigos heróis da Irlanda. Foi fabricada pelo deus antigo Hefesto. Ele só fez três espadas, e essa, supostamente, é a melhor de todas.

— Bem, Tom, você certamente tem bons contatos. Feita por um dos deuses antigos, você diz! Será que tem o poder de destruir um deles? — perguntou Judd.

— Eu a utilizei contra Morrigan; não a destruiu, mas a desacelerou e me deu a chance de escapar — expliquei.

— Você combateu Morrigan?

— Foi em Hollow Hills, logo depois de Cuchulain me dar a espada.

— Você certamente teve um rico aprendizado. Eu nunca me aventurei para fora do Condado. Não é à toa que tinha o impulso de viajar e acabei metido nessa confusão — disse Judd, devolvendo-me a espada. — Mas, mesmo que pudesse machucar Siscoi, você jamais chegaria perto dele. Entidades vampirescas são velozes, mas nada que se compare a ele. Você morreria antes de se dar conta.

Minha habilidade de desacelerar o tempo me daria chance de ferir Siscoi com a espada, mas isso não significava que poderia acabar com ele. Os deuses antigos tinham grandes poderes de regeneração. Quando usei a lâmina contra Morrigan, tive apenas tempo de escapar. Contudo, não me incomodei em corrigir Judd — não era sábio revelar muito a ele. Também não falei sobre a Corta Ossos. Se os demônios o pressionassem no futuro, ele poderia revelar o que soubesse a meu respeito. Portanto, em vez disso, fiz uma pergunta.

— Então o que era aquela luz brilhando do chão? Como as feiticeiras invocam Siscoi?

— Elas criam uma *cova de restos* — respondeu Judd. — Primeiro procuram uma fissura no chão. Tem que ser em algum lugar especial onde magia negra seja particularmente potente. Ao longo de algumas semanas, entornam sangue e restos ali; principalmente pedaços de fígado cru. Quando combinado a rituais e feitiços das trevas, isso gera grande poder na cova; o raio de luz é só uma fração disso que está escapando para o ar. Siscoi cultiva um corpo se alimentando de sangue e restos. Quando está pronto, as feiticeiras vêm à meia-noite para completar o ritual final. Então ele sai da cova com seu corpo de carne, existindo assim como o Maligno. Pelo que você descreveu, parece que os rituais das feiticeiras já chegaram ao ponto em que ele está quase pronto para emergir. Pode acontecer a qualquer momento; inclusive à meia-noite de hoje.

— Qual poderia ser o propósito de invocá-lo agora? — perguntei.

— Podem querer apenas adorá-lo. Em troca, ele lhes dará poder. Mas já tentaram pressioná-lo a trazer Grimalkin aqui. Querem muito a cabeça do Maligno. Siscoi é veloz e, uma vez encarnado, consegue percorrer grandes distâncias rapidamente. Ele pode ir atrás de Grimalkin pessoalmente. E quem sabe você pode ser o próximo da lista.

CAPÍTULO 16
A COVA DE RESTOS

— Então precisamos encontrar uma maneira de conter Siscoi — falei.

Judd me lançou um sorriso sem graça.

— Não há nada que eu gostaria mais. Nesta época do ano são mais ou menos quatro horas e meia entre meia-noite e o amanhecer. Ele poderia causar muitos estragos neste período. Mas todo o meu treinamento na Romênia não me fornece qualquer indício de como isso pode ser feito. E mesmo que tenhamos os meios, as feiticeiras chegariam em segundos.

— Não se o fizermos durante o dia. Elas estarão dormindo. Se alertadas, ainda podem projetar as almas do corpo com o sol brilhando?

— Nunca ouvi nada parecido, apesar de *talvez* ser possível. Presumo que esteja pensando em atacar Siscoi enquanto ele ainda está se formando na cova. O que tem em mente, Tom?

— Gostaria de tentar um dos truques mais antigos do repertório de um caça-feitiço: sal e ferro — falei.

Judd balançou a cabeça.

— Provavelmente seria uma perda de tempo. Sal e ferro não funcionam contra feiticeiras, elementais ou demônios romenos.

— Normalmente também não funcionam contra deuses antigos. Mas quando estão totalmente acordados e prontos para acabar com a carne dos seus ossos. Siscoi ainda está cultivando o corpo com o sangue e os restos da cova. Tenho certeza de que o sal poderia queimar aquele corpo semiformado e vulnerável, e o ferro pode acabar com sua força. Podem não contê-lo, mas talvez consigam desacelerá-lo e nos dar uma chance de procurar pelo meu mestre. O que acha? Não vale a tentativa? Vamos agora enquanto o sol ainda está brilhando! Podemos jogar sal e ferro na cova e depois cuidar das feiticeiras adormecidas, uma por uma.

— Mas tem mais um perigo a se considerar, Tom — alertou-me Judd. — As strigoica estão acordadas agora, tomando conta de seus parceiros. Mesmo que as esferas das feiticeiras não nos ameacem, *elas* certamente o farão. E são tão velozes e perigosas quanto os strigoii.

— Eu também tenho velocidade. E tenho a espada — observei.

Judd franziu o rosto.

— Se eu for oferecer alguma ajuda, preciso de uma arma própria.

Guardada no cinto abaixo da minha capa, estava a Corta Ossos, a adaga que recebi de Slake. Mas eu não ia emprestá-la a Judd — era um dos três objetos sagrados, e eu não podia correr o risco de perdê-la. Então fiquei quieto e não revelei nada sobre ela. Eu não sabia ao certo se encontraríamos um ferreiro para nos ajudar em Todmorden. A julgar pelo que experimentáramos até aquele momento, eu não esperava muita cooperação. Então me lembrei da vila. Olhei para o sol.

— Temos cerca de sete horas de luz ainda — falei para ele. — Lembre-se da vila pela qual passamos no caminho para cá. Tinha um ferreiro e um merceeiro a menos de uma hora de distância. Poderíamos comprar grandes sacos de sal na mercearia; talvez precisemos de mais do que alguns punhados. Também seria fácil conseguir todo o ferro de que precisarmos com o ferreiro. Talvez até alguma arma para você.

Judd se levantou.

— Muito bem. Vamos em frente, então.

Passamos rapidamente pelas ruas vazias. Por que a cidade estava quieta? Notei que algumas cortinas se mexeram quando passamos, mas não havia ninguém por lá.

Subimos a colina até as charnecas do oeste e alcançamos o ferreiro em 45 minutos. Conseguimos facilmente uma grande quantidade de ferro, mas arranjar uma arma para Judd foi mais difícil. As tarefas rotineiras do ferreiro consistiam em colocar ferraduras em cavalos, consertar arados e fabricar instrumentos domésticos. Ele nunca havia feito uma espada na vida, mas tinha alguns machados usados por fazendeiros para limpar a terra de árvores e arbustos. Não eram os machados de lâmina dupla utilizados na batalha, nem possuíam lâminas de liga de prata, mas poderiam causar um dano considerável se manejados corretamente.

Judd testou alguns deles, mas não escolheu o maior. Claro, não discutimos nossas necessidades na frente do ferreiro, mas notei que ele selecionou um leve, afiado e fácil de manusear.

Em seguida, visitamos a mercearia da vila e compramos quase todo o estoque de sal. Logo, carregando nossas aquisições, com

Judd apoiando o machado no ombro esquerdo, refizemos nossos passos até Todmorden. Ao atravessarmos o rio, senti a ponte tremer e olhei para baixo, alarmado. Parecia mais destroçada do que nunca, prestes a cair no rio. Torci para que não tivéssemos mais que atravessá-la muitas vezes.

O sol continuava brilhando em um céu claro. Estimei que ainda tínhamos pouco mais de cinco horas de luz — muito tempo para lidar com Siscoi e matar o máximo possível de feiticeiras, convenci a mim mesmo, tentando aumentar minha confiança.

Não pensei sobre os detalhes do que estava envolvido. O que estávamos tentando fazer era extremamente arriscado. Nossos inimigos cooperavam entre si e trabalhavam juntos; um ataque contra um seria um ataque contra todos. Se eles se reunissem com rapidez, ficaríamos em um número desesperadoramente menor. Mas tirei esse pensamento da cabeça, guiado pelo meu senso de dever com o Condado e a esperança de conseguir, de alguma forma, libertar o espírito do meu mestre.

Subimos até a borda da charneca leste e mais uma vez nos agachamos em um arbusto.

— Olhe, ali. Foi onde vi o raio de luz brilhando através das árvores.

Judd assentiu.

— Quais são as casas das feiticeiras?

Eu peguei o mapa de novo e apontei para as quatro casas que tinha marcado.

— Acha que são as casas certas? — perguntou ele. — Precisamos ter certeza.

— Sim, definitivamente vi as esferas saindo delas. Há outras possíveis casas de feiticeiras, mas eu só marquei as que eu tinha certeza.

— Uma vez que fizermos o melhor possível com isso — disse Judd, apontando para os sacos aos nossos pés —, cuidaremos destas quatro feiticeiras, depois correremos para o outro lado do rio e tentaremos sobreviver até o amanhecer.

Assenti, e pegamos os sacos e começamos a descer a ladeira, indo para o aglomerado de árvores que encobria a cova de restos. Assim que fui para as sombras da floresta, aconteceu: a sensação fria que alerta o sétimo filho de um sétimo filho que alguma entidade maléfica das trevas está por perto.

Judd me olhou de lado.

— Também estou sentindo — afirmou. — Mas o que é? Siscoi cultivando um corpo? Ou alguma outra coisa na guarda, esperando por intrusos?

— Logo descobriremos — falei, prosseguindo.

Descobri ainda mais rápido do que esperava. Não houve rugido de alerta. O ataque veio tão depressa que, surpreso, eu só tive tempo de derrubar o saco e procurar pela espada. Um urso grande estava vindo diretamente para nós, sobre as quatro patas, com os dentes expostos. Ele se levantou na nossa frente, imenso sobre suas patas traseiras, pronto para nos atacar. Antes que eu pudesse pegar minha espada da capa, Judd me ultrapassou e manejou o machado em um arco veloz.

Ouvi uma batida horrível quando aconteceu o impacto. O primeiro golpe foi no ombro do urso. A criatura ferida soltou um rugido de raiva e dor. Quando o segundo golpe o atingiu no pescoço, ele gritou — um ruído agudo que poderia ter saído de uma garganta humana. Judd desferiu mais três golpes antes de o animal cair de lado como uma grande árvore derrubada pelo machado de um lenhador.

Judd se afastou de sua presa.

— Rápido? — perguntou, olhando para a minha espada parcialmente sacada com um sorriso. — Eu fui mais! Você terá que fazer melhor quando a primeira strigoica vier atrás de você!

— Não se preocupe, farei — disse, guardando a espada outra vez. — Um moroi, não foi? — Gesticulei para o urso morto. — Estava protegendo o acesso à casa Fresque na última vez em que vi.

— Talvez, mas provavelmente há mais de um, Tom — alertou-me Judd. — Este estava programado para patrulhar a área em volta da cova, que é sombria e protegida. Mas eles normalmente não saem durante o dia, então foi utilizada alguma magia poderosa para trazê-lo aqui.

"Andei pensando e percebi que tem um jeito mais fácil de lidar com os moroii: são criaturas governadas por compulsões. Se você jogar nozes, sementes, frutas silvestres, gravetos ou até lâminas de grama na frente deles, eles imediatamente caem de quatro, como se estivessem em transe. São compelidos a contar e recuperar cada uma, e não conseguem fazer mais nada até que isso seja realizado. E uma contagem nunca é suficiente. Eles precisam repetir o procedimento para verificar que o total é o mesmo. Podem passar horas contando e recontando. Isso significa que poderíamos escapar ou lidar com eles em um único golpe fatal."

Fiz que sim com a cabeça e sorri. Essa informação era válida para o futuro, e fez com que eu percebesse o quanto ainda tinha a aprender. Agora que meu mestre havia partido, meu aprendizado se encerrara prematuramente: eu devia aprender cada vez que a oportunidade se apresentasse — mesmo que fosse Judd ensinando. Não podia me dar ao luxo de permitir que meus sentimentos atrapalhassem minhas necessidades. O Bestiário tinha que ser atualizado sempre que possível, e eu podia até mesmo escrever meus próprios livros. O trabalho do meu mestre precisava continuar.

Judd e eu prosseguimos cautelosamente, procurando a entrada da cova de restos. Nossos narinas a encontraram bem antes que os nossos olhos; o fedor era assombroso: cheiro de restos, carne apodrecida e o odor metálico do sangue. Perto da raiz de um enorme carvalho havia uma grande pedra larga, lisa e de formato irregular. Havia um buraco oval perto do centro, e suas bordas ainda estavam molhadas de sangue. Demos um passo à frente juntos e espiamos na escuridão. Estremeci e respirei fundo para me acalmar. Mas eu tinha bons motivos para ter medo. A não ser que encontrássemos uma maneira permanente de contê-lo, logo o deus antigo, Siscoi, iria subir e emergir da cova.

— Não consigo ver nada — constatei, verbalizando o óbvio.

— Confie em mim, Tom, nenhum de nós quer ver o que está se formando lá embaixo, mas escute atentamente e talvez possamos ouvir.

Ouvimos. Do fundo da fissura vinham ruídos fracos e sinistros. Prendi a respiração para compreender melhor. Depois quase desejei que não o tivesse feito. Lá embaixo, misericordiosamente escondido na escuridão, alguma coisa respirava. O ritmo era lento e firme, sugerindo uma criatura grande.

— O hospedeiro está aí, sim — disse Judd. — Mas não se preocupe. Ele não vai conseguir subir até Siscoi possuir sua carne. Isso só pode acontecer à meia-noite, com a ajuda de feiticeiras executando feitiços e rituais.

— Com quantas feiticeiras teremos que lidar para impedir que isso aconteça? — perguntei.

— É difícil dizer; mesmo três sobreviventes podem constituir um clã. Mas uma coisa é certa: quanto menos tiverem, mais difíceis de encontrar.

Sem mais debates, cuidadosamente entornamos os sacos de sal e ferro formando montes ao lado da abertura. Depois, trabalhando depressa, misturamos as duas substâncias com a mão.

— Pronto? — perguntou Judd.

Fiz que sim com a cabeça, preparado para empurrar a mistura pela escuridão.

— Bem, estamos prestes a descobrir se você estava certo — disse ele. — Quando eu contar até três: um, dois, três!

Em sintonia, jogamos sal e ferro em cascata na cova. Por um momento nada aconteceu e, de repente, um grito de agonia veio lá de baixo, seguido por rosnados baixos.

Judd sorriu para mim.

— Muito bem, Tom! Às vezes os métodos testados e confiáveis *realmente* funcionam melhor. Siscoi não ficará nada contente quando descobrir que seu hospedeiro foi prejudicado. Agora, antes de irmos à primeira feiticeira, é melhor que eu lhe conte um pouco mais sobre elas — disse ele, levantando-se. — Elas coletam força vital de humanos para atingir certos objetivos, como o acúmulo de riquezas. Elas gostam de morar em casas grandes e mandar nos humanos locais.

— Então é por isso que as pessoas evitam caça-feitiços e colaboram tão pouco. Elas têm medo. Sabem com o que estão lidando — observei.

— Isso mesmo, Tom. Sem dúvida a cidade inteira está apavorada.

— Eu sei sobre as esferas e o uso do animismo, mas e quando as almas estão de volta aos corpos? Elas se parecem com as feiticeiras de Pendle ou com as lâmias?

— Como muitas feiticeiras, elas tentam prever o futuro para destruir seus inimigos. Mas a invocação desse deus vampiro é a cereja do bolo; ele lhes concede poder, tornando-as ainda mais formidáveis.

"Elas têm algo em comum com as lâmias; são capazes de mudar de forma. Mas ao passo que as feiticeiras lâmia mudam da forma doméstica para a feral ao longo de semanas ou meses, as feiticeiras romenas o fazem em um piscar de olhos. Um segundo você está olhando para uma mulher muito bem-vestida. Logo depois, ela está em farrapos e cheia de dentes e garras. E eis onde o Bestiário precisa de atualização: é verdade que eles não usam magia de sangue, mas isso não as impede de comer carne humana e beber sangue. A maioria das vítimas cai no chão muito antes de conseguirem reagir ao perigo. Momentos depois, estão em pedaços."

Franzi o rosto, minha mente acelerando com a toda a informação que recebia.

— Vamos cuidar da primeira... — sugeriu Judd.

Deixamos as árvores e atravessamos um pasto ensolarado a caminho da casa mais próxima, de onde vira emergir uma esfera. Pelo que pude observar, exceto por zumbidos na direção oeste, nada se movia na encosta da colina, mas dava para ouvir barulhos de atividades humanas à margem do rio que ficava do lado do Condado.

Subimos um lance de escada para depois continuar a descer. Cada casa era cercada pelo próprio grupo de árvores e, à medida que nos aproximamos do nosso alvo, a luz do sol foi bloqueada outra vez. Judd assinalou para que parássemos. Colocando um dedo nos lábios e se inclinando para perto, sussurrou ao meu ouvido:

— Não deve haver ilusões nos incomodando aqui; casas de feiticeiras não mudam de forma, mas pode haver armadilhas que sirvam de alerta. Assim que entrarmos, ela deve acordar. Então não adianta sermos sorrateiros; discrição não vai nos ajudar. Vamos entrar depressa. Eu vou na frente e você me dá cobertura por trás, pode ser?

Fiz que sim com a cabeça.

— Você é o especialista aqui — concedi, com a voz baixa. Eu precisava ser pragmático e me forçar a confiar em Judd. Tínhamos que trabalhar juntos.

A casa era grande e haveria muitos quartos a serem vasculhados. Judd não perdeu tempo. Ele foi direto para a porta da frente e deu um chute para abri-la. Saquei a espada e o segui para dentro. Estávamos em um pequeno hall de entrada com três portas. Ele escolheu a do meio. Apesar do fato de não haver tranca aparente, ele usou o sapato esquerdo e entrou depressa. Fomos parar em uma grande sala de estar. Olhei em volta, surpreso: feiticeiras do Condado normalmente viviam na bagunça, com pratos e louças sujos, tetos cobertos por teias de aranha e chãos imundos, com uma pilha de ossos, alguns humanos, no canto. Mas esta sala tinha sido meticulosamente limpa e era mobiliada de maneira luxuosa. Vi pinturas de paisagens estranhas, possivelmente romenas: uma era de um castelo no alto de uma colina que se erguia sobre florestas verdes. Havia duas cadeiras confortáveis e um divã perto de uma lareira, onde cinzas ainda brilhavam na grelha. Sobre a lareira havia três velas; todas de ótima qualidade, de cera de abelhas, ao contrário das velas pretas utilizadas pelas feiticeiras de Pendle (que usavam o sangue de suas vítimas misturado à gordura animal).

Mas as habitantes desta casa eram feiticeiras, sim — criaturas das trevas —, e o frio familiar de alerta ainda percorria minha espinha.

Havia uma porta à direita no final da sala. Judd foi até lá e a arrombou. A luz era fraca, mas sobre o ombro dele vi uma grande cama com uma coberta roxa. Alguém estava dormindo nela. Ele ergueu o machado e se preparou para um golpe forte e veloz.

De repente senti que alguma coisa estava errada.

A feiticeira não estava na cama; estava *embaixo* dela.

Veio para cima de nós em um instante, cheia de dentes e garras.

CAPÍTULO 17
O PACTO

Suas garras estavam a poucos centímetros da perna esquerda de Judd quando golpeei para baixo com a espada, perfurando através do coração e prendendo a feiticeira, com a cara para baixo, no chão.

Ela lutou em desespero para se libertar, rosnando profundamente na garganta, cuspindo sangue e sacudindo os longos cabelos de um lado para o outro. Suas mãos com garras compridas abriam e fechavam, e ela virou a cabeça para olhar para mim, rogando-me pragas com seus olhos venenosos.

Eu já tinha visto horrendas feiticeiras da água e tremido com as mais feias de Pendle, mas aquela era uma visão de fato pavorosa. A pele dela era áspera, com verrugas peludas brotando como fungos por o seu rosto. Quando ela abriu a boca em um rosnado, percebi que seus caninos eram duas pontas pretas crescendo sobre o lábio inferior.

Depois ela esticou o braço para as costas, agarrando a lâmina e talhando os dedos até os ossos enquanto tentava desesperadamente retirá-la do corpo. Mas os rosnados se transformaram em gorgolejos, ruídos engasgados, e ela começou a expelir sangue em esguichos pelo chão. Segurei a espada com força, empurrando-a mais profundamente na madeira. Judd encerrou qualquer dúvida quando arrancou a cabeça com o machado.

— Bom garoto! — gritou ele. — Você foi rápido o suficiente desta vez. É o truque mais batido de todos! — Ele puxou a coberta para mostrar os dois travesseiros cuidadosamente arranjados para parecerem os contornos de um corpo. — Ela devia estar acordada antes mesmo de eu ter aberto a primeira porta.

Puxei a espada de volta e a limpei na coberta, depois a devolvi para a capa. Judd usou um machado, e eu, uma espada — e me ocorreu que era incomum ver dois caça-feitiços lutando sem bastões. Mas tivemos que nos adaptar às circunstâncias.

— Precisamos nos certificar de que ela não retorne dos mortos — falei. — Os métodos tradicionais funcionam com feiticeiras romenas?

Judd balançou a cabeça.

— Comer o coração é inútil com elas, mas queimar funciona. Contudo, levam normalmente pelo menos um mês até poderem reanimar os corpos. Se matarmos todas elas, podemos queimá-las nas próprias casas muito antes disso.

De repente o aposento se tornou ainda mais sombrio, e olhamos para a janela. Judd correu para ela e puxou a cortina. Quando entramos na casa o céu estava azul, mas agora nuvens chuvosas corriam pelo firmamento, que escurecia a cada segundo.

Apressamo-nos para fora dali e paramos do lado de fora da porta de entrada do quarto da feiticeira. Um relâmpago iluminou o céu ao norte e, em seguida, ribombou um forte trovão.

— Essa não é uma tempestade natural — disse Judd. — Devem estar todas acordadas e alertas agora. Quando trabalham juntas, feiticeiras romenas podem aumentar o vento e escurecer os céus. Provavelmente sabem o que fizemos.

No instante seguinte um raio aforquilhado dividiu o céu; o trovão foi ensurdecedor e quase instantâneo. No silêncio sombrio que seguiu, ambos ouvimos os barulhos. Gravetos estalaram, passos percorreram a grama; coisas não vistas se aproximavam pelas árvores, vindas de mais de uma direção.

— Corra, Tom! Por aqui — gritou Judd, acelerando para a colina em direção ao rio. Obedeci sem questionar. Senti nossas inimigas se aproximando por todos os lados. Meu maior medo era de que as outras feiticeiras se projetassem atrás de nós em forma de esfera. Não era noite, mas talvez estivesse escuro o bastante para que já conseguissem avançar.

No entanto, logo estávamos correndo pelas ruas estreitas, a chuva começando a bater nas pedras. Havia outros ruídos vindo da direção da ponte. Quando chegamos às árvores, vimos meia dúzia de homens com machados na margem oposta, atacando os suportes da ponte.

— Parem com isso! — berrou Judd. — Parem agora!

Os homens simplesmente o ignoraram e continuaram trabalhando. Corremos mais rápido, mas antes de chegarmos à margem, com um gemido e uma batida, a ponte caiu no rio. Por um instante os destroços permaneceram pendurados do nosso lado, mas depois toda a estrutura apodrecida caiu na água, onde instantaneamente quebrou em pedaços e desceu pelo rio.

Do outro lado da margem, os homens acenaram seus machados para nós, em ameaça.

— Fiquem desse lado aí! — gritou um deles. — Vocês são um perigo para todos nós. Não queremos vocês aqui. Atravessem por sua conta e risco.

Por que teriam cortado a ponte agora? Será que foi para nos prender na margem leste, facilitando nossa captura pelas feiticeiras e demônios? Será que estavam tentando apaziguá-los?

Judd falou ao meu ouvido, mantendo a voz baixa:

— Logo vão se cansar e sair; só precisamos ter paciência. Não há motivo para ninguém se machucar. Eles estão com medo, só isso.

Ele tinha razão. Se atravessássemos à força, eles pareciam desesperados o suficiente para lutar conosco. Então nos sentamos em um tronco, cada um perdido nos próprios pensamentos, enquanto eles nos encaravam da margem oposta.

Por enquanto tínhamos escapado, mas eu estava me sentindo deprimido. Não fizera nada para ajudar meu mestre, e agora tínhamos alertado as feiticeiras. Estariam preparadas para nós na próxima vez.

Depois de algum tempo, a previsão de Judd se confirmou. Os homens gritaram insultos para nós e então partiram pelas árvores em direção às casas. Demos mais cinco minutos antes de ir até a beira lamacenta e encontramos um lugar para atravessar; anos antes, sem dúvida, aquilo fora um vau. Então, com as calças molhadas até o joelho, voltamos diretamente para a estalagem, prontos para a encrenca. Eu duvidava que aquela seria a última vez que o povo da cidade aprontaria conosco.

— Durma um pouco antes do jantar, Tom — disse Judd. — Ao anoitecer, tudo pode acontecer. Pode ser que nem estejamos a salvo neste lado do rio.

Tentei dormir, mas apenas cochilei e acordei várias vezes. Minha mente estava girando com tudo que tinha acontecido nos últimos dias. Não conseguia enxergar nenhuma maneira de salvar nossa situação.

Foi então que de repente comecei a pensar em Alice de novo. Será que ela teria conseguido encontrar Grimalkin? Só torci para que tivesse cumprido sua promessa e não tivesse ido para as trevas sem antes falar comigo. Parte de mim estava feliz por ela não ter vindo a Todmorden conosco; estaria correndo grave perigo ali. Mas a outra parte estava desesperada por sua ajuda e companhia. Alice já havia me tirado de situações complicadas antes e salvado a minha vida mais de uma vez.

Decidi usar o espelho da cabeceira para tentar contatá-la outra vez, mas, assim que o pensamento me ocorreu, de repente caiu a ficha. Percebi por que estava pensando em Alice: ela estava tentando entrar em contato comigo. Um instante depois o rosto dela estava sorrindo para mim do espelho, mas então ela pareceu preocupada e começou a escrever rapidamente com o dedo. O texto apareceu escrito ao contrário, mas utilizávamos esse método de comunicação muitas vezes, e eu estava acostumado a ler.

?moT ,asioc amugla uecetnocA
.opmet otium àh atlov ed essevitse àj êcov euq avarepsE

Ela adivinhara que eu estava com problemas porque nossa volta a Chipenden já deveria ter acontecido muito tempo antes. Deveríamos ter retornado dois dias antes. De repente minha necessidade superou minha relutância em atraí-la para o perigo. Então, ajoelhei-me diante da cabeceira, respirei no espelho e escrevi com o indicador de forma muito lenta, fazendo o melhor para tornar legível. Escolhi as palavras cuidadosamente. Não contei que meu mestre estava morto porque queria dar a notícia pessoalmente. Haveria tempo para explicar mais tarde.

Um demônio pegou meu mestre...

Para economizar tempo, limpei o espelho com a traseira da minha mão, coloquei o rosto perto dele e comecei a mover os lábios formando palavras de modo exagerado, para facilitar a compreensão:

— O Maligno é poderoso e tem muitos aliados. Estamos em grande perigo. Ajude-me se puder. Chegue o quanto antes, ou pode ser tarde demais...

Detestava a ideia de atrair Alice para o perigo, mas eu sabia que ela poderia fazer toda a diferença. Contudo, também pensei no uso de magia negra por parte dela. Durante nossa jornada pela Irlanda, ela sentiu dor cada vez que atravessamos uma ponte que passava sobre água corrente, e foi difícil esconder isso do meu mestre. Eu tinha reclamado quando ela dera força a Agnes Sowerbutts, então pedir ajuda agora fazia de mim um hipócrita, e eu sabia que isso teria chateado meu mestre. Mas às vezes, para sobreviver, tínhamos que usar os próprios poderes das trevas para superá-las.

Antes que Alice pudesse responder, o espelho de repente escureceu. Esperei, aguardando que ela restabelecesse contato, mas foi em vão. De repente um pensamento assustador me ocorreu. E se Alice já tivesse encontrado Grimalkin e estivesse trazendo a feiticeira assassina consigo? As forças romenas queriam a cabeça do Maligno. Se o saco estivesse aqui, a tarefa ficaria mais fácil. Eu deveria ter me lembrado disso e alertado Alice, mas achei que nossa conversa seria mais longa. Segurei o espelho e chamei o nome de Alice, mas não obtive resposta.

Após um tempo desisti e fui bater à porta de Judd. Ele surgiu bocejando e esfregando os olhos.

— Hora de jantar? — perguntou.

Franzi o cenho.

— Não posso dizer que esteja com muita fome.

— Nem eu, Tom, mas precisamos manter nossas energias. Pode ser uma noite longa e perigosa.

— Meu mestre nunca comia muito quando enfrentava as trevas — observei.

Judd fez que sim com a cabeça e me lançou um sorriso tímido.

— Eu me lembro bem; alguns pedaços de queijo do Condado era tudo que ele permitia. Certas noites eu sentia tanta fome que minha barriga achava que a minha garganta tinha sido cortada.

Descemos para jantar perto do fogo que ficava perto do estalajadeiro grosseiro. Tive dificuldade de engolir o pão velho e o cordeiro duro e frio disponíveis. Fiquei nervoso quanto ao que poderia acontecer assim que a noite caísse. Judd também estava sem apetite. Depois de algum tempo, o estalajadeiro veio até a nossa mesa para recolher nossos pratos.

— Há quanto tempo vive em Todmorden? — perguntei, tentando atraí-lo para a conversa e descobrir mais sobre a cidade.

Ele deu de ombros.

— Mais anos do que consigo me lembrar. Nasci aqui e sem dúvida morrerei aqui. Mas cuido da minha própria vida. Você deveria fazer o mesmo. Vou me deitar agora — avisou, com uma careta.

Não iríamos obter nenhuma informação dele, e fiquei feliz em vê-lo se retirando. Assim que subiu, Judd e eu pudemos conversar mais livremente. Comecei a contar a ele sobre Alice e sobre algumas das coisas que ela tinha feito no passado.

— Aposto que John Gregory achou quase tudo isso muito difícil de engolir, pior até do que nosso jantar! — brincou ele. — Acho difícil acreditar que ele realmente se aliaria às trevas. Nunca conheci nenhum outro homem com princípios tão sólidos.

— Ele não teve muita escolha — expliquei. — Foi uma questão de sobrevivência; mas foi muito difícil pra ele, sim. Só que Alice consegue achar o que estamos procurando. Ela poderia farejar meu mestre e nos levar direto para onde estão mantendo sua cabeça.

— Isso é verdade. Estarão prontos para nós, mas, se soubermos exatamente aonde ir, podemos entrar e sair rapidamente — concordou.

As horas se passaram e não houve qualquer sinal do ataque que antecipávamos. Mas logo antes do amanhecer ouvimos uma batida súbita e alta na porta da frente da estalagem.

Judd se levantou e preparou o machado. Eu saquei minha espada, imaginando o que fazer. Não tínhamos qualquer intenção de abrir a porta, e eu tinha certeza de que o estalajadeiro também não, pelo menos até o nascer do sol. Seria melhor esperar que arrombassem ou levar a luta direto lá para fora? Então ouvi uma janela se abrindo no andar de cima.

— Você tem dois dentro dos seus muros que cometeram crimes contra os meus! — gritou a voz de uma mulher. — Entregue-os para que possam ser punidos!

Vi um olhar de dor passar pelo rosto de Judd e de repente reconheci a voz que gritava para a janela. Era a sra. Fresque. Deu para ver que Judd estava determinado a sair de lá para confrontar o demônio que estava usando seu corpo.

— Não! — interrompi, pegando-o pelo braço para contê-lo. — Pode haver outra strigoica escondida por perto.

Ele fez que sim com a cabeça e relaxou um pouco. Então o estalajadeiro gritou de volta:

— Vai estar feito antes do anoitecer. Vamos manter o pacto, não se preocupe.

— O *pacto*? — perguntou Judd, erguendo as sobrancelhas. — O que será que isso significa... Acho que aquele sujeito grosseiro lá em cima tem algumas perguntas a responder!

Ouvimos o estalajadeiro fechar a janela e nos sentamos perto das brasas do fogo, esperando que ele descesse.

Quando ele apareceu, estava com um casaco e um cachecol. Pareceu surpreso em nos ver sentados perto da lareira. Sem dúvida achou que estivéssemos na cama, ainda adormecidos.

— Tenho que sair — informou. — Voltarei dentro de uma hora para cuidar do café da manhã de vocês.

Mas antes que ele chegasse à porta, Judd o interrompeu, colocando uma mão firme no braço dele e o conduzindo até a lareira.

— Acho que não vão sair ainda. Temos algumas perguntas a fazer! — avisou, empurrando-o para a cadeira.

O estalajadeiro olhou para Judd com olhos assustados.

— Ouvimos sua conversa com aquele demônio! — acusou Judd.

— Demônio? Não sei do que está falando.

— Você nega que estava conversando com a sra. Fresque? Ouvimos tudo. Então diga-nos, que "pacto" é esse que tem com ela?

O estalajadeiro o encarou, mas não respondeu.

Judd ergueu o machado, como se pretendesse utilizá-lo na cabeça do homem.

— Fale ou morra! — ordenou. — Sou um homem desesperado e, do jeito que as coisas estão até o momento, não espero viver mais muito tempo. Se necessário, o levarei comigo. Qual é o pacto?

— É um acordo que temos com os estrangeiros do outro lado do rio. É o que nos mantém seguros e os impede de nos comer...

— Continue; conte-me mais — ordenou Judd, quando o sujeito pareceu hesitar. — Qual é o seu lado da barganha?

— Toda semana fornecemos suprimentos a eles com três cargas de restos de carne e sangue animal das fazendas da cercania. Deixamos em sacos e barris deste lado do rio, e eles atravessam e os coletam depois que escurece.

Então era assim que obtinham suprimentos para a cova. Sem dúvida alimentavam a si e aos prisioneiros da mesma forma. O pacto provavelmente também explicava por que as esferas das feiticeiras não nos perseguiram pela ponte.

— E em troca os deixam em paz? — perguntei.

— Sim, eles não matam humanos deste lado do rio. Mas temos que ficar dentro de casa depois que escurece; eles às vezes passam pelas nossas ruas quando estão indo para outro lugar. Estão fazendo mapas do Condado a oeste daqui.

— Mapas! — exclamou Judd. — Tolo! Não percebe o que está acontecendo? Estão catalogando o Condado para decidir qual é a melhor maneira de fazerem novas vítimas! Não vê o que está fazendo? Está vendendo a vida de seus companheiros para salvar a sua. E agora planeja nos entregar com o mesmo propósito egoísta. Não negue, porque ouvimos tudo! Você não vai a lugar algum. Pode ficar aqui e preparar nosso café da manhã em vez disso; e queremos coisa melhor do que o que serviu no jantar.

— Mas se não fizermos nada antes da noite cair, o pacto vai ser quebrado. Vão acabar com todos nós! — berrou o estalajadeiro.

— Deixe que a gente se preocupe com isso — respondeu Judd. — Alguns moradores destruíram a ponte, então o pacto já não acabou de qualquer jeito? Se sim, é hora de lutarem por suas vidas.

— A ponte pode ser substituída. Uma vez que os tiverem, as coisas voltarão ao normal; foi o que prometeram.

— Normal! Você chama isso de "normal", seu tolo! — gritou Judd. — Saia da minha frente. Café da manhã: é só com isso que precisa de preocupar. Seja rápido.

O estalajadeiro entrou com uma olhada assustada para trás, na direção de Judd, que imediatamente falou baixinho ao meu ouvido, para não ser escutado:

— Quando você acha que a garota vai chegar aqui?

— Muito antes do pôr do sol — respondi. — Ela certamente viajou ao longo da noite.

— Então enxergo desta forma, Tom: assim que ela chegar, podemos pedir que ela fareje o que restou de seu pobre mestre. Vamos coletar os restos e a cabeça e leva-los direto para Chipenden, onde poderemos pedir ajuda da melhor forma possível. Podemos até solicitar os serviços dos militares.

O que Judd estava falando fazia sentido. Estávamos em um número desesperadoramente menor. *De fato* precisávamos dos soldados. Mas será que iriam nos ouvir e intervir?

O estalajadeiro tinha acabado de começar a fritar nosso café da manhã quando ouvimos outra batida na porta. Fomos até a janela e vimos cerca de duas dúzias de moradores da região lá fora. Pareciam desesperados e furiosos; alguns estavam armados com tacos. Sem dúvida a sra. Fresque os tinha deixado a par da situação. Ou simplesmente haviam ouvido o que fora gritado da janela.

— Abram a porta! — ordenaram. — Agora, ou vamos derrubá-la.

Não nos incomodamos em responder. Não havia razão para tentar argumentar com uma tropa de populares apavorados. Após um tempo recuaram pela rua, mas depois os vi se aproximando da estalagem outra vez. Agora traziam um pesado aríete — um tronco cilíndrico robusto com pontas de metal. Não achei que a porta fosse dar conta daquilo, e rapidamente descobri que estava certo.

— Um! Dois! Três! — gritou alguém; e no "três" ouvi uma tremenda batida quando o aríete atingiu a porta. Ela cedeu um pouco com a força do golpe, e a batida fez o estalajadeiro vir correndo da cozinha. Não demoraria muito até que a tranca fosse vencida. E agora? Uma coisa era usar a minha espada contra entidades das trevas, outra era atacar homens apavorados, que, sem dúvida, eram pais, irmãos e filhos.

O estalajadeiro correu para abrir a porta e permitir que entrassem, mas Judd o puxou pelo colarinho e o prendeu em um mata-leão.

Eu estava em conflito comigo mesmo, sem saber ao certo o que era o melhor a fazer. Saquei a espada de qualquer jeito. Se fôssemos capturados e entregues como prisioneiros, iríamos parar na cova, comida para os strigoii.

O segundo golpe contra a porta foi mais alto do que o primeiro. Rugiu, derrubando uma chuva de gesso do teto.

— Eles não têm muito respeito pela sua propriedade, não é mesmo? — comentou Judd, mas o estalajadeiro continuou mudo.

Nos intervalos entre cada golpe, o silêncio era preenchido por gritos e ofensas. Os homens soavam desesperados, e era uma questão de tempo até que a porta cedesse de vez.

Na quinta tentativa ela quebrou para dentro, e ficamos de frente com nossos agressores. Encaramos em silêncio, mas então ouvi o latido súbito de cachorros ao longe. Havia algo de familiar no som que chamou minha atenção; algo que eu reconhecia. Eram os latidos de caça de Patas, Sangue e Ossos.

Devia ser Alice. Ela tinha trazido os cachorros!

Os homens se viraram, nervosos, e se espalharam depressa. Eu sabia que os três cães eram uma visão assustadora, mas aqueles agressores pareciam mais apavorados do que deveriam. Ao sairmos para a rua de paralelepípedos, eu logo entendi por quê.

Alice estava acompanhada de mais alguém — Grimalkin, a feiticeira assassina. Ela estava correndo na nossa direção, sua boca negra aberta, exibindo dentes afiados. Lâminas se penduravam das faixas de couro que cruzavam seu corpo magro, e ela trazia uma adaga em cada mão. Ainda bem que os locais fugiram. Ela estava pronta para matar.

Eu normalmente teria recebido esta aliada formidável de braços abertos, mas ela estava com a cabeça do Maligno no saco de couro pendurado em seu ombro. E viera ao único lugar que deveria ter sido evitado a qualquer custo.

Era exatamente onde as entidades romenas a queriam.

Isto era uma armadilha.

CAPÍTULO 18
O LUGAR MAIS PERIGOSO

Chegamos para o lado para permitir que elas entrassem, seguidas pelos cachorros, depois fechamos a porta da melhor maneira possível e nos sentamos à maior mesa da estalagem.

O estalajadeiro ficou olhando o tempo todo para Grimalkin, claramente apavorado, mas nos serviu um café da manhã quente, enchendo nossos pratos com presunto, ovos e pão frito até não aguentarmos mais.

— E os cachorros? — falei para ele. — Eles viajaram por um longo percurso e também precisam se alimentar.

Por um instante o estalajadeiro hesitou, mas depois Grimalkin olhou para ele, abrindo a boca para mostrar seus dentes afiados e pontudos. Suas mãos começaram a tremer e ele se apressou a atender o pedido, retornando com restos de carne para os cães.

Enquanto comíamos, fiz as apresentações e expliquei a situação em Todmorden, relatando tudo que tinha acontecido desde que deixei Chipenden com meu mestre e Judd.

Quando cheguei à condição do Caça-feitiço, as palavras engasgaram na minha garganta e eu não consegui continuar. Alice esticou a mão pela mesa e a apoiou em meu braço em solidariedade. Senti uma onda de calor por ela. Apesar das recentes diferenças que tivéramos, eu havia sentido muito sua falta.

Nessa hora, Judd Brinscall interrompeu.

— Por favor, antes que Tom continue, tenho que contar sobre a minha participação nisto tudo. Não será agradável ouvir; lamento muito e estou muito envergonhado do que fiz.

Fiquei aliviado — aquilo me poupava de ter que contar a todos sobre sua traição. Então, com a voz trêmula, Judd deu seu relato, sem fazer qualquer tentativa de justificar suas ações, limitando-se a explicar as ameaças que foram feitas contra sua mãe e sua família, e a possessão do corpo de Cosmina Fresque pela strigoica. Quando ele terminou, abaixou a cabeça e ficou olhando para a mesa.

Ninguém ofereceu qualquer solidariedade a ele. Eu ainda achava impossível perdoá-lo. Grimalkin o fitou com morte nos olhos.

Mas então minha consciência me forçou a confessar meus próprios fracassos.

— Eu também não tenho nada do que me orgulhar — admiti.
— Em determinado momento eu estava no porão, tentando encontrar meu mestre. De repente me deparei com demônios. Estava escuro e havia muitos deles. Eu corri em pânico... eu fugi.

Fez-se mais um silêncio até que Alice falou, aliviando a tensão no recinto. Suas palavras foram dirigidas a mim.

— O que você viu na adega na segunda vez, Tom? O que exatamente a strigoica mostrou?

Um nó veio a minha garganta e, por alguns segundos, não consegui falar. No olho da minha mente a vi levantando a tampa da caixa para revelar o horror interior.

— A cabeça do meu mestre estava em uma caixa. Através de magia negra, continuava viva. Ela disse que deram o resto do corpo para alimentar um moroi. Ele falou comigo e disse que sentia uma dor terrível. Implorou que o libertasse do tormento.

Judd levantou a cabeça e me encarou, depois se levantou e me pegou pelos ombros.

— Onde você estava quando viu a cabeça?

— Na casa Fresque.

Judd estapeou a própria testa três vezes e arregalou os olhos.

— Agora eu entendo! — gritou. — Quantas vezes você esteve naquela casa, Tom?

— Quatro... não, cinco vezes — respondi.

— A aparência da casa mudou em cada uma destas vezes, certo?

— Sim; na última vez em que estive lá, a porta do porão tinha sumido. Havia só uma parede branca.

— Ouça, Tom. Nada ali permanece igual por muito tempo. Lembra-se do que eu disse sobre as casas de strigoii e strigoica? Elas extraem poderes de um grimório para manter suas ilusões. Não quero criar falsas esperanças... mas você entende aonde estou querendo chegar, não?

Meu coração acelerou e, apesar do alerta, me enchi de novas esperanças.

— Eu vi o grimório. Estavam usando o *Doomdryte*, um dos mais poderosos e perigosos de todos. Então está dizendo que a cabeça na caixa pode ser uma ilusão... que meu mestre não está morto, de fato? Será que isso realmente seria possível?

— Como eu disse, não crie grandes esperanças, mas sim, é uma possibilidade. Ele pode muito bem estar vivo. Pode estar sendo mantido em uma das covas espalhados pela colina. Ele é forte para a idade que tem, mas não vai durar muito caso se alimentem dele com frequência. Ele pode já estar morto, mas uma coisa eu lhe digo: não conheço nenhuma magia de feiticeira ou de demônio romeno que possa manter uma alma vivendo em uma cabeça decepada.

— Por que não me disse isso antes? — perguntei, subitamente furioso.

— Eu não estava pensando com clareza, Tom. Desculpe. Estava cheio de coisas na cabeça.

— E quanto ao Maligno? — Acenei com a cabeça para o saco de couro ao lado de Grimalkin. — Nós o decapitamos e ele continua conseguindo falar.

— Isso é diferente, Tom. O poder vem de dentro dele; é parte do seu ser. Fazer isso com John Gregory seria quase impossível.

— Quase?

— Quem sabe o que pode ser feito quando se combinam todos os recursos das trevas? Devem estar de fato desesperados para restaurar o Maligno à sua forma original. Mas podemos ter esperanças... — Judd parou de falar, franzindo o rosto.

Continuei meu relato, balançando a cabeça amargamente no final. Virei para Grimalkin, que estava sentada ao lado de Alice, em frente a mim e a Judd.

— Isso é exatamente o que queriam — disse a ela. — Que eu a atraíssem para cá, para que recuperassem a cabeça do Maligno. Este é o lugar mais perigoso em que você poderia estar.

— Nós sentimos que você estava em apuros e estávamos a caminho daqui de qualquer jeito, então não se culpe — respondeu Grimalkin. — Corri muitos perigos desde a última vez em que o vi, criança, mas prevaleci em todas as ocasiões; às vezes, com a ajuda de outros. — Ela apontou com a cabeça para Alice. — Mas concordo que a coisa mais importante é que isso — cutucou o saco de couro — não caia em mãos inimigas. Pelo que me contou, o deus antigo Siscoi representa uma grande ameaça, então não devemos ficar mais tempo do que o necessário aqui.

— Não posso sair sem tentar salvar meu mestre — expliquei a ela —, ou pelo menos sem me certificar de que ele realmente está morto e em paz. Alice, você pode tentar encontrá-lo para mim? Eu não pediria isso a você se houvesse outro jeito, mas não há.

— Claro que sim, Tom — respondeu ela. — Não é problema nenhum. Posso fazer isso agora...

Alice fechou os olhos, respirou fundo e começou a murmurar baixinho. As ações dela me pegaram totalmente de surpresa. Eu esperava que fosse até a colina comigo e farejasse para descobrir onde ele estava. Mas lá estava Alice, quase casualmente recorrendo a algum tipo de magia negra; essas ações agora pareciam quase sua segunda natureza.

Ela abriu os olhos e me encarou. Quando falou, sua voz estava firme, cheia de certeza.

— Ele está sendo mantido em uma cova alta, na direção nordeste.

Tive que forçar as palavras seguintes:

— Só a cabeça, ou ele todo?

— Não sei, Tom. Posso sentir o espírito, só isso. Pode ser uma coisa ou outra. Qualquer que seja a situação, é melhor irmos buscá-lo antes que seja tarde demais.

Mas Grimalkin balançou a cabeça.

— Não, Alice, eu vou com Tom. Você fique com a cabeça e a defenda com sua magia, caso necessário. — Ela se levantou e entregou o saco a Alice. Em seguida, voltou-se para Judd. — Você vai com ela. Esperem-nos no alto da charneca oeste. Iremos encontrá-los assim que pudermos.

Judd concordou sem questionar. A temerosa Grimalkin tinha assumido o comando, e parecia natural obedecê-la.

— Tem um fazendeiro lá — avisei. — O nome dele é Benson. Ele tem cavalos e uma carroça; ia levar os nossos livros para Chipenden, mas ficou furioso quando não nos encontrou esperando por ele. E pareceu mais insatisfeito ainda com a recompensa que lhe dei. Mas, pagando bem, podemos conseguir usar a carroça para levar meu mestre em segurança. Esperem por nós na beira da charneca.

Todos rapidamente concordaram, e eu subi e trouxe a bolsa do Caça-feitiço além da minha própria. Entreguei uma para Alice e outra para Judd, para que as guardassem em segurança.

— E quanto ao estalajadeiro? — perguntei.

Grimalkin abriu um sorriso perverso.

— Ele está tão assustado quanto o resto dos populares e não representa qualquer ameaça para nós. O perigo está no alto daquela colina.

Então, sem mais nada a declarar, Alice e Judd partiram para o oeste, enquanto eu e Grimalkin seguimos na direção do rio.

A cidade estava deserta e tudo estava quieto, mas se esconder atrás de portas trancadas não ajudaria os locais. Se tivessem algum juízo, iriam embora dali.

— Sem dúvida vão nos ver vindo — disse Grimalkin. — Suas ações os deixaram vigilantes. Atacar à noite seria melhor, mas a ameaça à vida do seu mestre não nos deixa escolha. Temos que simplesmente ser corajosos e velozes. Assim que atravessarmos o rio, comece a correr; lembre-se de antes sacar a sua espada!

A essa altura estávamos sob as árvores e já tínhamos quase chegado ao vau. Eu estava torcendo com todas as forças para que conseguíssemos encontrar meu mestre vivo. Mal suportava pensar no que nos esperava na cova. E se fosse só a sua cabeça, ainda consciente, e eu tivesse que queimá-la para dar paz ao seu espírito? Que situação terrível.

— Uma vez que estivermos próximos do local que Alice indicou, vou farejar a localização exata — disse Grimalkin. — Nossos inimigos podem chegar muito depressa. Quando formos atacados, fique atrás de mim e fora do caminho. Sua função é me dar cobertura. Entendeu?

Fiz que sim com a cabeça. Segundos depois, tínhamos atravessado o rio e Grimalkin partiu em um ritmo furioso. Corri também, lutando para acompanhá-la. Logo as ruas de paralelepípedo ficaram para trás, e estávamos subindo. Mesmo apesar da inclinação, ela quase não desacelerou.

O tempo, que estivera claro e ensolarado quando atravessamos o vau, agora começava a mudar. Mais uma vez as criaturas das trevas o estavam usando contra nós. Desta vez, porém, não era uma tempestade, mas sim trilhas de bruma que subiam a colina em nossa direção.

Quando estávamos nos aproximando de nosso destino, Grimalkin parou e farejou três vezes enquanto eu esperava atrás dela, com a espada em punho, arfando. Ela apontou para um grupo de árvores que cercava uma das casas grandes e imediatamente correu para lá. Eram espinhos — uma cerca viva alta que um dia demarcara os limites de um campo —, e ao lado havia um buraco fundo. Logo começou a esfriar, e a luz diminuiu.

Isso não foi qualquer empecilho às habilidades da feiticeira assassina. Grimalkin correu para a árvore mais afastada — a mais próxima da casa — e imediatamente encontrou a cova. Estava fechada com uma pedra pesada, mas ela a pegou com firmeza e a removeu para revelar o buraco fétido abaixo. Meus olhos são muito bons no escuro, mas eu não consegui ver nada.

— Consegue se levantar, John Gregory? — perguntou ela para a escuridão. — Caso consiga, estenda os braços, o máximo que puder. Sou eu, Grimalkin; e seu aprendiz, Tom, está ao meu lado.

Será que ela conseguia vê-lo com seus olhos de feiticeira? Será que ele estava inteiro? Ou será que ela só estava chamando para descobrir se ele estava lá?

Uma série de tossidas veio de baixo; era o som de um senhor lutando para limpar o peito e trazer ar para os pulmões, no entanto, lembrei-me da cabeça tossindo e crepitando dentro da caixa. Em um instante saberíamos a verdade. Mas agora era possível ouvir outros barulhos vindo da casa: uma voz feminina gritou irritada em uma língua que eu não reconheci — só podia ser romeno.

— Rápido, temos pouco tempo! — sussurrou Grimalkin para a cova.

Novamente vieram tossidas de baixo, mas desta vez meu mestre falou. Fiquei feliz por ele estar vivo, mas as palavras dele não foram as que eu gostaria de ouvir.

— Deixe-me quieto, feiticeira! — gritou ele, com a voz trêmula. — Minha hora chegou. Prefiro morrer aqui.

Era horrível ouvi-lo soar tão envelhecido e fragilizado. Olhei para a cova, meus olhos se ajustando lentamente às trevas. Agora que eu finalmente conseguia vê-lo, uma onda de alívio recaindo sobre mim. Meu mestre estava se apoiando na lateral do poço, olhando para nós. Ele parecia apavorado e derrotado, mas a cabeça dele ainda estava presa ao corpo.

— Seu trabalho ainda não acabou! — argumentou Grimalkin. — Levante os braços. O inimigo está se aproximando; cada segundo de atraso põe as nossas vidas em risco!

— Por favor, mestre! — falei. — Todo o Condado corre grave perigo. Os demônios e feiticeiros assassinos planejam avançar para o oeste. E também estão tentando trazer Siscoi ao mundo. Precisamos da sua ajuda. Não conseguiremos sozinhos. Não nos decepcione. Não deixe tudo acabar assim.

Por um instante fez-se silêncio. Então ouvi o sr. Gregory soltar um suspiro longo e cansado e esticar os braços para cima. No instante seguinte Grimalkin esticou os dela para dentro do poço e o puxou, trazendo-o para o nosso lado.

Nunca o vi tão fraco e tão envelhecido. Ele tremia da cabeça aos pés, mal conseguindo ficar de pé. A roupa estava manchada com o que eu presumia que fosse seu próprio sangue, e havia marcas profundas de dentes em seu pescoço. Nos olhos dele, vi uma expressão de tanto cansaço e angústia que senti um aperto no coração.

Sem uma palavra, Grimalkin o levantou para seus ombros, os braços e cabeça do Caça-feitiço apoiados nas costas dela.

De súbito, ouvi pés correndo pelo chão em nossa direção por entre a bruma que engrossava, mas a velocidade do ataque me pegou completamente de surpresa. Uma strigoica espreitava pela vala por onde passamos, e de repente eu vi seus dedos cheios de garras avançando para o meu rosto.

Brandi depressa a espada contra ela, perdendo o equilíbrio e caindo de joelhos sobre a grama molhada. Por um segundo achei que minha hora havia chegado, mas aquela foi a vez da demônia cair: havia uma lâmina enfiada em seu olho esquerdo e sangue correndo por sua bochecha. Após o primeiro arremesso, Grimalkin já estava com outra lâmina pronta. Ela se virou novamente, agarrando as pernas do Caça-feitiço, e seguiu pela colina. Rapidamente me levantei e fui atrás.

Quando eu fugira com Judd, não havia nada em nosso caminho; agora, no entanto, os demônios nos esperavam em meio à névoa espessa. Perfuramos a primeira linha, Grimalkin cortando uma figura sombreada ao passarmos. Vi algo enorme à minha direita e ataquei, sentindo um choque momentâneo quando minha lâmina fez contato. A criatura caiu para trás, soltando um grito de dor — mais um urso possuído por um moroi.

E então ficamos em sérios apuros. Nossos inimigos estavam por todos os lados, garras e dentes nos atacando da bruma. Havia tanto strigoii quanto strigoica; a névoa pesada formada por magia negra estava possibilitando que os primeiros atacassem mesmo durante o dia.

— Cobertura! — gritou Grimalkin. — Lembre-se do que eu disse. Dê cobertura e eu cuido do resto!

Ela começou a lutar com vontade, cheia de graça e fluidez, cada golpe derramando o sangue de nossos inimigos. Mas dar cobertura a Grimalkin se provou uma tarefa árdua, porque ela nunca ficava muito tempo olhando para uma mesma direção. Inicialmente fui golpeando desgovernadamente com a minha espada, lutando para manter o equilíbrio na colina escorregadia enquanto impedíamos o avanço dos inimigos. Bem a tempo, consegui sacar a adaga e golpear um strigoi com dentes afiados que havia desviado da Espada do Destino. A criatura levantou a mão direita para proteger o rosto, e o gesto lhe custou três de seus dedos. Não era à toa que a adaga se chamava Corta Ossos.

Apesar de estar carregando o Caça-feitiço nos ombros, o que significava que só conseguia lutar com uma lâmina por vez, Grimalkin rodava e girava constantemente, cada golpe arrancando um grito de dor. Continuei tentando proteger as costas dela, usando ambas as lâminas à disposição. Em determinado momento tentei desacelerar o tempo, mas a luta era tão veloz e furiosa que não consegui reunir a concentração necessária.

Finalmente não consegui mais acompanhar Grimalkin: eu estava pressionado por todos os lados, lutando para manter os inimigos longe. Meus braços pesaram; eu estava exausto. Mas então Grimalkin voltou para o meu lado outra vez.

— Por ali! — ordenou. — Siga-me!

A feiticeira assassina tinha aberto uma rota de escape através daqueles que se colocaram no nosso caminho, e logo estávamos correndo pela colina, com os inimigos em algum lugar atrás de nós, protegidos pela bruma.

Não encontramos mais entidades sombrias e, de alguma forma, conseguimos atravessar o vau. Mas eu sabia que não estávamos mais do lado seguro do rio. O pacto fora encerrado.

As ruas se mostraram vazias e silenciosas enquanto subíamos a colina para as charnecas do lado oeste. Teriam os habitantes trancado e barrado as portas apesar de ainda ser dia? Ou teriam fugido para o oeste?

— Ponha-me no chão — gritou fracamente o Caça-feitiço. — Não quero ser um fardo. Deixe-me andar.

Grimalkin não se incomodou em responder; simplesmente apertou o passo. Ao deixarmos as casas para trás e seguirmos a trilha até a charneca, a névoa começou a dissipar e logo voltamos ao sol. Olhei para trás, mas a cidade e o rio continuavam bloqueados de nossa vista. Não havia qualquer sinal de Alice e Judd. Eu estava começando a me preocupar quando eles apareceram ao longe, vindo com uma carroça.

Quando se aproximaram, vi os olhos de Benson se arregalarem de medo ao ver Grimalkin. Contudo, ele tinha sido bem pago, e uma vez que o Caça-feitiço foi colocado na carroça, ele guiou os cavalos e fez com que acelerassem. Rapidamente Alice entregou o saco de couro a Grimalkin, que o colocou no ombro. Em seguida, corremos atrás da carroça.

Estávamos recuando agora, mas era apenas temporário. Era nosso dever voltar a Todmorden para lidar com a ameaça.

Durante a primeira meia hora, Grimalkin, Alice, Judd e eu aceleramos ao lado da carroça, alertas a qualquer perigo, mas então Benson se virou para nós.

— Os cavalos vão morrer se continuarmos neste ritmo! — gritou, balançando a cabeça.

Os animais estavam suando, e um aceno de cabeça de Grimalkin o fez puxar as rédeas e desacelerar. Depois que escureceu, descansamos por algumas horas, revezando em turnos de vigia. Logo estávamos seguindo viagem outra vez. O ataque que temíamos nunca veio, e, à medida que as horas passaram, Chipenden foi ficando cada vez mais próxima.

Isso normalmente teria acalmado minha ansiedade, mas o poder combinado das entidades romenas poderia nos alcançar até mesmo ali. Lugar nenhum era seguro.

CAPÍTULO 19

OS TERMOS DO CONTRATO

A primeira noite de volta a Chipenden passou sem qualquer incidente, mas tínhamos certeza de que nossos inimigos atacariam em breve, então permanecemos vigilantes. Meu mestre estava tendo dificuldade — mais ou menos uma hora antes do amanhecer, o ouvi berrar em agonia.

Ainda não tínhamos cama, então deixamos o Caça-feitiço o mais confortável possível no chão da cozinha. Ele estava enrolado em cobertores, deitado em uma camada de palha para protegê-lo do piso gelado. Corri para perto e o encontrei gemendo durante o sono. Sem dúvida estava tendo um pesadelo, revivendo os horrores da prisão e da extração de sangue. Cogitei acordá-lo, mas após alguns instantes ele se aquietou e a respiração ficou mais estável.

Tive dificuldades para voltar a dormir. Assim que amanheceu, saí para esticar as pernas e inspecionar as obras da casa. O novo telhado estava erguido, e as portas e janelas tinham sido trocadas, de modo que ao menos nesse aspecto estávamos protegidos.

Por dentro, ainda faltava muito. No andar de cima, os quartos não podiam ser usados porque o piso estava queimado ou obviamente pouco seguro para ser usado. Seria o próximo trabalho do pedreiro. O chão da biblioteca já fora reconstruído, contudo, e essa era uma das prioridades do meu mestre.

Mais tarde, quando fui dar mais uma olhada no Caça-feitiço antes do café da manhã, ele estava sentado com as costas apoiadas na parede, olhando para a lareira. De um lado dele havia meia vasilha de canja. Do outro, ao alcance, estava o Bestiário.

Galhos queimavam na lareira e, apesar da pouca mobília, a cozinha estava alegre e calorosa. O rosto do meu mestre parecia triste e ansioso, contudo, e, mesmo com o fogo, ele estava tremendo.

— Está se sentindo um pouco melhor? — perguntei.

— Melhor do que antes, rapaz — respondeu o sr. Gregory, com a voz fraca e trêmula. — Mas estou sem apetite e quase não dormi essa noite... Quando cochilei, caí direto em um pesadelo. Fico me perguntando se algum dia voltarei a dormir bem de novo.

— Pelo menos está seguro agora — disse a ele. — Realmente cheguei a pensar que você estivesse morto.

Era a primeira vez que eu tinha chance de conversar direito com ele desde que o tinha deixado na biblioteca da casa da sra. Fresque, e rapidamente relatei tudo que tinha acontecido — inclusive minha conversa com o que achei que fosse a cabeça dele.

— Pensei o mesmo, rapaz. Que realmente tivesse acontecido. Senti uma dor terrível ao cortarem minha cabeça e depois me confinarem naquela caixa. Eu engasgava, lutando para respirar. Foi a pior experiência de que me lembro em todos os meus longos anos combatendo as trevas.

"Depois eu fui para a cova e percebi que a cabeça estava nos ombros. Devia ter ficado aliviado, mas ter meu sangue sugado era quase tão ruim quanto. No momento da mordida inicial, não sentia muita dor, mas era horrível estar nas garras daquela criatura terrível e me sentir tão impotente e fraco; sentir o esforço do meu coração enquanto a vida era sugada do meu corpo."

O Caça-feitiço fechou os olhos por um instante e respirou fundo antes de prosseguir.

— Pensei que anulando o Maligno tivéssemos enfraquecido seriamente as trevas, mas elas ainda assim parecem resistir. Estão tão fortes quanto sempre foram, quem sabe até mais. Na ilha de Mona colocamos um fim a Lizzie Ossuda, depois, na Irlanda, impedimos que os magos erguessem Pã e cortamos a cabeça do Maligno. Mas tem sempre mais alguma coisa para assumir o lugar daqueles que derrotamos. E agora são as entidades romenas ameaçando o Condado.

"Mesmo assim, me parece que você se saiu muito bem, rapaz. Estou orgulhoso de você. Você se provou o melhor aprendiz que já tive; mas é melhor eu não deixar Judd Brinscall me ouvir falando isso" — disse ele com um sorriso.

Eu agora já estava sorrindo de orelha a orelha: era muito raro receber elogios do meu mestre.

Em resposta ao meu deleite, ele fechou a cara.

— Não deixe que minhas palavras lhe subam à cabeça; você ainda tem um longo caminho a percorrer. Agora ouça atentamente: podemos fazer algumas coisas para aumentar nossas chances de sobrevivência!

Tirei o sorriso do rosto e assenti.

— À noite, quase certamente haverá um ataque de demônios e feiticeiras; temos as horas do dia até que surja a primeira ameaça. Vá até a vila, rapaz, e peça ao ferreiro para preparar três bastões com lâminas retráteis de liga de prata; uma para você, uma para mim, e uma para Judd. Diga que é urgente, e que você vai buscá-las antes do anoitecer. Se eu vou morrer, será lutando! Depois você pode passar na mercearia, na padaria e no açougue para trazer nossas comidas de sempre.

"E tem mais uma coisa que pode fazer. É improvável, mas vale a pena tentar. Você se lembra do ogro? Procure-o e tente persuadi-lo a voltar. Faça um novo pacto com ele."

Quando ainda era jovem, meu mestre fizera um pacto com o ogro do qual eu e Judd faláramos na viagem a Todmorden; o pacto só durava enquanto a casa tivesse um telhado. Assim, o fogo o libertara.

— Como vou encontrá-lo? — perguntei.

— Com dificuldade, rapaz, mas ele não terá ido longe. Você precisa checar as linhas de *ley*. Meu palpite é o de que ele seguiu pela que corre do norte ao sul. Ninguém me pediu para lidar com um ogro, então eu imagino que esteja escondido em alguma construção abandonada no sentido sul; quem sabe em algum lugar onde as pessoas o tolerem. Pode ser, rapaz, que ele esteja preparando café da manhã para outra pessoa nesse exato instante! Siga a linha e descubra. Ele pode até ter voltado para o velho moinho de madeira onde o encontrei. São criaturas de hábito e frequentemente voltam para onde um dia tiveram conforto.

Leys eram linhas invisíveis de poder através das quais os ogros se moviam de um lugar para outro. O Caça-feitiço podia muito bem estar certo. Ele falara em "palpite", mas seus instintos costumavam acertar.

— Acha que consegue seguir a linha sem um mapa? — perguntou. — Ou quer que eu faça um desenho para você?

Os mapas do Caça-feitiço haviam sido destruídos no incêndio, mas eu já tinha andado por aquela linha de ley com meu mestre duas vezes.

— Eu me lembro do caminho — garanti a ele.

— Você já leu o trecho do Bestiário em que conto como fiz o pacto com o ogro?

— Passei os olhos uma vez, mas não li com cuidado — admiti.

— Você passa os olhos demais e lê com cautela de menos, rapaz. É uma de suas falhas! Bem, leia agora. Pode ajudar — ordenou, entregando-me o livro.

Rapidamente abri na seção de ogros. Há quatro estágios para lidar com um: negociação, intimidação, ligação e destruição, e a primeira delas acabou funcionando com esse ogro. Após algumas dificuldades iniciais, com meu mestre recebendo um tremendo golpe na cabeça e arranhões na bochecha, eles finalmente chegaram a um acordo. Li os termos do contrato muito atentamente:

Na noite seguinte, entrei na cozinha tremendo um pouco e falei com o ogro invisível.

— Sua recompensa será o meu jardim! — gritei. — Além de cozinhar, lavar a roupa, limpar e arrumar a casa, você também guardará a casa e o jardim, e manterá a distância todas as ameaças e perigos.

O ogro rosnou ao ouvir isso, irritado com o fato de eu estar exigindo que ele trabalhasse mais ao estender suas obrigações ao jardim. Rapidamente, continuei a explicar qual seria a recompensa.

— E, em troca, o jardim será seu domínio. Com exceção das coisas amarradas dentro das covas ou presas com correntes, ou de meus futuros

aprendizes, o sangue de qualquer criatura encontrada lá depois de anoitecer será seu. Mas se o invasor for humano, você deverá, primeiro, dar três uivos de advertência. Esse será o pacto entre nós, que durará enquanto esta casa tiver um teto!

— Se eu encontrá-lo, acha que é provável que aceite o mesmo contrato? — perguntei.

O Caça-feitiço coçou a barba.

— Com ogros, quanto mais você dá, mais eles esperam, então você precisa pensar em alguma coisa a mais. Negociação é sempre o primeiro passo sensato para lidar com um ogro. Mas se conseguíssemos sua proteção para casa e o jardim outra vez, ele certamente poderia cuidar de alguns strigoii e strigoica, caso apareçam por aqui. Ao contrário de alguns demônios que já encontrei, uma vez que entram em um corpo humano, ficam presos a ele, e isso os torna mais vulneráveis.

— E as feiticeiras? — indaguei.

— Se elas se aproximarem em forma de esfera, isso será mais difícil; e também, é claro, há Siscoi: o ogro não teria muitas chances contra um dos deuses antigos.

Três anos antes, o ogro tinha protegido o jardim contra uma entidade maléfica chamada Bane. Acabara se ferindo no processo, mas vencera. Na época, Bane estava evoluindo bastante em termos de poder, mas não tinha a mesma força de um deus antigo.

— Vale a pena ainda assim — prosseguiu meu mestre. — Precisamos de toda a ajuda que conseguirmos.

— Eu vou até a vila pedir que o ferreiro comece a fazer os nossos bastões, logo depois do café — disse a ele. — Depois vou à caça do ogro.

O Caça-feitiço balançou a cabeça.

— Desculpe, rapaz, mas em breve você vai encarar as trevas. Leve um pouco de queijo do Condado consigo; isso bastará por ora.

Meu estômago já estava roncando de fome, e resmunguei silenciosamente.

— Sabe, rapaz, tive muito tempo para pensar enquanto estava preso naquela cova rezando para a morte me libertar. Apesar de ter culpado você no passado por se aproximar das trevas, eu não sou muito melhor. Sempre desconfiei da jovem Alice e o alertei contra ela, mas isso foi porque falhei na minha própria obrigação ao me associar a Meg...

Meu mestre se calou. Meg era uma feiticeira lâmia — o amor da vida dele. Viveram muitos anos juntos, mas a essa altura ela já tinha voltado para a Grécia.

— Fechei os olhos para muitas coisas — prosseguiu —, mas tenho que admitir que minhas relações com as trevas começaram muito antes disso. O pacto que fiz com o ogro foi o começo. Foi meu primeiro aliado do outro lado, o primeiro passo que eventualmente resultou no meu pacto com Grimalkin.

Fiquei confuso. O que ele estava falando?

— Então não quer que eu procure o ogro, afinal? Mudou de ideia?

— Não, rapaz, é vital que o encontre e faça um novo pacto. Utilizar as trevas é uma das formas de vencê-las. Então é isso que devemos fazer. Só não fico satisfeito com isso. Os velhos padrões pelos quais tentei viver minha vida... tivemos que abrir mão deles para sobreviver. É uma coisa triste e ruim. Enfim, vá; mas, aconteça o que acontecer, certifique-se de que esteja de volta muito antes de escurecer.

De repente, a expressão dele ficou séria.

— Perdoei Judd pelo que fez, e espero que você possa fazer o mesmo, rapaz. Ninguém é perfeito, e ele passou por muita coisa. Eu estive em uma daquelas covas dos strigoii, então sei bem; sem falar nas ameaças à família dele. Então, deixe o passado no passado, tudo bem?

Fiz que sim com a cabeça. Eu sabia que o que tinha acontecido era passado. Estava fazendo o melhor de mim para perdoar Judd, apesar da dificuldade.

— Depois do café, Judd vai às casernas em Burnley para falar com os militares sobre a ameaça a Todmorden — continuou o Caça-feitiço. — Com um pouco de sorte, podem ouvir o que ele tem a dizer e mandar uma equipe até lá para investigar. Temos que fazer alguma coisa enquanto reunimos forças. Pode ser que isso ao menos faça nossos inimigos se recolherem por um tempo, e assim quem sabe salvemos algumas vidas.

Grimalkin, Judd e Alice estavam no jardim, acabando de comer bacon e ovos que tinham preparado no fogo. Olhei com desejo. Os cachorros vieram, felizes em me ver, e, depois que os afaguei, sentei perto do fogo e contei a eles o que ia fazer.

— Vale a tentativa — disse Judd. — Sinto falta daquele ogro; é uma das minhas lembranças mais presentes dos tempos de aprendizado aqui em Chipenden. O lugar dele é aqui; certamente vai fortalecer nossas defesas.

— Vou com você, Tom — ofereceu Alice.

— Sim, vocês dois ficarão mais seguros juntos — disse Grimalkin, levantando e colocando o saco no ombro. — Mais tarde vou vasculhar a área, caso haja algum sinal de ataque iminente. Podem ter enviado uma equipe de batedores para ver onde estamos.

— Isso significa que é melhor eu voltar de Burnley assim que possível para ficar de olho em John Gregory — constatou Judd. — Vou ver se algum dos fazendeiros locais me empresta um cavalo. Mas ficou certo que todos vocês devem voltar para cá pelo menos algumas horas antes do pôr do sol? Se eu não voltar a tempo, posso confiar nisso?

Prometemos a ele, e fui para a vila com Alice. Gostaria de ter levado os cachorros conosco, mas não seria uma boa ideia — cachorros e ogros não se misturam, e as vidas deles correriam perigo.

Normalmente eu me sentia confortável com Alice, mesmo que apenas andássemos e falássemos pouco. Nunca tive necessidade de preencher os silêncios. Mas agora eu estava tenso. O tempo estava correndo — faltava menos de cinco meses até o ritual que destruiria o Maligno. Pensar nela indo para as trevas me feria, mas pior do que isso era a verdade ali contida: o objeto sagrado que ela teria que procurar — a terceira espada heroica, a adaga chamada Dolorosa — serviria para tirar a vida dela.

Alice me lançava olhares estranhos. Será que tinha de algum jeito descoberto sobre seu sacrifício para destruir o Maligno? Quem sabia o que ela era capaz agora com sua magia? Senti alívio quando chegamos à vila.

Durante a guerra, Chipenden fora visitada por uma patrulha inimiga. Casas foram incendiadas e pessoas, mortas, e o restante dos moradores havia fugido. Era bom ver que muitas reconstruções já tinham acontecido, que muitas casas estavam novamente ocupadas. Visitei o ferreiro, que prometeu aprontar três bastões naquela tarde. Depois fui até a mercearia, a padaria e o açougue, avisei que as coisas estavam voltando ao normal na casa do

Caça-feitiço e pedi que por favor preparassem nossos pedidos até o fim do dia.

Uma vez terminada esta tarefa, voltamos nossas atenções à próxima instrução do sr. Gregory. Eu tinha que encontrar o ogro e de algum jeito persuadi-lo a voltar e proteger a casa e o jardim em Chipenden mais uma vez.

CAPÍTULO 20
COMO NOS VELHOS TEMPOS

Confiando na intuição do Caça-feitiço de que encontraríamos o ogro em algum lugar na linha de ley que ele tinha indicado, eu e Alice começamos a leste de Chipenden e fomos diretamente para o sul da casa do Caça-feitiço.

Era uma manhã ensolarada de primavera e a caminhada estava agradável, embora eu ainda me sentisse pouco à vontade na companhia de Alice. Atravessamos o pequeno rio sinuoso duas vezes, pulando pelos vaus, e nos aproximamos da primeira localização provável do ogro: um velho barracão que ainda tinha telhado, apesar de estar visivelmente desgastado.

— Isso não é usado há muito tempo — disse Alice. — Parece promissor. É um lugar bastante provável de ter sido feito de moradia pelo ogro.

— Então vamos ver mais de perto — sugeri.

Circulamos o local e entramos. Havia pássaros aninhados sob as cornijas, mas, tirando os pios deles, tudo estava em silêncio. Não senti a presença de nada das trevas por ali.

Continuamos ao sul e eventualmente paramos em uma pequena casa, da qual me lembrava da minha última caminhada na linha de ley. Era ocupada por um trabalhador de fazenda, sua esposa e filha, mas desde então viera a guerra. As portas e janelas tinham desaparecido, a casa estava vazia, e o telhado, prestes a cair na próxima tempestade que viesse do oeste.

Guiei Alice para dentro do lugar, erguendo ansiosamente o olhar para as vigas escurecidas. Mais uma vez, não tive qualquer sensação de que o ogro tinha feito deste local sua casa — mas encontrei outra coisa. Havia um fraco brilho no canto, e o fantasma de uma criança apareceu, uma garota com não mais do que 5 anos. Usava um vestido branco sujo de sangue. Lágrimas corriam por suas bochechas, e ela estendia os braços incessantemente, chamando pelo pai e pela mãe.

Podia ser que seus pais tivessem morrido no fogo ou sido assassinados pelos soldados. Mas ela voltara ao lugar onde fora feliz, procurando pela mãe e pelo pai que a amaram e protegeram até o terrível dia em que a guerra chegou à pequena casa.

— Ah, ajude-a, Tom. Ajude-a, por favor! — gritou Alice, agarrando minha mão com força, lágrimas correndo por seu rosto. Alice podia estar usando seus poderes das trevas cada vez mais, mas seu coração certamente era bom. Naquele momento me pareceu que ela estava muito, muito longe de se tornar uma feiticeira do mal.

Aproximei-me do fantasma, ajoelhei-me e coloquei o rosto à altura do dela.

— Ouça-me — falei, gentilmente. — Por favor, pare de chorar e ouça com atenção. Estou aqui para ajudar. Vai ficar tudo bem, de verdade.

Ela continuou chorando amargamente, então tentei de novo.

— Você não gostaria de estar com sua mãe e seu pai outra vez? Eu posso lhe dizer o que fazer. É fácil.

A criança fantasmagórica esfregou os olhos com as costas da mão.

— Como? — perguntou ela. Seu lábio inferior ainda tremia, mas uma nova esperança se acendeu em seu rosto.

— Tudo que você precisa fazer é pensar em alguma lembrança feliz do passado.

— Qual? Qual? Foram tantas. Éramos felizes antes de os soldados chegarem — respondeu. — Felizes, felizes, felizes; éramos felizes o tempo todo.

— Tem que haver alguma muito especial. Pense bem. Não tem alguma lembrança especial, melhor do que todas as outras? — insisti.

A criança assentiu.

— Foi quando mamãe me deu um vestido branco de aniversário. Papai me levantou nos ombros!

— O vestido é esse? — perguntei. — O que está usando agora?

— Sim! Sim! Mamãe disse que eu estava bonita, como uma princesa, e papai riu e me rodou e rodou até eu ficar tonta.

Enquanto a criança ria da lembrança, as manchas de sangue desbotaram e o vestido se tornou tão branco que meus olhos doeram.

— Está vendo sua mãe e seu pai? — perguntei gentilmente. — Olhe para a luz!

Lágrimas correram pelo rosto da menina outra vez, mas ela estava sorrindo — eram lágrimas de felicidade. Eu sabia que os pais estavam esperando por ela, estendendo os braços e chamando-a para junto de si.

A garotinha virou as costas para mim e começou a se afastar. Lego ela desbotou e desapareceu.

Alice e eu seguimos sem falar nada. Eu estava me sentindo feliz, e a tensão entre nós dois pareceu evaporar. Às vezes era muito bom ser aprendiz de caça-feitiço — eu me sentia muito realizado.

Dez minutos depois, chegamos ao moinho de madeira. Conforme o Caça-feitiço havia comentado, ogros eram criaturas que prezavam pelos hábitos. Um dia este lugar lhe fora confortável, e havia boas chances de que ele tivesse voltado.

A porta principal do moinho tinha caído das dobradiças, e a oficina estava deserta. Não havia qualquer sinal de violência ou destruição absoluta. O moinho estava simplesmente abandonado — provavelmente desde o momento em que viera a notícia de que a patrulha inimiga afinal atacara Chipenden. E, depois daquilo, os trabalhadores não haviam retornado. O Condado ainda estava muito longe de voltar ao normal.

Ao me aproximar da longa bancada de trabalho, um frio repentino correu pela minha espinha — eu sabia que algo das trevas estava se aproximando. No instante seguinte eu ouvi um ronronado, um barulho tão alto que fez os instrumentos de madeira vibrarem nas estantes. Era o ogro sob a forma de gato, e o fato de que estava ronronando representou um bom começo para nós. Claramente ele se lembrava de mim. Então, sem perder tempo, chamando com uma voz clara e firme, comecei a negociar.

— Meu mestre, John Gregory, pede o seu retorno a Chipenden. A casa está sendo reformada e já tem um novo teto. Agradecemos pelo seu trabalho no passado e esperamos que nossa sociedade possa continuar no futuro, nos mesmos termos de antes.

Fez-se um longo silêncio, mas então ouvi os arranhões do gato-ogro. Estava utilizando suas garras invisíveis para marcar sua resposta em um pedaço grande de madeira apoiado na parede. Quando os ruídos cessaram, dei um passo à frente e li sua resposta.

Gregory está velho e cansado. O futuro pertence a você. Nós faremos o pacto.

Eu não sabia como meu mestre se sentiria em relação a isso, então hesitei.

— Concorde, Tom! — insistiu Alice. — Você *é* o futuro: logo será o Caça-feitiço de Chipenden. E, sem dúvida, o ogro está sendo sensato.

Em resposta às palavras dela, o ronronado voltou. Estremeci. O mais importante era levar o ogro de volta a Chipenden para ajudar a combater o ataque iminente.

— Concordo! — respondi. — O pacto será entre nós dois.

Novamente vieram os arranhões das garras invisíveis na madeira. Quando li o que estava escrito, fiquei espantado.

Meu preço é mais alto, desta vez. Você precisa me dar mais.

O Caça-feitiço tinha razão. O ogro não estava mais satisfeito com os termos do pacto anterior. Eu pensei rápido. O que mais poderia oferecer? De repente tive um momento de inspiração. O ogro podia viajar por linhas de *ley* e muitas delas passavam pela casa; seguiam em quase todas as direções.

— Além de matar coisas das trevas que tentam entrar no jardim — disse a ele —, tenho outra tarefa para você. Às vezes, quando caço criaturas das trevas, vejo-me enfrentando grave perigo; então o convocarei para lutar ao meu lado. Você poderá matar meus inimigos e beber o sangue deles! Qual é o seu nome? Preciso saber o seu nome para poder chamá-lo!

Demorou um bom tempo até que as garras do ogro arranhassem a madeira novamente. Talvez estivesse relutando em revelar o nome? Mas finalmente o fez:

Kratch!

— Quando eu estiver em perigo, chamarei o nome três vezes! — falei.

Novamente ouvi os ronronados. Mas então percebi que havia mais uma condição que eu precisava impor.

— Além do que já é protegido no jardim, há três cachorros. Eles não podem ser tocados. São nossos aliados. E também não pode ferir quem eu convide para o jardim. De acordo?

O ronronado se intensificou e, novamente, vieram os arranhões na madeira:

Por quanto tempo o pacto vai durar?

A resposta veio direto à minha mente. Nem precisei pensar. Foi como se alguém estivesse falando por mim.

— O pacto vai durar até três dias depois da minha morte. Durante este tempo você deverá proteger meus aliados e beber o sangue dos meus inimigos. Depois disso, estará livre para ir!

De repente o ogro apareceu na nossa frente nas sombras, assumindo a aparência de um grande gato ruivo. Tinha uma cicatriz vertical sobre um olho cego — o ferimento que havia sofrido combatendo o ataque de Bane, presumi. Ele veio para a frente e se esfregou na minha perna, ronronando o tempo todo — em seguida, de repente, desapareceu.

— Você conseguiu, Tom! — gritou Alice.

Sorri para ela, contente comigo mesmo.

— Bem, Alice, não podemos ter certeza até voltarmos para casa, mas certamente estou esperançoso!

— Você realmente invocaria o ogro para ajudá-lo, Tom? — perguntou. — Isso deixaria a casa sem proteção.

— É verdade — concordei. — Só o faria se minha vida corresse grave perigo. E certamente não o invocaria para combater Siscoi.

Fomos direto para a cidade e buscamos os bastões com o ferreiro. Como sempre, ele tinha feito um ótimo trabalho, e eu o paguei na hora. Em seguida, fui até os três estabelecimentos recolher nossos suprimentos — um bom estoque de legumes, bacon, presunto e ovos, sem falar no pão fresco. Carreguei o saco pesado de comida, e Alice levou os bastões.

Eu deveria me sentir seguro em Chipenden, mas estava desconfortável. Certamente tínhamos sido seguidos de Todmorden; os servos do Maligno deviam estar se aproximando.

Conforme subíamos a rua que levava até a casa, vimos uma figura à frente e meu coração pulou. Mas então percebi que era uma mulher alta carregando um saco. Grimalkin! A feiticeira assassina estava apoiada no portão. Sobre o ombro dela, o saco de couro com a cabeça do Maligno — ela jamais o perdia de vista. Grimalkin sorriu, exibindo seus dentes pontiagudos.

— Vocês conseguiram — constatou. — Fui farejar nossos inimigos, mas na volta ouvi um rosnado de alerta assim que pisei no jardim. O ogro está de volta, e com sede de sangue! Acho que não sou muito bem-vinda.

Pulamos o portão da fazenda e subimos a colina até chegarmos ao perímetro do jardim. Lá pausamos e chamei pelas árvores:

— Ao meu lado está minha convidada, Grimalkin. Permita que ela atravesse a entrada em segurança e estenda a ela a mesma cortesia que estenderia a mim!

Fiz uma pausa e, em seguida, liderei o caminho para o jardim com cautela. Não houve rosnado de alerta. O ogro estava cumprindo os termos do nosso pacto. Não havia necessidade de falar em nome de Alice — o Caça-feitiço já fizera isso algum tempo antes. E Judd também estava seguro — antigos aprendizes que completavam o treinamento com satisfação em geral podiam entrar e sair do jardim impunemente.

— Viu algum sinal de nossos inimigos? — perguntei a Grimalkin ao nos aproximarmos da casa.

Ela balançou a cabeça.

— Nada. Fui para o sudeste, quase para a fronteira com Accrington, mas não havia nada. A não ser que as feiticeiras venham em forma de esferas, há poucas chances de um ataque antes do amanhecer.

Na cozinha, percebi que o Caça-feitiço tinha recebido uma nova mesa com seis cadeiras, colocadas em frente ao fogo. Ele agora estava de pé, com uma mão apoiada no encosto de uma das cadeiras e um pequeno sorriso no rosto.

— Está começando a se sentir melhor? — perguntei.

— Estou sim, rapaz — respondeu ele. — Você fez bem em trazer o ogro de volta. E também trouxe nossos mantimentos. — Ele apontou com a cabeça para o saco que eu colocara no chão. — Com sorte, amanhã prepararei nosso café da manhã. Será como nos velhos tempos!

Judd Brinscall voltou mais ou menos uma hora antes de escurecer. A missão dele nas casernas de Burnley havia sido um sucesso. Aparentemente, relatos de mortes estranhas nos últimos meses já tinham chegado aos ouvidos do comandante e, com o relato de um caça-feitiço como reforço, ele rapidamente se decidiu. Uma equipe considerável seria enviada a Todmorden — embora houvesse um atraso de um ou dois dias. Ao que parecia, todas as tropas disponíveis estavam ocupadas afastando gangues de saqueadores que, com o fim da guerra, agora estavam ocupando Clitheroe. Sem dúvida eles em breve restaurariam a lei e a ordem por ali, mas não tinham experiência em eliminar entidades das trevas. Meu receio era como lidariam com o que os aguardava em Todmorden, mas guardei isso para mim. Seria útil contatar os soldados para dar-lhes conselhos — antes disso, porém, tínhamos que sobreviver à noite.

Passamos a noite no jardim. Certamente não foi difícil — o tempo estava tão quente quanto poderia estar depois do pôr do sol no Condado. Apesar da fraqueza, o Caça-feitiço agora conseguia andar. Ele me parabenizou mais uma vez por ter trazido o ogro de volta, mas não tive coragem de dizer que a criatura insistira em firmar o pacto comigo. Na prática, não faria muita diferença, então não havia necessidade de que ele soubesse.

Revezamos a vigilância, mas o Caça-feitiço, Judd e eu dormimos com nossos bastões em mãos. Fiquei com o primeiro turno e aproveitei para patrulhar a fronteira interior do jardim, onde a grama grossa encontrava as árvores. Para passar o tempo, cheguei o jardim leste para ver se as feiticeiras mortas continuavam presas em segurança em suas tumbas; verifiquei também os ogros neutralizados. Estava tudo bem.

Senti-me mais calmo, confiante de que o ogro cuidaria de quaisquer strigoii sorrateiros. Meu maior medo era o de que Siscoi já tivesse sido trazido ao mundo pelas feiticeiras e viesse atrás da cabeça do Maligno. Torci para que o sal e o ferro na cova de restos o tivesse atrasado.

Grimalkin ficou com o segundo turno enquanto eu tentava dormir. Fiquei cochilando e acordando com sustos repentinos. Quando tive a vaga sensação de que o turno havia trocado outra vez, um terrível uivo me fez ajoelhar.

Alguma coisa tinha invadido o jardim e estava sendo desafiada pelo ogro.

CAPÍTULO 21
ÓRBITAS DE OLHOS VAZIOS

Um instante mais tarde eu estava de pé, com o bastão na mão; ao meu lado, meu mestre estava se esforçando para se levantar. Eu o peguei por baixo do braço e sustentei seu peso até ele se firmar. Alguém estava correndo para as árvores. Reconheci o jeito como andava — era Grimalkin, avançando para a fonte do perigo enquanto o rosnado de alerta do ogro emergia pela segunda vez.

Alice estava ao meu lado, mas não havia sinal de Judd Brinscall. Ele estava em seu turno de vigia e poderia estar em qualquer ponto do jardim.

— Vou ver de Judd está bem — avisei.

— Não, rapaz, fique aqui. Se ele estiver encrencado, o ogro está lá e a feiticeira já vai chegar para ajudar.

— Isso mesmo, Tom — reforçou Alice, concordando com o Caça-feitiço, pela primeira vez na vida. — É melhor esperar aqui.

De repente veio um terceiro rugido do ogro — seguido quase imediatamente por um grito agudo e fino, subitamente interrompido. Instantes depois, alguém veio correndo em nossa direção. Preparei meu bastão, e o Caça-feitiço fez o mesmo. Relaxamos quando vimos que era Judd.

— Eu estava no jardim leste — disse ele. — Está tudo limpo por lá. Achei melhor deixar as coisas com o ogro.

— Sim, é a atitude mais sensata — respondeu o Caça-feitiço.

— Eu o treinei bem, mas a feiticeira mal pôde esperar para se envolver. O ataque veio do sul. Saberemos o que está acontecendo em alguns instantes.

Tudo ficou em silêncio; até a brisa diminuiu. Ficamos ali parados, alertas, prontos para o perigo. Após cerca de cinco minutos, Grimalkin emergiu das árvores.

— Foi um strigoi — confirmou ela. — O ogro cuidou dele antes que eu me aproximasse. Não parecia satisfeito com o que pegou e estava ocupado rasgando-o em pedaços.

Sentamo-nos diante das brasas do fogo, mas nenhum de nós estava com vontade de dormir. Suponho que sentíamos a probabilidade de um novo ataque.

Aconteceu em menos de uma hora. Alice de repente farejou duas vezes muito alto.

— As feiticeiras... estão quase aqui! — gritou ela, saltando para os pés e apontando para o leste.

Todos nós nos levantamos e olhamos para o céu na direção que ela indicou. Era uma noite clara, e o céu brilhava com estrelas. Alguns dos pontos de luz, porém, estavam se movendo. Contei oito acelerando em nossa direção. Logo se tornaram esferas claras, pausando sobre as árvores do jardim leste e começando então a dançar, circulando, entrelaçando e troncando de lugar.

Tanto o Caça-feitiço quanto Judd estavam com expressões hostis no rosto. Seguravam seus bastões na diagonal, mesmo essas armas não oferecendo defesa contra o animismo das feiticeiras romenas, que logo se aproximariam e tentariam sugar a força vital de nossos corpos.

Grimalkin estava sussurrando ao ouvido de Alice; ela fez que sim com a cabeça, como se concordasse. Desconfiei que fossem utilizar magia contra nossas inimigas. Na Irlanda, testemunhei o terrível poder de que Alice dispunha. Ela relutava em utilizá-lo, pois ele sinalizava mais um estágio em sua jornada para se tornar uma feiticeira do mal. E não seria uma atitude bem-recebida pelo Caça-feitiço.

As esferas cessaram a dança e avançaram para nós, mas ouvimos um rugido de raiva do ogro para as feiticeiras, um terrível uivo, desafiando-as. Alguma coisa veio em direção a elas, que se espalharam antes de se reagruparem e atacarem novamente. Mais uma vez ouviu-se um rugido, e o ogro voou para o alto uma segunda vez. Desta vez escutamos vários gritos agudos, seguidos por rápidos lampejos. As esferas se reuniram sobre as árvores novamente, mas agora eram apenas cinco — que se dispersaram, cada uma em uma direção diferente.

— Isso pareceu quase fácil demais — observou o Caça-feitiço. — Sem dúvida foram pegas de surpresa. O ogro cuidou de muitas delas, mas precisamos permanecer atentos. O restante pode tentar de novo a qualquer momento. Sem dúvida vão acabar conjurando algum meio de combate.

Novamente nos ajeitamos, apreensivos, perto do fogo, mas o ataque não veio, e logo a luz que antecede a alvorada começou a colorir o céu a leste. Nós cinco fomos para o jardim sul investigar os resultados da invasão. Os restos do hospedeiro strigoi estavam espalhados por uma área ampla: encontramos o crânio em uma árvore, empalado em um galho fino, gravetos saindo das órbitas vazias dos olhos. Claro, o demônio em si encontraria outro corpo em breve.

— Precisamos reunir o máximo de ossos possível e enterrá-los — disse o meu mestre. — São os restos de uma pessoa inocente, afinal.

Fizemos o que ele pediu, e voltei para a casa onde consegui encontrar uma pá sobrevivente do incêndio. Estava bem escurecida, porém intacta, e eu a utilizei para cavar uma cova rasa sob as árvores. Ali colocamos os ossos que conseguimos reunir, depois o cobri com terra. Quando terminei, todos ficamos olhando para o solo recém-revirado, e, muito suavemente o Caça-feitiço falou:

— Descanse em paz. — Foi o mais próximo que ele já chegou de fazer uma prece. — Sem dúvida o ogro o desmembrou porque se sentiu enganado — observou. — Qualquer sangue no strigoi seria de segunda mão, extraído de uma vítima. Meu ogro gosta de sangue fresco! Vamos torcer para que esteja de bom humor para nos servir o café da manhã!

Quando entramos na cozinha, cinco pratos de presunto e ovos esperavam sobre a mesa. No centro, uma pilha de grossas fatias de pão com manteiga. Sentamo-nos sem delongas. O bacon estava um pouquinho queimado, mas estávamos todos famintos e comemos.

Finalmente o Caça-feitiço afastou o prato e olhou alternadamente para cada um de nós, seus olhos finalmente parando em mim mais uma vez.

— Hora de termos uma conversa — disse ele. — Precisamos discutir o que tem que ser feito. — Em seguida ele virou para Alice.

— Já lhe perguntei uma vez antes, menina, e agora preciso repetir. Está preparada para ir até as trevas e trazer o que precisamos?

— Tem que haver outra maneira! — gritei, antes que Alice pudesse responder. — Não vou permitir.

— Não o culpo por tentar protegê-la, rapaz. Mas sabemos o que deve ser feito. Até onde estamos prontos para ir, para conquistarmos nossos objetivos?

— Temos que fazer o que for necessário. Por quanto tempo tenho que continuar carregando isso? — perguntou Grimalkin, levantando e tocando o saco de couro. — Venha comigo, Alice. Preciso falar a sós com você.

Alice seguiu a feiticeira assassina para o jardim, deixando o Caça-feitiço, Judd e eu olhando para nossos pratos vazios.

— Temos nosso próprio problema para resolver antes de pensarmos no Maligno — disse o Caça-feitiço. — E é urgente. Podemos estar relativamente seguros nos limites deste jardim, mas e as pobres pessoas do lado de fora? Aqueles a leste de Todmorden podem já estar mortos. Temos que ajudá-los. É nosso dever.

— Está falando em voltar a Todmorden? — perguntou Judd. — Eu sabia que teríamos que voltar, mas certamente não agora!

— Levarei semanas até poder fazer novamente essa viagem, quanto mais ser eficiente ao chegar — disse o Caça-feitiço, balançando a cabeça. — Dói ter que pedir que outros façam o trabalho, mas eu não tenho opção. A esta altura, os soldados de Burnley estão indo investigar Todmorden, mas eles lutam guerras contra inimigos humanos e não têm conhecimento sobre como lidar com as trevas. Precisamos enviar ajuda de especialistas. Você iria, Judd, e levaria o rapaz com você? Não espero que atravessem o rio, mas com certeza podem ajudar aos que estão do lado do Condado. Nossos inimigos provavelmente vão começar atacando moradias isoladas além da cidade. Estes é que precisarão de vocês.

— Claro — respondeu Judd. — Os habitantes da cidade não nos recebem bem, contudo. Estarão preocupados com a própria sobrevivência. Mesmo assim, isso é algo que deve ser feito. Partiremos imediatamente.

Fiz que sim com a cabeça, concordando. Era melhor estar lá fazendo alguma coisa do que simplesmente esperando pelo momento em que nossos inimigos resolvessem atacar.

Depois disso caímos em silêncio outra vez. Eu estava me perguntando para onde Alice e Grimalkin teriam ido, e do que estariam falando uma para a outra, quando de repente ouvi um sino distante.

Alguém estava nas árvores do outro lado, tocando o sino para chamar o Caça-feitiço. Normalmente eu descobriria qual era o problema. Poderia ser qualquer coisa, de um ogro rebelde a alguém que vagava perto de túmulos. Às vezes as pessoas simplesmente estavam assustadas e não havia qualquer ameaça real; em outras, uma família inteira estava em perigo, de forma que meu mestre resolvia as coisas imediatamente.

— Parece que alguém está encrencado — constatou o Caça-feitiço. — É melhor ver o que está acontecendo, rapaz.

— Então farei companhia a ele — disse Judd. — Pode ser uma armadilha para atrair um de nós para fora do jardim.

— Sim, tem razão. Será mais seguro se os dois forem juntos.

Logo atravessamos o jardim em direção à encruzilhada.

— Exatamente como nos velhos tempos! — brincou Judd. — Quando vinha para cá como um jovem aprendiz, normalmente tremia de nervoso: sabia que significava partir em missão em menos de uma hora.

— Eu também — falei. Atravessamos o pasto e já tínhamos entrado no bosque outra vez. Estávamos quase na encruzilhada, e nuvens pesadas de tempestade vinham do oeste. Parecia escurecer a cada passo que dávamos. De repente, o sino soou novamente.

— Pelo menos continuam aqui — disse Judd. — Às vezes perdiam a calma e voltavam para o lugar de onde tinham vindo.

— Alguns deles têm mais medo do Caça-feitiço do que de um ogro! — concordei.

Nós dois rimos, depois seguramos as risadas simultaneamente — apesar das sombras, vimos quem estava tocando o sino.

Uma mulher bonita de quem eu me lembrava bem — a que nos atraíra a Todmorden com a promessa de livros para a nova biblioteca do Caça-feitiço.

Era a sra. Cosmina Fresque. Ou, para ser preciso, o demônio que trajava a pele dela.

— Trago um recado; a chance de viver! — gritou ela, soltando a corda. O sino continuou a dançar ao vento, soando mais algumas vezes antes de silenciar.

Nós nos aproximamos dela com cautela, segurando nossos bastões na diagonal, à frente dos nossos corpos. Ouvimos dois cliques ao soltarmos nossas lâminas retráteis.

— Deem-nos o que queremos! Deem-nos a cabeça de nosso mestre, o Maligno! — falou a demônia. — Façam isso e voltaremos para a nossa própria terra. Suas casas estarão seguras e seu povo poderá viver em paz.

— E se não dermos? — questionou Judd. Continuávamos andando na direção da figura; agora ela não estava a mais do que dez passos de distância, embaixo da corda do sino, com as costas viradas para a árvore. Olhei de lado para Judd e vi que lágrimas corriam por suas bochechas. Podia ser uma demônia, mas tinha o rosto e o corpo da mulher que ele amara.

— Nesse caso esta terra se tornará a terra dos imortais: vamos governar e tomar o sangue de quem bem escolhermos.

— Esta é a nossa resposta! — gritou Judd, empunhando a lâmina do bastão para a demônia. Ela chegou para o lado para fugir do golpe, mas aí ele aplicou direto a manobra ensinada pelo Caça--feitiço, jogando o bastão da mão esquerda para a direita e enfiando--o no coração da demônia, que ficou presa ao tronco da árvore.

Cosmina soltou um tremendo grito, e sangue jorrou de sua boca e pingou para os sapatos. Em seguida revirou os olhos e tremeu, deixando-se cair para trás. Teria despencado ao chão, mas a lâmina a manteve presa contra a árvore. A liga de prata devia ter penetrado seu coração: quase imediatamente uma hélice laranja saiu de seu corpo, pairou por um instante, elevou-se e disparou para o leste.

Ficamos os dois parados olhando para o corpo de Cosmina. Finalmente Judd se virou para mim, ainda com lágrimas nos olhos.

— Faça-me um favor, Tom. Busque uma pá na casa. Preciso enterrar os restos.

Corri de volta, contei rapidamente ao Caça-feitiço o que tinha acontecido e peguei a pá escurecida do lado da casa. Quando retornei à encruzilhada, Judd estava ajoelhado, segurando a mão do cadáver.

— Posso cavar, se você quiser — ofereci.

Judd se levantou lentamente e balançou a cabeça.

— Não, Tom, essa trabalho é meu. Obrigado por trazer a pá. Pode voltar para a casa. Estarei lá assim que terminar.

Mas não retornei de imediato. Havia uma chance de a demônia não ter retornado sozinha para a encruzilhada, então fui até as árvores e fiquei olhando Judd de longe. Ele cavou a cova abaixo da árvore e colocou o corpo de Cosmina ali. De repente, soltou um grito terrível de angústia e bateu forte na cova com seu bastão.

Ele tinha cortado a cabeça do corpo. Era uma forma de garantir que nenhum demônio ou outra entidade a possuísse novamente. Pude ouvi-lo soluçando enquanto enchia a cova e coletava algumas pedras para colocar no solo, garantindo que nenhum cachorro ou animal selvagem pudesse desenterrar o corpo. Só voltei para casa quando ele se ajoelhou, abaixou a cabeça e ficou olhando para o que tinha feito.

A tarefa dele tinha sido dolorosa. Como eu me sairia se tivesse que sacrificar Alice? Não suportava pensar nisso. O tempo estava se esgotando. Eu tinha que encontrar outra forma de destruir o Maligno que não envolvesse a morte dela. Mas mamãe era poderosa e tivera dificuldades em arranjar o método que me apresentou. Como eu poderia achar que faria melhor?

CAPÍTULO 22
DEIXE QUE VENHAM ATÉ NÓS!

No dia seguinte, logo depois do meio-dia, preparamo-nos para fazer o que o Caça-feitiço queria. Deixando-o para trás com os cachorros e o ogro, Grimalkin, Alice, Judd e eu fomos para Todmorden mais uma vez.

Ao sairmos do jardim, Alice veio para o meu lado. Ela estava carregando um livro.

— Aqui — disse. — Isto é para o velho Gregory. Eu mesma escrevi.

Com um sorriso, peguei e li o título: *Os segredos dos clãs de Pendle*.

— É sobre alguns dos segredos mais sombrios, que ninguém além de uma feiticeira sabe, nem mesmo um caça-feitiço. Pode ser muito útil. Seu mestre não o aceitará de mim, mas, se você entregar, ele pode colocar na nova biblioteca.

— Obrigado, Alice. Darei para ele quando voltarmos — falei, guardando-o na bolsa. — Vou dar os meus cadernos para ele também. Tudo ajuda. Mas tenho uma pergunta para você. Sobre o que conversou quando saiu com Grimalkin ontem?

— Foi conversa de mulher, Tom. Nada com que se preocupar.

Fiquei olhando para ela, aborrecido, mas também magoado.

— Não está satisfeito, está? Não gosta que eu guarde segredos de você. Mas você conta tudo para mim?

Abri a boca, em choque. Será que ela tinha de algum jeito descoberto sobre o sacrifício?

Mas antes que eu pudesse responder, Alice seguiu em frente, deixando-me para caminhar ao lado de Grimalkin. Nossa conversa tinha me entristecido, mas achei melhor não fazer mais perguntas.

O céu estava cinza, e uma leve garoa vinha do oeste. O ar, contudo, estava brando. Era assim que o verão no Condado costumava ser.

Olhei para trás, na direção de Judd, que claramente ainda estava triste. Após um tempo, ele veio para perto de mim e colocou a mão nas minhas costas.

— O corpo de Cosmina está repousando agora. Dar isso a ela era algo que eu queria fazer há algum tempo. Sinto como se tivesse virado uma página, afinal.

— O que vai fazer agora? Vai voltar para a Romênia? — perguntei.

— Não, Tom. Já tive a minha cota de viagens por um tempo. Talvez eu devesse assumir o lugar do pobre Bill Arkwright ao norte de Caster.

— É uma ótima ideia! — exclamei. — Certamente ficará muito ocupado com todas aquelas feiticeiras da água. Até onde sei, nenhum caça-feitiço trabalha lá há mais de um ano. Meu mestre me contou que Bill deixou o moinho para ser usado por futuros caça-feitiços. Então você teria um teto.

Enquanto conversávamos, Alice e Grimalkin também tinham um longa conversa à nossa frente. Claramente estavam formulando alguma espécie de plano, do qual me deixavam de fora. Depois, enquanto continuávamos na direção sudeste, contornando Accrington, elas recuaram e caminharam ao nosso lado.

— Grimalkin precisa falar a sós com você, Tom — falou-me Alice.

Olhei para a feiticeira assassina, que fez assentiu com a cabeça e apontou para um bosque à esquerda. Ela começou a andar naquela direção e eu a segui.

— Esperaremos aqui por vocês! — gritou Alice.

Fiquei imaginando por que Grimalkin não poderia falar na frente dos outros. Sem dúvida o problema era Judd. Talvez ela não confiasse nele depois da traição ao Caça-feitiço... Eu logo descobriria.

A feiticeira assassina parou entre as árvores e se virou para me encarar. Ela tirou o saco de couro do ombro e o colocou no chão entre nós dois.

— O Maligno pediu para falar com você — disse ela —, mas você deve escolher se permitirá isso ou não. Sem dúvida ele quer intimidá-lo ou fazer ameaças. Mas acredito que possamos descobrir algo com o que quer que diga.

— *Você* fala com ele? — perguntei.

Grimalkin assentiu.

— De vez em quando trocamos algumas palavras, mas recentemente nada o faz abrir a boca. Contudo, ele se disse disposto a falar com você.

— Então vamos ouvir o que ele tem a dizer!

Sentamos na grama, e Grimalkin desamarrou o saco de couro e puxou a cabeça do Maligno pelos chifres, colocando-a no chão de modo que estivesse de frente para mim. Fiquei chocado com a aparência. Parecia menor do que quando fora cortada do corpo, e o rosto estava coberto de sangue seco. Um olho já não existia — havia apenas uma órbita de contorno vermelho, cheia de pus —, e as pálpebras do outro estavam costuradas. A boca parecia preenchida com gravetos e espinhos.

— O que aconteceu com o olho? — perguntei.

— Eu o tirei em vingança a mortes de amigas minhas — explicou Grimalkin. — Ele vai poder ficar com o outro por um tempo.

Ela esticou o braço e tirou os gravetos e espinhos da boca. Imediatamente a cabeça, que antes parecia parada e morta, se animou. O olho costurado tremeu, e a mandíbula e os lábios começaram a se mover, mostrando cotocos de dentes amarelos.

— Poderia ter sido tão diferente, Thomas Ward — disse o Maligno, a voz rouca. — Poderíamos ter trabalhado juntos, mas você me rejeitou e me reduziu a isso. Agora vai pagar um preço terrível.

— Você é meu inimigo — disse a ele. — Eu nasci para acabar com você.

— Claro — respondeu o Maligno, com a voz se fortalecendo —, esse é o seu "destino", ou pelo menos é o que lhe disseram. Mas acredite em mim, um futuro muito diferente o aguarda. Acha que estou desamparado? Bem, está enganado. Acha que me tirando um olho e costurando o outro me deixa cego? Meu espírito consegue ver tudo que deseja. Enxergo exatamente a sua vulnerabilidade. Vejo aqueles que você ama e os meios pelos quais podem ser feridos. Acha que me cala ao tapar minha boca? Converso com meus servos o tempo todo, e eles são tão numerosos quanto as estrelas. Estão ansiosos em agir por mim. Derrote um, e outro se apresenta para a batalha. Eventualmente encontrará um adversário a altura, muito mais cedo do que imagina!

— Isso é só conversa-fiada — sibilou Grimalkin, pegando a cabeça pelos chifres.

— Veremos! — gritou o Maligno. — Você é o sétimo filho e tem seis irmãos. Hoje, um deles vai morrer pelas mãos dos meus servos. E ele será apenas o *primeiro* a sofrer. Logo você será o último dos filhos de sua mãe!

Ao me levantar, atordoado por pensamentos sobre o que poderia acontecer aos meus irmãos, Grimalkin conteve a boca novamente e devolveu a cabeça ao saco de couro.

— Não se preocupe — disse a mim. — Errei em sujeitá-lo a isso. E não descobrimos nada. Ele poderia ter mandado os servos atrás de sua família há muito tempo. Só está fazendo ameaças para desestabilizá-lo e desviar seu foco do que precisa ser feito.

Assenti. Ao voltar da Irlanda duas semanas antes, eu tinha mandado uma carta para a fazenda perguntando sobre a saúde do meu irmão mais velho, Jack, sua esposa, Ellie, e a filha deles; também perguntei sobre outro dos meus irmãos, James, que estava hospedado com eles para ajudar com o trabalho da fazenda e construir seu negócio de ferreiro. A resposta foi tranquilizadora. Estava tudo bem e, exceto pela perda de alguns animais, a guerra não os tinha atingido.

Estávamos muito longe da fazenda agora, no entanto. Quanto a meus outros irmãos, estavam espalhados pelo Condado. Eu não podia fazer nada para ajudá-los — só precisava colocar minhas preocupações de lado.

Voltamos para nos juntar a Alice e Judd. Contei a eles o que o Maligno tinha dito e sobre a ameaça que ele fez. Judd meneou a cabeça em solidariedade e Alice apertou minha mão. Por enquanto, não havia nada que nenhum de nós pudesse fazer.

— Onde planejava montar sua base? — perguntou Grimalkin a Judd.

— Poderíamos ficar a oeste de Todmorden, bem longe da vila — disse Judd. — Assim podemos começar a cuidar da área sem chamar muita atenção para nós mesmos.

— Mas é exatamente isso que queremos fazer: queremos atrair atenção! — exclamou a feiticeira assassina, com os olhos brilhando. — Deveríamos ficar na estalagem. Deixar que venham até nós. Depois que reduzirmos o número deles, avançamos para o ataque. Será como limpar um ninho de ratos!

— Isso não é arriscado? — indagou Judd. — Mantendo a distância podemos fazer um estrago antes que notem a nossa presença.

— Pode ajudar algumas pessoas, sim — respondeu Grimalkin. — Mas logo haveria uma crise, de qualquer jeito. Seria uma questão de horas até ser detectado. Desta forma, decidimos o terreno da matança. Eles vão abandonar a busca por novas vítimas para vir atrás disto! — Ela levantou o saco de couro. — Para vir atrás disto e morrer. Nossa luta contra essas entidades romenas é só uma em meio a uma série de batalhas que travamos contra os servos do Maligno. Quero acabar com isso rapidamente para podermos tratar da verdadeira questão: a destruição final dele. E você, Tom Ward? Está de acordo?

Olhei para Judd e dei de ombros.

— Desculpe, mas tenho que concordar com Grimalkin — disse a ele.

— Eu também — acrescentou Alice.

Judd sorriu.

— Parece que tenho que me curvar à vontade da maioria. Que a batalha comece!

Continuamos no nosso caminho por mais algumas horas. A esta altura a nuvem tinha clareado e a noite prometia ser tranquila. Enquanto o sol descia no horizonte, armamos o acampamento noturno perto da trilha. Alice caçou três coelhos, e logo eles estavam rodando em espetos sobre o fogo, o cheiro me deixando com água na boca.

De repente, ao longe, escutei as batidas firmes de um tambor. Estava se aproximando. Logo ouvimos um apito também. Era música de marcha. Os soldados de Burnley estavam a caminho.

Percebendo que passariam pela trilha e muito perto de nós, Alice e Grimalkin se recolheram para as árvores. Houve confrontos no passado entre feiticeiras de Pendle e os militares, e eles certamente reconheceriam Grimalkin.

— Nunca entendo por que usam casacos daquela cor! — exclamou Judd. — Aprendi a usar minhas vestes para me camuflar na floresta, mas eles parecem estar fazendo o melhor que podem para serem vistos!

Eu tinha que concordar. Os casacos dos soldados do Condado em vermelho vibrante os deixavam claramente visíveis por entre as árvores. Passamos para a trilha.

Havia cerca de trinta homens, todos a pé exceto um. Um oficial montado liderava a marcha e, à medida que se aproximavam, percebi que ele me parecia familiar. Tinha a pele rubra e era robusto. Então o bigode pequeno e cuidado confirmou: era o capitão Horrocks, o oficial que conduzira o grupo de soldados em sítio na Torre Malkin. Eu havia sido aprisionado, falsamente acusado de matar o padre Stocks. Será que o capitão se lembraria de mim? A guerra interviera e, após minha fuga, eu certamente tinha sido esquecido. Eu estava mais velho e mais alto agora, de qualquer forma.

Ao ver o nosso grupo, o capitão ergueu a mão para sua fila de soldados parar. O apito e o tambor silenciaram. Tudo que se ouvia era a respiração do cavalo. Olhei para baixo, evitando o contato visual.

— Eu conheço você... — disse ele baixinho.

Meu coração parou. Será que eu deveria correr? A feiticeira, Wurmalde, havia matado o padre, mas ela agora estava morta, e eu não tinha nenhuma prova da minha inocência. Eu ainda podia pagar por um assassinato que não tinha cometido.

— Sim, eu sou Judd Brinscall. Levei ao seu comandante o alerta sobre o que anda acontecendo em Todmorden.

Quando Judd falou, percebi meu engano e suspirei aliviado.

— O que você fez foi nos trazer até aqui em uma busca vã — disse o capitão, com a voz ácida. — Vocês, caça-feitiços, pegam dinheiro de pessoas suscetíveis para supostamente combaterem as trevas, mas não me enganam. Feiticeiras não passam de canalhas pedintes. Quanto ao seu último conto — riu ele em desdém —, é muito inacreditável. Eu cumpro ordens e preciso investigar, mas, se encontrar qualquer evidência de que me trouxe aqui sob falsas alegações, vou levá-lo de volta a Burnley em correntes! Fui bem claro?

— Pessoas foram assassinadas, capitão — alegou Judd, baixinho —, e você vai encontrar os assassinos se escondendo do outro lado do rio, conforme expliquei. Mas se seguir o meu conselho, vai acampar esta noite e atravessar ao amanhecer. Nossos inimigos são mais fortes no escuro.

— É o que você diz. Não nego que ocorreram mortes. Se encontrarmos os criminosos, a justiça será rápida. Mas não me assuste com suas histórias tolas. Acabei de lutar uma guerra e vi muitas mortes; cenas de carnificina que carregarei comigo até o dia em que morrer. Depois disso, o que encontrarmos em Todmorden não será nada! Fui bem claro?

Judd não respondeu. Com um movimento desdenhoso de cabeça, o capitão Horrocks conduziu seus homens. Alguns dos soldados a pé estavam sorrindo, mas outros pareciam assustados, principalmente o pobre menino que tocava o tambor no final da fila. Após alguns instantes, o tambor e o apito voltaram. Vimos a fila desaparecer pelas árvores e voltamos ao jantar.

Acordamos logo depois do amanhecer e seguimos para Todmorden sem nem mesmo tomar café da manhã, de forma a não perder o ritmo.

Ao atravessarmos a charneca oeste acima da cidade, pessoas começaram a passar por nós na direção opostas — a maioria indivíduos sozinhos, mas ocasionalmente famílias inteiras carregando suas posses amarradas em montes. Eram refugiados escapando deste lado da cidade, e nenhum deles pareceu feliz em nos ver. Alguns talvez fossem naturais de Todmorden e talvez soubessem da nossa participação no desencadear da crise; outros simplesmente viram as roupas de caça-feitiço e reagiram como a maioria das pessoas o faz.

Todos que tentamos parar forçaram caminho furiosa, sem nem olhar para nós.

— Como estão as coisas? — perguntou Judd, finalmente parando um velho que lutava contra a trilha lamacenta com a ajuda de uma bengala.

— Estão assassinando crianças! — exclamou. — O que pode ser pior do que isso? E também mataram soldados armados. Quem vai nos proteger agora?

Troquei olhares com Judd. Sem dúvida, como eu, ele estava torcendo para que tivessem apenas pegado alguns homens de Burnley — talvez emboscado uma pequena patrulha de reconhecimento que o capitão tinha enviado. Mas era pior do que isso — muito pior.

Os soldados tinham acampado no topo da charneca oeste às vistas de Todmorden. Agora estavam todos mortos. O capitão Horrocks tinha sido decapitado. Ele foi encontrado de bruços, com a cabeça entre as botas. As brasas das fogueiras continuavam soltando fumaça, e eles estavam no local onde tinham sido mortos, com as gargantas abertas. Alguns estavam de costas, massacrados ao acordarem. Outros haviam tentado fugir, mas nenhum chegara muito longe. Os corpos estavam cobertos de moscas, e o fedor do sangue me deu ânsia de vômito.

Passamos sem falar nada. Troquei olhares sombrios com Alice e Judd, mas Grimalkin simplesmente continuou olhando para a frente, com o rosto decidido. Ela já tinha visto a morte muitas vezes; sem dúvida estava habituada. Em todo caso, não havia nada a ser feito e muitos a serem enterrados. O Exército teria que vir buscar os seus, mas isso poderia não acontecer por muitos dias.

Quando tivemos nosso primeiro vislumbre nítido da margem oeste do rio, a cidade parecia deserta. Logo estávamos atravessando as ruas de pedras em direção à estalagem. Chegamos quando o estalajadeiro estava prestes a trancar a porta da frente. Tinha sido consertada desde a nossa última visita.

— Você não vai a lugar nenhum! — disse Judd, empurrando-o de volta para a estalagem.

— Vocês são muito audaciosos em voltar aqui! — respondeu ele.

— Por causa do que *vocês* fizeram, o pacto acabou. Com o acordo, pudemos viver em segurança por anos. Agora, somos todos comida!

— E quais dos cidadãos firmaram o pacto? — indagou Judd.

— Você foi um deles?

O homem assentiu.

— Éramos três. O prefeito, o merceeiro e eu, três dos cidadãos mais abastados, o fizemos há pouco mais de dois anos, quando as coisas eram muito diferentes. Não percebi o quão rápido tudo entraria em declínio e as pessoas teriam que ir embora. Fizemos por todos, para salvar vidas. A maioria tinha medo de ir a qualquer lugar perto dos estrangeiros, mas nós atravessamos o rio e firmamos o pacto com nosso próprio sangue. Foi o melhor a fazer naquelas circunstâncias. Se déssemos o que queriam, nos deixariam em paz. Mas agora o pacto acabou e eles querem vingança. Tenho que tirar todos daqui. Quando escurecer, estarei praticamente morto! A sra. Fresque disse que sou o próximo da lista!

Judd olhou alternadamente para nós e ergueu as sobrancelhas. Todos assentimos. Não havia razão para manter o estalajadeiro apavorado ali. Ele foi jogado para fora, e seus pertences foram jogados junto com ele. Depois barramos as portas e esperamos pelo primeiro ataque.

Lá fora, a brisa tinha praticamente cessado, e a noite estava quente. Assim sendo, não fizemos uma fogueira, mas nos ajeitamos na pequena sala de jantar, perto do bar. Nem acendemos velas, permitindo que nossos olhos se ajustassem ao escuro da melhor maneira possível.

Após mais ou menos uma hora ouvimos barulhos lá fora: uma farejada distante e arranhões na porta, como um animal de estimação pedindo para entrar. Ficamos completamente estáticos. Em seguida ouvimos um rugido, como se a criatura tivesse perdido a paciência e quisesse entrar imediatamente.

De repente a porta balançou para dentro, rangendo e chiando nas dobradiças. O agressor era quase certamente um dos moroii usando um corpo de urso. Esse era o meio pelo qual nossos inimigos forçariam a entrada.

Grimalkin puxou uma lâmina de arremesso da capa. Uma vez que a cabeça do urso se tornasse visível, ele estaria morto. Sua lâmina encontraria um dos olhos. Mas, assim que a porta se abriu, o urso caiu de quatro e se afastou, deixando de ser um alvo. Eu a ouvi assobiar de frustração entre os dentes pontudos.

Tudo silenciou outra vez, porém agora víamos a rua de pedras pelo vão de entrada. A certa distância, figuras se aproximavam. Pareciam ser três. Duas usavam capas e pareciam femininas; a mais próxima carregava uma tocha, e à sua luz trêmula pude ver a boca selvagem e as garras. Eram feiticeiras, sem dúvida. Mas a terceira figura era um homem que reconheci: o estalajadeiro. Ele não tinha conseguido escapar, afinal. Agora era prisioneiro e estava com as mãos amarradas nas costas. Era como olhar para um palco, uma peça de teatro montada para nós. Mas logo se tornou claro que aquilo não era uma encenação e sim uma questão de vida ou morte.

— Agora verão o que acontece com quem nos desafia! — gritou a feiticeira com a tocha.

Tive dificuldades em assimilar o que aconteceu em seguida. Algo pareceu flutuar do céu e aterrissar diretamente em frente ao do estalajadeiro. Mas como era possível? Feiticeiras não voam. A ideia de que pilotavam vassouras era apenas uma superstição tola. A figura se aproximou da vítima.

— Não! Não foi minha culpa! — gritou o estalajadeiro, com a voz aguda de pavor. — Poupem-me, por favor. Não tire minha vida, Senhor! Eu sempre fiz o que pediu. Fui generoso. Dei...

Ouviu-se um grito súbito e fino — parecia um dos porcos sendo abatidos por Snout, o açougueiro da fazenda. O ruído pairou no ar, enfraquecendo aos poucos. O estalajadeiro caiu de joelhos e em seguida com a cara no chão.

Grimalkin sacou a adaga de arremesso e deu um passo para a frente, como se fosse atacar as feiticeiras. Nós nos preparamos para segui-la, mas, antes que o fizéssemos, nossas inimigas tomaram a iniciativa.

Uma das figuras — a que de algum jeito tinha caído do céu — começou a vir na nossa direção. Havia algo de estranho em sua marcha. Parecia deslizar em vez de andar. Foi chegando cada vez mais perto, até preencher a entrada e chegar ao recinto.

À direita, Alice ergueu uma vela e murmurou um feitiço, acendendo o fogo. No meu tempo com aprendiz de caça-feitiço vi muitos horrores, mas ali, diante dos meus olhos, iluminado pela chama amarela, havia algo que superava tudo. O efeito em mim foi ruim o bastante — comecei a tremer e meu coração tentou saltar para fora do peito. Judd, por sua vez, devia ter ficado verdadeiramente horrorizado com o que se manifestou em nossa presença.

Flutuando à nossa frente havia uma mulher. Parecíamos estar olhando para seu corpo nu, mas havia algo terrivelmente errado. Sua forma era translúcida — a chama da vela mostrou o que havia por dentro. Não estava inflada em toda sua forma; faltavam os ossos e a carne, e estava cheia — *inchada* talvez fosse uma palavra melhor — de sangue. A pele estava inteira, mas havia duas falhas:

uma cicatriz horizontal em volta do pescoço, onde a cabeça fora costurada ao corpo, e uma área de pontos sobre o coração.

Era a pele de Cosmina.

A boca se movia e falava com um rugido masculino grave:

— *Eu sou Siscoi, o Senhor do Sangue, o Bebedor de Almas! Obedeçam-me agora ou sofrerão como poucos já sofreram. Deem-nos o que buscamos, e serei misericordioso! Sua morte será rápida. A dor será mínima.*

Grimalkin jogou a lâmina direto para a garganta da figura grotesca, mas a faca esbarrou inofensivamente como se tivesse sido desviada por um escudo invisível.

CAPÍTULO 23
MEIA-NOITE ATÉ O AMANHECER

Se aquele de fato era Siscoi, não era nada como eu havia imaginado. Não estava utilizando um hospedeiro cultivado de sangue e restos da cova. Esta parecia uma forma bizarra de possessão. No entanto, a pele estava cheia de sangue — e, considerando que o estalajadeiro tinha acabado de morrer, parte do sangue devia ser dele também. O deus provavelmente poderia levar o nosso também.

Ergui meu bastão e me preparei para atacar. Comecei a me concentrar. Usaria meu dom mais poderoso — a habilidade de desacelerar o tempo. Eu a empregara com sucesso quando anuláramos o Maligno, e ele era mais poderoso do que qualquer um dos deuses antigos, então eu estava confiante de que funcionaria aqui também. Mas eu mal tinha iniciado o processo quando Grimalkin deu um comando:

— Cuide dele, Alice!

Em resposta, Alice ergueu a mão esquerda e começou a murmurar um feitiço; em seguida, pegando todos de surpresa, Judd passou correndo por nós e, com um grito furioso, enfiou a lâmina do bastão no corpo — no mesmo ponto onde antes tinha perfurado o coração de Cosmina. Eu esperava que sua faca fosse desviada, mas para minha surpresa, penetrou a pele.

Houve uma explosão de sangue que se espalhou para todos os lados. Fiquei cego por alguns momentos. Quando limpei os olhos, por entre o sangue que pingava do teto, vi que Judd estava ajoelhado no chão, chorando. Ele estava olhando para alguma coisa — o laço de pele sangrenta que outrora fora Cosmina.

As duas feiticeiras que tinham acompanhado Siscoi fugiram imediatamente, e não houve mais ataques — o resto da noite foi sossegado.

Ao amanhecer, encontramos óleo de lâmpada e o utilizamos para queimar a pele. Chiou sobre as pedras molhadas, liberando um terrível odor, mas aquilo precisava ser feito. Judd não estava preparado para enterrar os restos de Cosmina mais uma vez.

Ficamos abaixados ali, em silêncio, até tudo acabar. Uma garoa caiu do céu cinzento, lavando o sangue das nossas faces e cabelos.

— Quer conversar sobre isso? — perguntei, afinal. — Será que realmente era Siscoi? Era alguma espécie de possessão?

Judd fez que sim com a cabeça.

— Sim, foi algum tipo de possessão. Siscoi consegue animar a pele de um corpo recém-enterrado. Mas antes seus servos removem os ossos e separam pele de músculo. Então o deus pode visitar os parentes próximos do morto, saboreando a angústia. A princípio, a pele que habita é preenchida apenas por ar. Depois, à medida que começa a se alimentar, fica vermelha, enchendo-se com o sangue das vítimas. O processo envolve magia negra poderosa. Mas independente de eu ter ou não lidado com ele, não poderia ter ficado muito tempo naquela forma. Esse tipo de possessão só dura alguns minutos.

Fiquei nauseado de pensar no que tinha sido feito. Depois que Judd enterrara o corpo de Cosmina, ele fora desenterrado, quase certamente naquela noite, e o processo descrito por ele tinha sido executado.

— Por que sua lâmina foi bem-sucedida enquanto a minha falhou? — perguntou Grimalkin.

— Parentes próximos ou aqueles que amam o falecido têm o poder de encerrar a possessão com uma lâmina; até agulhas de costura foram utilizadas por viúvas furiosas e enlutadas. Claro, em geral as vítimas não combatem. Siscoi simplesmente toma o sangue e elas morrem.

— Você o feriu com sua lâmina? — indagou Alice. — Ele ficará menos poderoso?

Judd balançou a cabeça.

— Sem dúvida ele sentiu alguma espécie de dor, mas isso provavelmente o deixará mais furioso e determinado. Ele pode possuir vivos e mortos sem usar um portal ou a magia das feiticeiras. Mas é mais perigoso quando anima um hospedeiro cultivado com a ajuda delas. Ele terá da meia-noite ao amanhecer para disseminar o caos. Não quero estar por perto quando isso acontecer.

— Então acho que é melhor que volte para Chipenden — disse Grimalkin.

Judd olhou espantado para ela, e, em seguida, sua expressão enrijeceu.

— Veja bem! Eu não sou um covarde! — exclamou ele, furioso. — Só estou relatando fatos, nada mais. Eu vou ficar aqui e fazer o meu papel, mas tenho certeza de que vamos todos morrer.

Grimalkin sorriu para ele sem mostrar os dentes.

— Ninguém duvida da sua coragem, embora tenha traído John Gregory. Você passou por situações que teriam destruído a maioria dos homens. Mas já sofreu demais. Volte e ajude John Gregory por um tempo. A casa e o jardim ainda podem ser atacados.

Judd abriu a boca para protestar outra vez, mas de repente se calou. Com o canto do olho, vi Alice murmurando para si mesma.

— Sim, tem razão — concordou ele, levantando, com uma expressão de espanto no rosto. — O sr. Gregory vai precisar de ajuda. Ele pode estar em perigo neste exato instante. É melhor eu começar logo; preciso voltar o quanto antes.

Fiquei aborrecido: Alice tinha usado magia negra para fazê-lo mudar de ideia. Quando abri a boca para falar, porém, ela colocou um dedo sobre os lábios e abriu um sorriso doce. Parte de mim queria protestar — eu achava que Judd seria mais útil conosco —, mas eu sabia que Alice devia ter um bom motivo para fazer aquilo. Então fiquei quieto. Em cinco minutos, Judd Brinscall tinha juntado suas coisas, se despedido, e partido de volta a Chipenden.

— Por quê? — perguntei depois que voltamos para dentro da estalagem. — Precisamos de toda a ajuda que conseguirmos.

— Nós três temos velocidade, habilidade e poder de fazer o que tem que ser feito — disse Grimalkin. — Você tem a Espada do Destino e a Corta Ossos, sem falar das habilidades herdadas de sua mãe. Alice tem magia poderosa, e eu sou Grimalkin. Mandá-lo embora foi generoso: uma qualidade que eu só demonstro raramente. Mas apesar de suas falhas passadas, Judd é um caça-feitiço competente e um forte inimigo do Maligno; precisamos de todos os aliados possíveis. Ele precisa viver para servir à nossa causa outra vez, caso seja necessário; se ele ficar conosco, certamente vai morrer. Esta noite temos que atacar nossos inimigos e impedir que Siscoi entre no mundo.

— Esta noite? Pensei que fôssemos deixar que nos atacassem para reduzirmos as forças deles! — exclamei.

— Eles têm um novo hospedeiro sendo cultivado na cova de restos, Tom — disse Alice. — E nesta mesma noite as feiticeiras sobreviventes vão somar forças para abrir o portal, permitindo que Siscoi o anime.

— Como pode saber disso? — perguntei.

— Alice usou a vidência — explicou Grimalkin.

— Você consegue fazer isso?

Alice fez que sim com a cabeça, com o rosto sério.

— É só um dos talentos que Alice escondeu por muito tempo — disse Grimalkin. — A vidência nunca é totalmente certa: existem variáveis, coisas que mudam constantemente e afetam os resultados, mas tenho fé na informação. Essas feiticeiras raramente se encontram em carne e osso. Preferem aparecer como esferas de luz sobre as árvores. Mas hoje será diferente: para abrirem o portal, precisam estar juntas, e Alice descobriu o local onde pretendem se encontrar. Vamos matar todas elas.

— Vão usar a casa onde a sra. Fresque e seu parceiro strigoi viviam — contou Alice.

Fazia sentido. Graças a Judd, eu sabia que feiticeiras romenas eram muito reservadas e não gostavam que outras feiticeiras vissem suas casas.

— A casa que muda de forma — observei. — Isso pode ser um problema. Não dá para ter certeza de nada lá.

— Cuidaremos disso — disse Grimalkin. — Estamos prestes a descobrir de quem é a magia mais poderosa: da Romênia ou de Pendle.

Alice não falou nada, mas um pequeno sorriso se formou nos cantos de sua boca.

Passamos o restante do dia nos preparando para a ofensiva. A cidade estava deserta, e assumimos residência temporária na oficina do ferreiro. Lá, Grimalkin afiou suas facas e fez outras três para substituir as que não conseguiu recuperar.

Eu não tinha necessidade de afiar a Espada do Destino — o fio de sua lâmina estava sempre ávido por sangue —, mas eu a limpei cuidadosamente, e os olhos rubis no cabo brilharam. A adaga também não precisava ser amolada, mas cuidei da lâmina de liga de prata do meu novo bastão.

Mostrei a Corta Ossos para Grimalkin; ela a inspecionou, virando-a na mão várias vezes com cuidado.

— É uma arma formidável — elogiou —, uma versão menor da espada. Fico imaginando se a adaga que está nas trevas é uma réplica desta.

Quando Grimalkin disse essas palavras, olhei para Alice, com o coração pulando ao pensar que ela teria que recuperá-la. Mas Alice não estava ouvindo. Durante quase toda a tarde, ela ficou sentada com as pernas cruzadas no chão de pedras, ignorando os estalos e tilintares da fornalha, com os olhos fechados. Quando tentei falar, ela não respondeu. Parecia que, embora seu corpo estivesse presente, sua mente e talvez sua alma estavam distantes. De algum modo misterioso, ela estava concentrando seu poder para a luta que teríamos pela frente.

Finalmente começou a escurecer, e estávamos prontos para seguir rumo à casa sinistra em Bent Lane.

CAPÍTULO 24
COVARDE

— Alice, você poderia esconder o saco para mim? — pediu Grimalkin. — Na pior das hipóteses, se não voltarmos, quero dificultar ao máximo a chance de nossos inimigos o encontrarem. Sua magia é mais forte que a minha.

Isso era, de fato, um grande elogio vindo da feiticeira assassina. Além de suas grandes habilidades de combate, Grimalkin tinha a própria magia, magia das fortes. Mas eu já tinha visto com meus próprios olhos do que Alice era capaz. Fiquei imaginando o quão poderosa ela realmente era. Doía saber que, apesar de termos sido amigos próximos por anos, ela havia escondido tanto de mim.

Alice fez que sim com a cabeça e pegou o saco de couro. Ao fazê-lo, ouvimos o ruído de uma risada rouca. Mas o som parecia vir do chão sob os nossos pés. As próprias pedras estavam vibrando.

— Vamos ver o que o velho tolo acha tão divertido! — disse Grimalkin.

Ela abriu a corda que fechava a cabeça, levantou-a pelos chifres e a colocou sobre a bigorna. Era uma visão terrível — ainda pior do que da última vez. Um olho continuava costurado, e o outro era uma ruína aberta. Pele se pendurava da testa e furúnculos se formavam por todo o rosto, como se o mal ali contido estivesse se forçando a aflorar.

Grimalkin tirou os gravetos e espinhos para que o Maligno conseguisse falar. Desta vez a risada veio da boca, não do chão, e durou um bom tempo. Grimalkin esperou pacientemente. Olhei para os cotocos de dentes que ela havia destruído com o martelo quando o tínhamos combatido em Kenmare, e todo o sangue seco em seu rosto. A situação dele era deplorável — o que podia ser tão divertido?

— Você parece bem-humorado, mas a verdade é que nunca esteve tão mal nem tão próximo da derrota definitiva! — falou Grimalkin quando as risadas finalmente cessaram.

— Você é orgulhosa e arrogante, feiticeira! — rosnou o Maligno. — Com seus dois olhos, enxerga menos do que eu. Siscoi é o maior de meus servos atuais, e logo, logo, ele irá me libertar do cativeiro e tomar todo o seu sangue. O quão negligente você é, feiticeira, por trazê-lo para tão perto de mim! Você não podia ter facilitado mais a tarefa!

— Você já perdeu muitos servos, tolo — retorquiu Grimalkin. — Prepare-se para perder mais um! Eles morreram ou foram derrotados por aqueles que você agora enfrenta. Somos os mais poderosos dos seus muitos inimigos! Antes que esta noite se encerre, Siscoi será destruído ou sofrerá danos tão severos que não será mais útil à sua causa.

O Maligno riu novamente.

— Isso não vai acontecer, feiticeira, porque este garoto, em cujos ombros magros estão suas pequenas esperanças de vitória, é um covarde. Ele já fugiu apavorado dos meus servos e vai fugir outra vez!

Será que ele estava se referindo a quando eu tinha descido para o porão da casa da sra. Fresque? Havia entrado em pânico e corrido, era verdade, mas depois reuni coragem e voltei. Eu estava prestes a protestar quando Grimalkin sorriu para mim e colocou o dedo sobre os lábios, indicando que eu não deveria responder.

— À meia-noite este garoto fará o que é necessário! — garantiu ela.

— Então eis algo para ele pensar. Conforme alertei, Thomas Ward, seu irmão James está morto. Meus servos cortaram-lhe a garganta e o jogaram em uma vala. Você jamais voltará a vê-lo neste mundo.

O Maligno era o Pai das Mentiras, mas meus instintos gritaram que ele estava falando a verdade. Meu coração pesou como chumbo. Eu tinha perdido meu irmão.

Grimalkin levantou a cabeça pelos chifres e a levou até a fornalha, onde a segurou sobre os carvões em brasa. Logo o Maligno começou a gritar, e o cheiro de carne queimando invadiu minhas narinas. Levou um bom tempo até que ela enchesse a boca dele com espinhos e gravetos e a devolvesse ao saco de couro. Finalmente a entregou a Alice para que ela a escondesse com sua magia.

Partimos para a casa da sra. Fresque logo depois das onze. Nossa intenção era interromper o ritual das feiticeiras e, se possível, matar todas elas.

Subimos pela cidade e seguimos pela Bent Lane, sob o arco de árvores. Estava muito escuro, mas meus olhos estavam se ajustando aos poucos.

— Não vão nos farejar? — sussurrei.

As feiticeiras de Pendle tinham as próprias defesas contra a detecção; sétimos filhos de sétimos filhos também tinham imunidade, mas essas feiticeiras romenas eram diferentes. Quem sabia que poderes poderiam ter?

— Alice vai cuidar disso em breve — respondeu Grimalkin. — Ela vai nos encobrir. Nosso ataque será completamente surpresa.

Estremeci. Era bom ter alguém tão formidável ao nosso lado, mas pensar no poder de Alice me deixava cada vez mais apreensivo.

De repente, ouvimos algo imenso caminhando ao nosso lado.

— É um moroi! — disse Grimalkin, sacando uma adaga.

— Desde que fiquemos na trilha, estaremos seguros — garanti a ela. — Guarde sua adaga. Eu tenho minhas próprias armas, mas não são feitas de metal. Judd Brinscall me ensinou uma maneira mais fácil de fazer o serviço.

Dito isso, abaixei-me e peguei dois punhados de grama, em seguida os arremessei em direção ao urso. Instantaneamente ele ficou de quatro e farejou a grama arrancada.

— Ele está contando! — falei. — Elementais romenos são obsessivos. Ele é compelido a contar e recontar todas as gramas. Não pode se mexer até acabar.

Deixamos o moroi preso e continuamos seguindo até a casa aparecer diante de nós.

Alice levantou a mão, assinalando que deveríamos parar. Em seguida, começou a murmurar um feitiço baixinho. Instantaneamente um tremor frio percorreu minha espinha — uma reação à magia negra que estava sendo utilizada.

Finalmente Alice se calou, respirou fundo e apontou para a porta.

— Pronto — disse suavemente. — Estamos encobertos e escondidos dos olhos inimigos.

Evitando a árvore, aproximamo-nos da porta da frente. Lembrei-me de como Judd lidava com portas, usando seu sapato para arrombá-las. Mas essa era uma casa onde viviam demônios e era coberta de ilusões. A melhor opção era a discrição. Nossa expectativa era pegar as feiticeiras de surpresa.

A porta estava trancada, mas minha chave especial foi rápida, de forma que logo nos vimos na biblioteca. Ela estava exatamente como eu a vira com meu mestre. Acima de nossas cabeças estava o átrio, alinhado com livros até aquele telhado cônico espetacular. No térreo, um exemplar chamou minha atenção imediatamente. Fui até a prateleira e o mostrei a Grimalkin e Alice. Era o *Doomdryte*.

— Temos que destruí-lo agora — avisei a elas. — Segundo Judd, é a fonte de poder da casa; é o que possibilita as ilusões.

— Não — discordou Grimalkin, com firmeza. — Não temos tempo. Um livro destes vai estar protegido por feitiços poderosos. E você quer alertar nossos inimigos? Alice vai combater as ilusões de qualquer jeito. Mais tarde eu penetrarei as defesas e queimarei a casa até destruí-la.

— Se o fizer, pegue o *Doomdryte* e dê para mim ou para meu mestre queimarmos. Temos que ter certeza. Precisamos vê-lo destruído com nossos próprios olhos!

— Farei o que está me pedindo — disse Grimalkin. — Mas primeiro temos que lidar com nossos inimigos.

Abri a porta do outro lado e, em vez de degraus descendo, vimos uma pequena antessala. Do lado oposto, outra porta estava entreaberta.

Através do buraco, identificamos cinco feiticeiras em uma sala grande. Os móveis tinham sido afastados para a parede oposta, para que o chão ficasse livre. Duas estavam de guarda, com os braços cruzados; uma olhava diretamente para nós, de forma que foi bom estarmos cobertos pela magia de Alice. As outras três exibiam expressões muito concentradas, aparentando um comportamento muito curioso. Estavam abaixadas sobre os quatro membros, olhando uma para a outra, com os narizes quase se tocando. Tinham gravetos emaranhados nos cabelos, mas não eram arranjos aleatórios; havia planejamento na disposição. A cabeça de cada uma delas estava adornada com um pentagrama pontudo. Havia também sangue nos cabelos — evidência de que os amuletos tinham sido enfiados nos couros cabeludos como parte do ritual para invocar Siscoi.

Grimalkin deu um passo à frente, preparando-se para atacar, mas então parou e esticou a mão direita, como se tivesse encontrado uma obstrução invisível. Ela se virou para nós, claramente irritada.

— Tem uma barreira defensiva — sussurrou.

Alice foi para o lado dela e esticou as duas mãos.

— É forte, muito forte — disse. — Isso não vai nos conter, mas vamos demorar. — Ela começou a entoar baixinho, mas não foi a única.

Os lábios das três feiticeiras agachadas também estavam se movendo, mas nenhum ruído era ouvido. Em vez disso, algo fino e branco emergiu da boca de cada uma — três pedaços afiados de osso branco. De repente o trio de feiticeiras chegou para trás, movendo-se em consonância, como se controladas por uma única mente. Em seguida cuspiram os ossos, de forma que as seis pontas caíssem formando um triângulo. Parecia impossível que objetos tão grandes coubessem em suas bocas. Imediatamente esse processo se repetiu, e um segundo triângulo caiu no chão, tocando o primeiro.

Quando aconteceu pela terceira vez, percebi a intenção: criar uma estrela de cinco pontas, o símbolo de um pentagrama mágico.

— Rápido! — sibilei para Alice. — Precisamos impedi-las antes que seja tarde demais!

Ela fez que sim com a cabeça. Apesar de seu poder, os feitiços combinados das feiticeiras romenas estavam rivalizando com ela. Havia gotas de suor em sua testa. Grimalkin agora estava segurando uma adaga em cada mão, pronta para o ataque, mas tinha que esperar.

Quando o quinto triângulo de ossos caiu no lugar, as três feiticeiras soltaram um grito de triunfo. Então, com as juntas da mão esquerda, bateram em uníssono no chão de madeira. O pentágono de ossos brancos começou a brilhar; flutuou para o alto, girando e brilhando cada vez mais no processo.

Aquilo devia ser o portal. Siscoi estava prestes a usá-lo para vir ao nosso mundo!

Naquele instante, Alice finalmente quebrou a barreira que estava nos contendo, e Grimalkin correu para a frente. A magia que nos encobria imediatamente cedeu, e as duas inimigas que estavam se guarda se jogaram entre Grimalkin e as irmãs. Elas eram fortes e vorazes, mas nenhuma das duas foi páreo para a feiticeira assassina. Sangue esguichava para cima conforme ela golpeava e cortava; ouvimos breves gritos, e em seguida elas deixaram de existir.

Eu já estava logo atrás de Grimalkin. Em vez de se levantarem para nos encontrar, as três feiticeiras remanescentes vieram de quatro para nós, com dentes e garras prontos para nos destruir. Golpeei para baixo com meu bastão, espetando a mais próxima no coração, enterrando minha lâmina profundamente na madeira sob o corpo trêmulo.

Levantei o olhar. Grimalkin tinha matado uma e estava ocupada despachando a outra, mas o pentágono giratório estava diretamente acima dela. Nele vi a face bestial e escamosa e os braços do deus vampiro, com os lábios contraídos em um rosnado que revelava dentes parecidos com agulhas e longos caninos. Ele parecia imerso em um líquido espesso, viscoso e vermelho. O que poderia ser além de sangue? Havia muitos domínios diferentes nas trevas, cada qual formado e adequado às necessidades e prazeres do seu dono. O que poderia ser mais apropriado a este do que um oceano de sangue?

Ouvimos um som como se água caísse sobre pedras em uma grande catarata — mas era sangue. Caiu da boca do pentágono e espirrou no chão da sala, bem em frente a Grimalkin. Ali vimos Siscoi se contorcendo graciosamente, com a boca aberta e dentes afiados prontos para a feiticeira assassina.

Capítulo 25
À MEIA-NOITE

Por um instante meu coração foi parar na boca. Grimalkin parecia prestes a morrer. Mas Siscoi passou através dela antes de voar e desaparecer pela parede oposta. Ele ainda estava em forma de espírito, percebi, e por enquanto não poderia fazer nada. Mas estava a caminho da cova de restos, onde um novo corpo esperava para ser possuído. Faltava menos de vinte minutos para a meia-noite.

— Chegamos tarde demais! — gritei.

Grimalkin estava ali parada, coberta de sangue, como se hipnotizada. Até ela sabia que nossa causa estava perdida.

De repente ouvi uma voz na minha cabeça. Não havia como confundir a dona. Era mamãe!

Hesite e vocês todos serão destruídos. Leve a luta ao deus! Cuide dele antes que insurja! É sua única chance! Mas só você pode fazer isso, filho. Só você pode assassinar o deus vampiro e torcer para sobreviver!

Claro, eu não podia de fato matar um dos deuses antigos. Que humano poderia fazer isso? Mas entendi o que mamãe queria dizer. Se eu pudesse matar o hospedeiro, Siscoi não poderia utilizá-lo, e a ameaça imediata seria contida.

— Precisamos aniquilar o hospedeiro na cova antes que ele saia! — gritei. Em seguida, sem mais explicações, virei-me e corri para fora da casa, com Grimalkin e Alice atrás de mim. À medida que corremos juntos pela trilha, vimos o moroi, abaixado no chão, ainda contando as gramas. Logo corri para as árvores e percebi que não seria difícil encontrar a cova de restos: a coluna de luz vermelha escura já era visível além das árvores à frente. Quando a alcancei, vi que a pedra que tampava a cova tinha sido puxada para o lado. Isso nos pouparia tempo e esforço. Joguei meu bastão no chão e tirei a capa. Eu usaria a Espada do Destino e a Corta Ossos contra Siscoi. Grimalkin colocou a mão no meu ombro.

— Não! — disse ela. — Eu irei matá-lo, não você!

— Ouvi a voz da minha mãe — respondi a ela. — Ela disse que só eu posso fazer isso e ter chances de sobreviver.

— Vou com você de qualquer jeito. Não posso permitir que enfrente Siscoi sozinho. Nem sua mãe pode dizer a Grimalkin o que fazer!

Balancei a cabeça.

— Não. Se eu morrer, você precisa prosseguir com a luta. Precisa continuar mantendo a cabeça do Maligno longe dos servos o máximo possível. Com a ajuda de Alice, você talvez ainda consiga encontrar uma maneira de destruí-lo.

— Só agindo em conjunto poderemos conseguir isso — declarou Grimalkin com firmeza. — Precisamos sobreviver, portanto temos que trabalhar juntos. Alice vai ficar de guarda na entrada da cova, e, se ele passar por nós, ela tentará explodir Siscoi com sua magia. Nós dois iremos descer, mas deixarei Siscoi para você. O moroi estava protegendo a área sobre a terra; pode muito bem ser que haja outros protetores do hospedeiro lá embaixo. A pedra já foi removida.

Fiz que sim com a cabeça em concordância. O que ela falava fazia sentido.

Alice veio para o meu lado e me deu um abraço.

— Ah, por favor, tenha cuidado, Tom. O que eu faria se alguma coisa acontecesse a você?

— Esteja pronta caso eu falhe, Alice. Acima de tudo, impeça Siscoi. Não deixe que ele recupere a cabeça do Maligno — implorei.

— Duvido que eu possa impedi-lo, mas vou tentar, Tom — respondeu ela.

Fui até a beira da cova de restos e olhei para baixo. Parte de mim achou que eu provavelmente estava me dirigindo para a morte, mas por ora eu havia aceitado com calma a possibilidade. Era meu dever: esta era a tarefa para a qual meu mestre me preparara; todo o meu treinamento tinha sido para isso. Eu sabia que, às vezes, para proteger os outros, um caça-feitiço devia fazer imensos sacrifícios.

A luz brilhou nos meus olhos, aturdindo-me, e fui forçado a virar o rosto. Teria que evitar olhar diretamente para ela.

Olhei para cima, sorri para Alice, fiz um sinal afirmativo com a cabeça para Grimalkin e então entrei na cova. Em um dos lados, a abertura era larga; escolhi o outro, o mais estreito. Era como descer por uma chaminé; pude usar os joelhos, pés e cotovelos para controlar a descida. Mas a tarefa foi dificultada pela gosma que cobria as pedras — o resíduo das carnes e do sangue que foram entornados ali pelas feiticeiras. Havia um terrível cheiro metálico de sangue misturado a um fedor de putrefação. Senti a bile subindo na garganta e quase vomitei. Fui forçado a parar por um instante e deixar que meu estômago se acalmasse. Arrependi-me de não ter cortado um pedaço de tecido da minha capa para amarrar no nariz e na boca, mas agora era tarde para isso.

Uma leve chuva de pedras e terra caiu na minha cabeça e nos ombros, derrubada pelos pés de Grimalkin, que me seguira para a cova. Continuei descendo e, logo abaixo de mim, ouvi uma respiração seguida de um gemido, como se houvesse algo enorme sofrendo ali embaixo.

Em dado momento da minha descida, a luz vermelha foi parcialmente obscurecida por uma pedra comprida abaixo de mim, então pude olhar para baixo. Assim que o fiz, me arrependi. Logo abaixo de mim vi uma figura gigantesca, humana em forma, mas talvez duas vezes maior do que eu. Estava deitada em um parapeito de pedra, contorcendo-se e respirando fundo — e logo ficou claro por quê. A face enorme estava corroída, e os olhos eram cavidades vazias das quais caía pus. Era o primeiro e antigo hospedeiro que eu e Judd danificáramos com sal e ferro.

Seria aquele movimento a reação inconsciente de um corpo vazio, ou ele de algum jeito tinha uma mente própria? Poderia sentir os efeitos como um ser senciente? Eu achava que sim.

Os minutos corriam para a meia-noite. O novo hospedeiro devia estar mais embaixo no fosso, abaixo deste. Eu só queria completar a minha tarefa, mas alguma coisa dentro de mim não suportava ver tamanho sofrimento. Uma vez que cheguei ao nível da enorme figura, apoiei-me com os joelhos contra a pedra. Não conseguiria alcançá-lo com a adaga, então peguei a Espada do Destino. Medi a distância cuidadosamente e, apesar de ter tido que fechar os olhos no último instante, consegui fazer o que foi preciso, levando a lâmina à garganta da criatura. Quando abri os olhos novamente, o sangue estava escorrendo sobre o peito e caindo em cascata na fissura abaixo.

O corpo enorme sofreu convulsões, tremendo como se lutasse para se livrar de correntes invisíveis; então suspirou, caiu na pedra e parou. Qualquer vida que possuísse chegara ao fim. Eu havia executado um ato de misericórdia — mas teria também perdido tempo precioso do qual precisava para lidar com Siscoi?

Guardei a espada e continuei descendo. As pedras agora estavam ainda mais traiçoeiras, cobertas de sangue fresco. Em dado momento, aturdido pela luz que brilhava para cima, escorreguei e momentaneamente perdi meu apoio na pedra. Congelei por vários momentos, tremendo de medo. Estive perto de um desastre. Então reuni coragem e continuei descendo.

Logo cheguei a um parapeito largo, onde pude ficar por um instante com as costas para a parede e esticar as pernas e braços trêmulos. Deu para ver a parte seguinte da descida abaixo de mim, porém em três lados, envoltas em escuridão, havia o que pareciam bocas de diversas cavernas. De repente me dei conta de que Grimalkin tinha razão: outras entidades de fato haviam sido colocadas de guarda aqui.

Ouvi novos sons — a aproximação firme de botas, respiração profunda, e finalmente rugidos de raiva. Um segundo depois meus inimigos apareceram, seus olhos surgindo como um mar de pontos vermelhos que brilhavam na escuridão. A situação lembrava o momento no porão quando, contra possibilidades extremamente desfavoráveis, fugi como um covarde.

Mas desta vez eu não fugiria. Saquei a Corta Ossos, segurando-a firme com a mão direita, e a Espada do Destino na esquerda.

Grimalkin se ajoelhou ao meu lado, uma lâmina em cada mão, e os confrontamos juntos. Vi dentes e garras, e o fedor azedo de hálito de strigoi me assolou, mas ataquei com minhas armas, sentindo satisfação quando a adaga encontrou carne — apesar de ser a carne morta de um demônio. Minha espada, com sua lâmina mais longa, tinha chance de ser mais bem-sucedida: acertei a cabeça do strigoi mais próximo; que rolou pelo chão e caiu na fissura. Ao meu lado, Grimalkin estava atacando para todo lado com intenções mortais, separando cabeças de corpos e empurrando nossos inimigos com uma ferocidade que superava a deles.

Os strigoii eram velozes, mas a luta era em um espaço limitado, mano a mano, privando-os desta vantagem. Ataquei e ataquei de novo até a pressão diminuir. Em seguida, Grimalkin me girou em direção à fissura e ficou de guarda, lâminas erguidas para o próximo massacre.

— Desça agora! — ordenou. — Temos pouco tempo. Eu vou segurá-los aqui!

Não discuti. Certamente já era quase meia-noite. Talvez já fosse até tarde demais; talvez Siscoi já tivesse possuído o hospedeiro. Guardei a espada e enfiei a Corta Ossos no cinto antes de continuar minha descida pelo buraco.

Ao descer, os tilintares metálicos, rosnados e gritos da batalha acima recuaram, dando lugar a um ruído diferente. Deu para ouvir a respiração outra vez; era o novo hospedeiro. Desta vez não estaria cego. O deus vampiro já o teria possuído e, ao soar da meia-noite, estaria livre para emergir do fosso.

O ruído foi ficando cada vez mais alto, até eu de fato conseguir sentir seu hálito no rosto e nas mãos, sentir seu odor fétido. A partir de então meus pés não conseguiram mais descer; eu estava no chão da cova.

Virei e me deparei com Siscoi.

O último hospedeiro tinha sido difícil de identificar porque a luz que subia me aturdira. Agora eu conseguia ver a fonte da escura luz vermelha. Irradiava de uma enorme figura, que eu agora enxergava claramente; soube instantaneamente que o deus vampiro possuíra de fato o corpo. Seus olhos estavam arregalados, e ele estava olhando diretamente para mim.

O corpo estava intacto, sentado com as pernas esticadas, as costas apoiadas na parede de pedra. O enorme hospedeiro era coberto por escamas vermelhas; garras afiadas saíam de todos os seus dedos de lagarto, das mãos e dos pés. Apesar de ser ainda maior do que o corpo anterior, era relativamente fraco, feito para ser ágil. A cabeça era alongada e não tinha cabelo, mas um formato quase triangular, com o nariz achatado e os olhos fixos e afastados de um predador.

Quanto tempo faltava até a meia-noite? Quanto tempo faltava até que essa entidade gosmenta se tornasse uma fera impiedosa que se movia mais depressa do que um piscar de olhos?

A resposta para a minha pergunta veio imediatamente. Estremecendo, o deus respirou fundo e se ajoelhou. Em seguida, abriu a boca e me mostrou seus dentes. Estavam cerrados; os músculos da garganta e da mandíbula, firmes. Ele tinha quatro caninos grandes; os outros pareciam agulhas — esta não era uma criatura que precisava mastigar sua comida. Então a boca se mexeu, e Siscoi falou em uma voz grave e lenta, de fala arrastada, como se estivesse sonolento:

— É muito bom que tenha vindo até mim. O sangue do seu corpo magro será meu aperitivo para o banquete que me aguarda!

Não respondi. Minha resposta foi sacar a Espada do Destino e caminhar cautelosamente até a figura ajoelhada.

Esta era a chance de usar o meu dom e desacelerar o tempo.

Concentre-se! Comprima o tempo! Faça-o parar!

Dei mais um passo em direção a ele, lutando para me concentrar.

Concentre-se! Comprima o tempo! Faça-o parar!

O deus vampiro gargalhou, e o som explosivo de sua risada ecoou pela fissura.

Eu estava desesperado agora; com todo o meu ser, concentrei-me em parar o tempo. Mas parecia que o dom de mamãe me havia abandonado. Se eu não pudesse aplicá-lo logo, minha vida chegaria ao fim.

— Pensa que seus pobres poderes funcionarão em mim? — perguntou o deus. — Eu sou Siscoi, e tenho a força e a velocidade para combater qualquer coisa que possa usar contra mim. Realmente acha que meu mestre me mandaria aqui para enfrentá-lo sem os meios para lidar com seus truques? Juntos, os servos dele depositaram em mim os seus poderes.

Poderia ele ser imune ao meu dom? Seria aquilo possível? O Maligno também conseguia manipular o tempo, e, quando o atraímos para o poço para ser contido por lâminas e pregos de prata, a única vantagem que tive foi o elemento surpresa. Se outros seguidores das trevas possuíssem poderes semelhantes e de alguma forma os tivessem transferido para Siscoi, minha situação era de fato um caso perdido.

Mas então mamãe falou novamente na minha cabeça:

Desespere-se e será derrotado e destruído. Acima de tudo, precisa acreditar em si mesmo. Se você realmente é a arma que fabriquei para aniquilar o Maligno, então precisa provar isso agora. Do contrário, fiz tudo à toa, e você não é digno de ser meu filho!

As palavras foram como uma adaga no meu coração. Como mamãe podia ser tão cruel? Será que eu não passava de uma arma — um objeto a ser usado para dar a ela a vitória? E depois de todas as minhas lutas contra as trevas, como ela podia sugerir que eu não era "digno"? Exceto pela recente fuga na escada da adega, um lapso em três anos combatendo as trevas, eu sempre havia feito o meu melhor, independente da situação. Como ela não reconhecia isso? Ela parecia tão diferente da mãe carinhosa e calorosa que me criara na fazenda. Uma onda de raiva me preencheu. Respirei fundo e canalizei o sentimento, não contra mamãe, mas contra Siscoi.

Comecei a me concentrar de novo, e agora senti o tempo desacelerando um pouco. Os olhos do deus piscaram maleficamente, mas dei mais um passo na direção dele, preparando minha espada. Minha concentração se tornou ainda mais intensa. O olho do deus estava se movendo outra vez, mas o tremor tinha se tornado um levantamento lento das pálpebras superiores.

E agora os olhos rubis da Espada do Destino começaram a entornar sangue. Estava tão faminta quanto o próprio deus vampiro! Senti então um movimento na minha cintura. A Corta Ossos estava de fato se mexendo, girando como se estivesse sendo empunhada por uma mão invisível. Ela queria participar da batalha.

Eu estava prestes a sacar a adaga, quando vi que os olhos de Siscoi estavam concentrados nas gotas de sangue que pingavam da Espada do Destino. O sangue fascinava o deus; distraía-o.

Tirando vantagem disso, empunhei a espada na direção da cabeça enorme dele. Meu golpe foi forte, e, se a lâmina tivesse acertado, eu teria cortado a cabeça careca de Siscoi. Mas meu controle do tempo não foi perfeito. Ele continuava resistindo, virando a cabeça para longe quando a espada veio.

Cortei sua orelha esquerda, que caiu lentamente no chão de pedra, girando como uma folha avermelhada de outono na brisa fresca que anunciava a chegada do inverno no Condado.

O deus gritou tão alto que seu berro de agonia e raiva fez as paredes do fosso balançarem e pequenas pedras, solo e poeira caírem em cascata.

Respirei fundo e estabilizei minha postura, da forma como Grimalkin tinha me ensinado. Mais uma vez tentei me concentrar, mas agora Siscoi estava de pé, erguendo-se sobre mim.

Manuseei a espada para cima, da direita para a esquerda, mirando o pescoço e torcendo para cortar a cabeça dele. Mas agora nossa luta tinha entrado em uma nova fase; o poder de Siscoi estava aumentando, ao passo que o meu diminuía. Minha arma se moveu lentamente, enquanto a mão cheia de garras avançava para o meu rosto em um borrão de movimento. O deus evitou minha espada com facilidade, e senti uma dor ardente quando suas garras arranharam minha testa. Caí de joelhos, e ele me atacou novamente.

Mais uma vez não consegui evitá-lo, apesar de ter conseguido fazer o suficiente para sobreviver. Desta vez ele usou as enormes juntas dos dedos, visando quebrar meu crânio e me deixar inconsciente para que pudesse drenar meu sangue à vontade. Como estava, consegui girar, mas o golpe me fez rolar, até eu bater na parede de pedra.

Lutei para conseguir me ajoelhar, com a cabeça rodando, ondas de náusea me assolando. Tentei levantar, mas minhas pernas estavam fracas demais para me aguentarem. Siscoi poderia acabar comigo antes mesmo que eu soubesse o que estava se passando, mas ainda assim se aproximou lentamente. Ele sabia que já estava tudo acabado agora; havia vencido. Meu controle do tempo chegara ao fim.

Mas então ouvi outra voz. Não apareceu na minha cabeça como a de mamãe. Era uma voz da minha lembrança — a voz de Grimalkin, a feiticeira assassina.

Este é o fim? Finalmente foi derrotado? Não! Você apenas começou a lutar! Acredite em mim, porque eu sei. Eu sou Grimalkin.

Foram as palavras que ela me dissera sem parar ao me treinar no uso da Espada do Destino. Lembrei-me daquela adega na Irlanda onde lutáramos pela primeira vez — tive certeza de que ia me matar; então, ao longo de uma semana, ela me ensinara a lutar de um jeito que nem o forte e calejado Bill Arkwright poderia fazer. Ela me motivara com aquelas palavras quando eu ficava cansado demais para continuar.

Mais uma vez me lembrei da voz dela:

Levante-se e lute! Mate seu inimigo agora! Mate-o antes que ele o mate! Seja como eu! Seja como Grimalkin! Nunca desista! Nunca se renda!

Eu me forcei a levantar e ergui a lâmina, segurando-a com as duas mãos.

CAPÍTULO 26

O SANGUE DO CAÇA-FEITIÇO

Comecei a me concentrar em desacelerar o tempo outra vez. Suor e sangue escorriam para os meus olhos, dificultando minha capacidade de enxergar. Limpei-os com as costas da mão direita antes de voltar a segurar a lâmina com as duas mãos.

Siscoi estava me encarando, mas o tempo novamente estava desacelerando. Eu estava me movendo; ele estava parado. Agora partiria o crânio dele em dois — eu conseguiria. Dei um passo à frente, de modo que meu alvo estivesse ao alcance. Mas então, à medida que comecei a abaixar a lâmina verticalmente, ele abriu a boca. Mais uma vez estava desafiando o meu controle do tempo, exercendo a própria vontade.

Olhei para as presas afiadas, mas elas não eram a ameaça imediata. Alguma coisa se projetou da boca do Siscoi, tão veloz que mal tive tempo de reagir. Desviei para a esquerda, e por pouco não fui acertado na têmpora direita.

Inicialmente achei que ele tivesse cuspido alguma coisa, mas logo percebi que era a língua dele. Tinha pelo menos um metro e oitenta de comprimento, espessa e roxa, coberta por espinhos afiados, cada um parecendo um gancho fino. Raspou forte contra a parede de pedra à minha direita, reduzindo a camada superior a pedrinhas e poeira. Se aquilo tivesse me acertado no rosto, teria arrancado a carne do osso.

Dei três passos rápidos para trás. A língua do deus estava de volta na boca e ele rosnava. Vindo na minha direção, seus dedos se esticaram para a minha garganta, mas eu ergui a lâmina e o acertei no ombro esquerdo. Mais uma vez ele gritou de dor.

Desta vez ele tinha se ferido. A Espada do Destino tinha penetrado sua camada protetora de escamas, fazendo sangue negro escorrer pelo seu braço e pingar no chão.

Minhas defesas se provaram adequadas, e fiquei maravilhado. Dentre os poderes de Siscoi estava sua incrível velocidade, então por que ele não a utilizava? Isso só poderia significar uma coisa: ele não conseguia! De algum modo eu *ainda* estava controlando o tempo. Não era possível paralisar um adversário destes, mas eu estava fazendo o suficiente para conseguir lutar.

Preparei minha lâmina. Siscoi atacou novamente, e, por instinto, avancei com a espada. Dessa vez não consegui acertar, mas foi o bastante para ele dar alguns passos para trás. Em seguida eu estava recuando o mais depressa possível, desviando daquela língua afiada com espetos mortais. De repente me vi encurralado na pedra; escapar para qualquer um dos lados era impossível. A boca de Siscoi se contorceu em um sorriso quando ele a abriu. A língua me atacou em um borrão roxo. Eu estava preso, sem ter para onde ir.

Só restava uma opção: atacar! Desviei da língua e me aproximei de modo que fiquei a menos de trinta centímetros dele. Então, antes que pudesse retrair a língua de volta para a boca, manejei a espada em um arco rápido, cortando-a. Ela caiu no chão, onde se debateu e se contorceu como uma enorme cobra, enquanto uma maré de sangue jorrava da boca de Siscoi e se espalhava aos seus pés. Seu uivo fez o chão tremer e até as pedras pareceram gritar.

Agora era a hora de acabar com ele. Enquanto Siscoi se contorcia atormentado, mirei o pescoço outra vez. Mas justamente quando achei que tivesse prevalecido, deu tudo errado. Às minhas próprias custas, descobri que o deus estava longe de estar acabado.

Seu pé cheio de garras arqueou para cima como se pretendesse me arrancar as vísceras. Ao desviar, fiquei vulnerável a um golpe da mão esquerda dele, que quase arrancou meu braço. A dor me fez cair de joelhos. Pior ainda, a Espada do Destino caiu da minha mão.

Siscoi avançou para cima de mim, ainda cuspindo sangue. Só tive tempo para sacar a Corta Ossos e golpeá-lo com ela. Perfurei seu peito em dois lugares, mas ele me pegou como uma criança e me carregou até sua boca aberta.

Suas presas penetraram meu pescoço, mas eu senti pouca dor. Ele começou a sugar meu sangue, e eu o senti pulsando em minhas veias, o coração bombeando cada vez mais lento.

Minha situação parecia sem solução, mas, lembrando-me do que dissera Grimalkin, continuei lutando. Eu não queria morrer. Queria ver Alice outra vez, minha família também. O futuro que eu queria — minha vida como caça-feitiço — estava sendo tirado de mim. Lutei para me livrar, golpeando desesperadamente o deus vampiro; mas a adaga pareceu não fazer efeito, e logo eu estava fraco demais para segurar. Ela escorregou dos meus dedos, e senti meu coração batendo ainda mais devagar. Eu estava afundando na morte.

Em seguida ouvi um berro alto. Teria eu gritado? Ou teria aquele som vindo da garganta de Siscoi? Eu nunca antes ouvira nada tão carregado de angústia. Foi como se a terra tivesse gritado de dor.

Então eu estava caindo em uma escuridão profunda.

Meus últimos pensamentos foram sobre Alice.

Minha últimas palavras, ditas mentalmente, foram para mamãe:

Desculpe, mãe. Desculpe por ser uma decepção. Fiz o melhor que pude. Tente não pensar muito mal de mim.

Esperei na escuridão pelo que pareceu uma eternidade. Meu coração não estava mais batendo, eu não estava mais respirando — mas não sentia medo. Eu estava em paz, todas as minhas lutas e preocupações deixadas para trás.

Depois ouvi um som que me fez recordar a infância: o rangido de uma cadeira de balanço. Vi uma figura brilhando, tomando forma na escuridão.

Era mamãe — não a terrível lâmia, mas a mãe amorosa e generosa de quem eu me lembrava. Ela estava sentada na cadeira, sorrindo para mim, balançando para a frente e para trás, como fazia quando estava feliz e relaxada.

— Você é tudo que eu torcia para que fosse — disse ela. — Perdoe minhas palavras duras de antes. Foram necessárias naquele momento. Tenho orgulho de você, filho.

De que "palavras duras" ela estava falando? Fiquei confuso. Onde eu estava? Morto?

Ainda sorrindo, mamãe sumiu de volta na escuridão. Agora outra figura emergia. Uma garota com sapatos pontudos, o vestido preto amarrado na cintura com uma corda. Alice.

— Vim me despedir, Tom. Não quero ir, mas não tenho muita escolha, não é? Espere por mim, Tom, por favor. Não desista. Nunca desista! — disse ela.

Para onde iria? Tentei perguntar, mas Alice desapareceu antes que eu conseguisse expelir as palavras.

A próxima coisa de que me dei conta foi estar deitado na cama. Eu respirava outra vez, e meu coração batia num ritmo estável. As cortinas estavam abertas, mas estava escuro lá fora. Percebi que aquele era o meu quarto na estalagem em Todmorden. Tinha uma vela em uma pequena mesa ali perto, e à luz que piscava vi alguém sentado ao lado da cama, me encarando.

Era Grimalkin.

— Finalmente de volta — disse ela. — Você ficou inconsciente durante três dias e três noites. Apesar de tudo que Alice fez para curar seu corpo, temi que sua mente estivesse prejudicada além de qualquer conserto.

Lutei para me sentar. Eu estava ensopado de suor e me sentia fraco. Mas estava vivo.

— O que aconteceu? — perguntei. — Fiz o que pude. Desculpe, mas não fui forte o suficiente. Você conseguiu acabar com ele?

A feiticeira assassina balançou a cabeça.

— Não; ele já estava morto quando eu desci para buscá-lo e tirá-lo de lá em segurança.

— Ele estava sugando meu sangue, mas continuei lutando até o fim, golpeando com a minha adaga. Devo ter dado sorte e acertado o coração dele.

— Não foi isso que o matou — explicou Grimalkin. — Foi o seu sangue.

Balancei a cabeça.

— Não entendo...

— Seu sangue se provou uma arma; um sangue de caça-feitiço muito especial; o sangue do sétimo filho de um sétimo filho, misturado ao de sua mãe, a primeira e mais poderosa de todas as lâmias. Para o deus vampiro isso foi um veneno mortal, do jeito que sua mãe esperava que fosse. Ela apareceu para Alice logo depois da morte de Siscoi e contou.

De repente me lembrei de quando ele apareceu no corpo de Cosmina — ele ainda poderia brevemente possuir outras criaturas.

— Ele vai voltar para ser vingar! — falei para Grimalkin. — Ele vai voltar. Ainda corremos perigo.

A feiticeira assassina balançou a cabeça.

— Siscoi não é mais uma ameaça. Você não apenas destruiu o hospedeiro; você destruiu o próprio deus vampiro. Um grito terrível saiu do solo para o céu. Sua mãe disse a Alice que eram as trevas em si, gritando de angústia pela morte de um dos mais poderosos dos deuses antigos. Você enfraqueceu nossos inimigos. A cabeça do Maligno se calou outra vez, e é impossível extrair alguma resposta dele; e acredite em mim quando digo que não fui nada gentil em minhas tentativas.

Era espantoso pensar que meu sangue causara a morte de Siscoi. Mamãe certamente sempre soubera disso. Mas um preço fora pago. James provavelmente estava morto, e o Maligno ordenara que seus servos matassem meus outros irmãos.

— Ele vai tentar outra vez — falei. — Disse que seus servos são mais numerosos do que as estrelas. Nunca vai desistir!

— Então temos que acabar com ele!

Fiz que sim com a cabeça.

— Você pegou o *Doomdryte*? — perguntei.

— Quando fui queimar a casa Fresque, a biblioteca já estava vazia. Não havia livros. Nada de *Doomdryte*. Mas eu incendiei o lugar mesmo assim.

— Então deve estar com nossos inimigos...

— Temos que presumir que sim.

Essa era mais uma ameaça, portanto; algo a ser encarado no futuro.

— Onde está Alice? — perguntei.

— Alice foi para as trevas — disse Grimalkin. — Em busca do terceiro objeto sagrado.

Duas semanas se passaram até que eu estivesse forte o suficiente para voltar a Chipenden. Durante esse tempo, Grimalkin acabou com as outras entidades romenas da encosta da montanha. As que não matou fugiram. A feiticeira assassina também queimou as casas delas, com os corpos dentro. Nenhuma voltaria do reino dos mortos. Mas apesar de ter procurado pelo *Doomdryte*, não havia sinal dele.

O lado de Todmorden que pertencia ao Condado também estava vazio; seus habitantes tinham desaparecido. De certa forma, eu desconfiava de que não teriam pressa de voltar.

Poderíamos ter utilizado Benson e sua carroça outra vez, mas escolhi andar, aproveitando a jornada para pouco a pouco reaver minhas forças. Levei quase três dias para chegar em casa.

Grimalkin me acompanhou, e a cada noite conversamos e discutimos planos para o futuro. Dependiam de Alice voltar das trevas com o terceiro objeto sagrado. Pensar nela lá me deixava em um estado permanente de ansiedade. A pior coisa era não poder fazer nada para ajudá-la.

Foi durante a primeira de nossas conversas que a feiticeira assassina me chocou novamente.

— Alice sabe que você precisa sacrificá-la, Tom — falou sem rodeios.

Por alguns momentos parei de respirar e fiquei olhando para as brasas do fogo.

— Como ela *pode* saber? — perguntei, afinal.

— Como eu lhe disse, a magia dela é muito forte. Ela previu.

— Ela se viu morrendo? — perguntei, com o coração acelerado.

— Ela viu você se preparando para lhe tirar a vida, mas depois o espelho escureceu.

— Escureceu? Isso é bom, não é? — perguntei. — Significa que o futuro ainda é incerto. Alice me contou isso uma vez; ela disse que quando há muitas variáveis, o futuro não pode ser previsto, então o espelho escurece.

— Existe outra razão para isso. Uma feiticeira não pode prever a própria morte. Mas eu preciso saber: você está preparado para sacrificar Alice para destruir o Maligno?

— Não sei se sou capaz — respondi honestamente. — Gosto demais dela. Como poderia sacrificá-la?

— Eu conversei sobre isso com ela. Se não encontrarmos outra maneira, ela está disposta a morrer por suas mãos.

— *Precisamos* encontrar outra maneira!

— Certamente vamos tentar, mas o tempo está se esgotando. Já estamos em junho.

Chegamos a Chipenden e encontramos o Caça-feitiço um pouco melhor. Ele estava andando com mais facilidade, mas ainda parecia frágil; uma sombra do homem que me acolhera como seu aprendiz.

Mais tarde naquele dia conversamos, sentados à mesa da cozinha, fitando o fogo a piscar no forno. Eu achei quente demais, mas meu mestre fechou a coberta sobre si, como se quisesse espantar o frio.

Primeiro falamos sobre o *Doomdryte*.

— Quem sabe onde estará agora? — disse ele, sombriamente. — Nas mãos dos servos do Maligno, sem dúvida. O perigo é que alguém tente o encanto.

— Provavelmente não vão conseguir — respondi, tentando animá-lo um pouco apesar de na verdade eu mesmo me sentir péssimo: meu irmão certamente estava morto, e não existia qualquer certeza de que eu fosse ver Alice outra vez. Mesmo que ela voltasse, mais horrores e dores me aguardavam no futuro.

— É verdade, rapaz. Você se lembra do que escrevi no meu Bestiário a respeito?

Franzi o rosto.

— Um pouco — respondi, incerto. — Sei que o encanto é difícil de ser completado.

— Um pouco! Isso não é o suficiente, rapaz! Você precisa saber de tudo. É vital que comece a pensar e agir como um caça-feitiço. Venha comigo! — ordenou, levantando-se imediatamente da cadeira.

Meu mestre conduziu o caminho até a nova biblioteca. Ele desceu as escadas lentamente, mas já estava sem fôlego quando alcançamos a porta.

— Ali! — Apontou, abrindo para revelar o que havia do lado de dentro. — O que você acha?

Tinha o cheiro de madeira nova, e eu vi filas e filas de prateleiras vazias.

— Está ótima — comentei. — Promissora. Só precisa de novos livros, muitos deles. Aí poderemos chamá-la de biblioteca.

Sorri enquanto falava, e o Caça-feitiço retribuiu o sorriso; não havia perdido o senso de humor. Ele me conduziu a uma fileira de prateleiras em frente à janela. Na do meio, apoiando-se um no outro, estavam os três primeiros exemplares da nova biblioteca. Li os títulos: *O bestiário de John Gregory, o Caça-feitiço*; *Uma história das trevas*; *As feiticeiras de Pendle*.

Meu mestre tinha começado os outros dois quando estávamos refugiados na ilha de Mona. Completara ambos antes de deixarmos a Irlanda para voltar ao Condado.

O Caça-feitiço ergueu o Bestiário e o colocou em minhas mãos.

— Leia o que diz sobre o *Doomdryte*!

Folheei até chegar à página certa.

— Não tem muita coisa aqui — observei.

— Tem o suficiente, rapaz. Leia toda a parte sobre grimórios em voz alta.

— *São livros antigos, cheios de feitiços e rituais, utilizados para invocar o mal* — comecei. — *Algumas vezes, eles são empregados por feiticeiras, mas utilizados, sobretudo, por magos, e seus feitiços devem ser seguidos ao pé da letra, ou o resultado pode ser a morte.*

"Muitos destes famosos textos foram perdidos (o Patrixa e a Chave de Salomão). Os grimórios mais perigosos e poderosos, contudo, foram escritos na Língua Antiga pelos primeiros habitantes do Condado. Usados principalmente para invocar demônios, esses livros contêm uma terrível magia negra. A maioria foi deliberadamente destruída ou oculta da visão de seres humanos.

"O mais misterioso e supostamente mais mortal dos grimórios é o Doomdryte. Alguns acreditam que este livro foi ditado, palavra por palavra, pelo Maligno a um mago chamado Lukrasta. Este grimório contém apenas um longo encantamento de magia negra. Se for concluído com sucesso (juntamente com certos rituais), permitirá que um mago obtenha a imortalidade, a invulnerabilidade e os poderes divinos.

"Felizmente, ninguém conseguiu ainda, porque são necessárias intensa concentração e grande resistência: levam-se treze horas para ler o livro em voz alta e não se pode parar para descansar.

"Se uma palavra for pronunciada de modo errado, causará a morte imediata do mago. Lukrasta foi o primeiro a tentar e o primeiro a morrer. Outros seguiram seus passos imprudentes.

"Devemos torcer para que o Doomdryte continue perdido para sempre..."

— Basta, rapaz — interrompeu o Caça-feitiço. — Então você vê o perigo? As entidades romenas usaram apenas o poder que irradia do livro para alimentar suas ilusões. E se o livro fosse utilizado com o propósito pretendido?

Dei de ombros.

— Parece improvável que alguém consiga completar esse ritual com sucesso.

— Quão improvável? O Maligno e seus servos estão cada vez mais desesperados, e situações desesperadoras requerem medidas desesperadas. Estou preocupado com aquele livro, e você também deveria estar, rapaz! Pode estar em algum lugar do Condado. A ameaça está muito próxima.

— Bem, por falar em livros, tenho algo a acrescentar à coleção! — contei. Abri a bolsa e entreguei três livros a ele. Eram cadernos que mantive durante meus três anos de aprendizado.

— Obrigado, rapaz. Este é o lugar certo para eles. E você poderá vir aqui e consulta-los sempre que precisar.

— Aqui tem mais um livro — acrescentei, mexendo novamente na bolsa e me sentindo um pouco nervoso. Eu não sabia ao certo como o Caça-feitiço reagiria. — Alice pretendia escrever um relato dos dois anos de treinamento com Lizzie Ossuda, mas escreveu isto, achando que poderia ser mais útil.

O Caça-feitiço aceitou e leu o título na lombada: *Os segredos dos clãs de Pendle*. Em seguida abriu a primeira página e começou a ler a letra de Alice.

Meu mestre fechou o livro muito subitamente e me encarou.

— Acha que este livro pertence às prateleiras desta biblioteca? — perguntou.

— É sobre a magia usada pelas feiticeiras, sobre suas forças e fraquezas. Deve nos ajudar bastante! — insisti.

— Bem, rapaz, a decisão é sua — disse o Caça-feitiço —, porque a verdade é que esta biblioteca é sua. Será sua até que a entregue ao próximo caça-feitiço. Até lá, será você quem decidirá o que fica nestas prateleiras. Meus joelhos já se foram e perdi o meu fôlego — continuou ele, balançando a cabeça com tristeza. — Apesar de você ainda ter um caminho a percorrer antes de completar seu treinamento, para todos os efeitos você é o Caça-feitiço de Chipenden a partir de agora. Comece a pensar como um! Eu continuarei aqui para aconselhar você, mas de agora em diante o fardo do trabalho repousará em seus ombros. O que me diz?

— Farei o meu melhor — respondi.

— Sim, rapaz, você fará o seu melhor. Isso é tudo que qualquer um de nós pode fazer.

Mais uma vez, escrevi a maioria destas coisas de memória, usando apenas o meu caderno quando necessário.

Recebi uma carta do meu irmão mais velho, Jack, ontem. Estava escrito que James estava desaparecido, mas que não tinham perdido as esperanças. Jack estava confiante de que ele retornaria a qualquer momento. Não sei o que responder. Será que é melhor permitir que ele cultive esperança mais um pouco? Se eu contar a ele o que sei, de alguma forma Jack vai me culpar. Ele acha que meu trabalho como aprendiz de caça-feitiço só causou problemas à minha família. E ele tem razão. Acredito que James esteja morto, assassinado pelos servos do Maligno; se não fosse meu irmão, continuaria vivo.

A rotina de trabalho de caça-feitiço continua, mas, quando o sino toca nas árvores, sou eu que resolvo o problema. Com fantasmas, ogros e algumas feiticeiras, eu lido sozinho. Meu mestre passa bastante tempo sentado no jardim. Aparenta mais idade, e toda a barba dele agora está branca. Lembra-me agora dos velhos que eu via quando menino — os que sentavam na praça da feira na vila Topley. Pareciam ter abandonado a vida para aguardar a morte, apenas contentes em observar e lembrar. Acho que John Gregory também está esperando para morrer, e isso me entristece. É mais um fardo que devo carregar.

Judd Brinscall levou os três cachorros com ele e foi para o norte de Caster assumir residência no moinho. Ele tomou conta do território um dia cuidado por Bill Arkwright e agora está ocupado livrando a área de uma infestação de feiticeiras da água. Fiz o melhor para perdoá-lo pela traição ao Caça-feitiço, mas ainda não consigo esquecer. Devo dar tempo ao tempo.

Quanto a Grimalkin, ela mais uma vez está fugindo com a cabeça do Maligno, ainda perseguida pelos servos dele. Ofereci minha adaga emprestada: ela certa vez recusara a Espada do Destino, mas agora aceitou a Corta Ossos. Irá devolvê-la quando Alice voltar das trevas com a terceira arma, para que os três objetos sagrados finalmente estejam comigo.

Nossa luta contra as trevas continua — mas sinto falta de Alice. E o tempo está se esgotando. Agora estamos no começo de agosto. Acabei de completar 16 anos. Estou no quarto ano de aprendizado com o Caça-feitiço. Faltam menos de três meses para o Dia das Bruxas, quando teremos uma chance de completar o ritual e destruir o Maligno para sempre. Toda manhã acordo cheio de esperanças, pensando que este será o dia em que Alice voltará de sua missão nas trevas. À medida que as horas passam, meu humor lentamente se altera. A esperança vai dando lugar ao desespero. Antes do anoitecer fico triste, convencido de que nunca mais voltarei a vê-la.

Mesmo que ela tenha êxito, o horror só estará começando. A carta de mamãe não só explicava como eu deveria sacrificar Alice, como também revelava outros aspectos do ritual. Será necessário o uso de um suga-sangue vivo. Tenho um forte pressentimento a respeito dessa criatura — imagens e referências insistem em aparecer. E me incomoda o fato de sua cabeça decorar os cabos da espada e da adaga.

Penso na tarefa que nos espera. Se falharmos, o Maligno eventualmente vencerá, e uma nova era de trevas terá início.

Sem saber nada sobre o ritual e o que ele envolve, meu mestre está principalmente preocupado com a localização do *Doomdryte*, o grimório maléfico que vimos na biblioteca da sra. Fresque. Ele tem razão em se preocupar. Nas mãos de nossos inimigos, o livro pode ser de fato muito perigoso.

Apesar de tudo que aconteceu, eu ainda sou um aprendiz de caça-feitiço — embora deva começar a pensar e me comportar como o Caça-feitiço de Chipenden. Tenho que me preparar para os tempos em que John Gregory não estará mais aqui — nem mesmo para me oferecer conselhos.

Thomas J. Ward

Impresso no Brasil pelo
Sistema Digital Instant Duplex da Divisão Gráfica da
DISTRIBUIDORA RECORD DE SERVIÇOS DE IMPRENSA S.A.
Rua Argentina, 171 – Rio de Janeiro, RJ – 20921-380 –Tel.: (21)2585-2000